公務員、中田忍の悪徳
2
akutoku
立
イ

CONTENTS

DESIGN TANIGOME KABUTO(musicagographics)

一ノ瀬由奈
Yuna Ichinose
Ariel
アリエル
止
止

Yoshimitsu Naoki
直樹義光
Shinobu Nakata
中田忍
止

公務員、中田忍の悪徳 2

立川浦々　イラスト 棟蛙

koumuin, Nakata
Shinobu no akutoku
characters

人物紹介

中《なか》田《た》忍《しのぶ》

主人公。区役所福祉生活課で
係長を務める地方公務員。

アリエル

異世界から来た
エルフ……？

直《なお》樹《き》義《よし》光《みつ》

中田忍の大学時代からの親友。
日本国内の野生動物を研究する
大学助教。

一《いち》ノ《の》瀬《せ》由《ゆ》奈《な》

中田忍の部下を務める才媛。

中田忍宅の間取り図

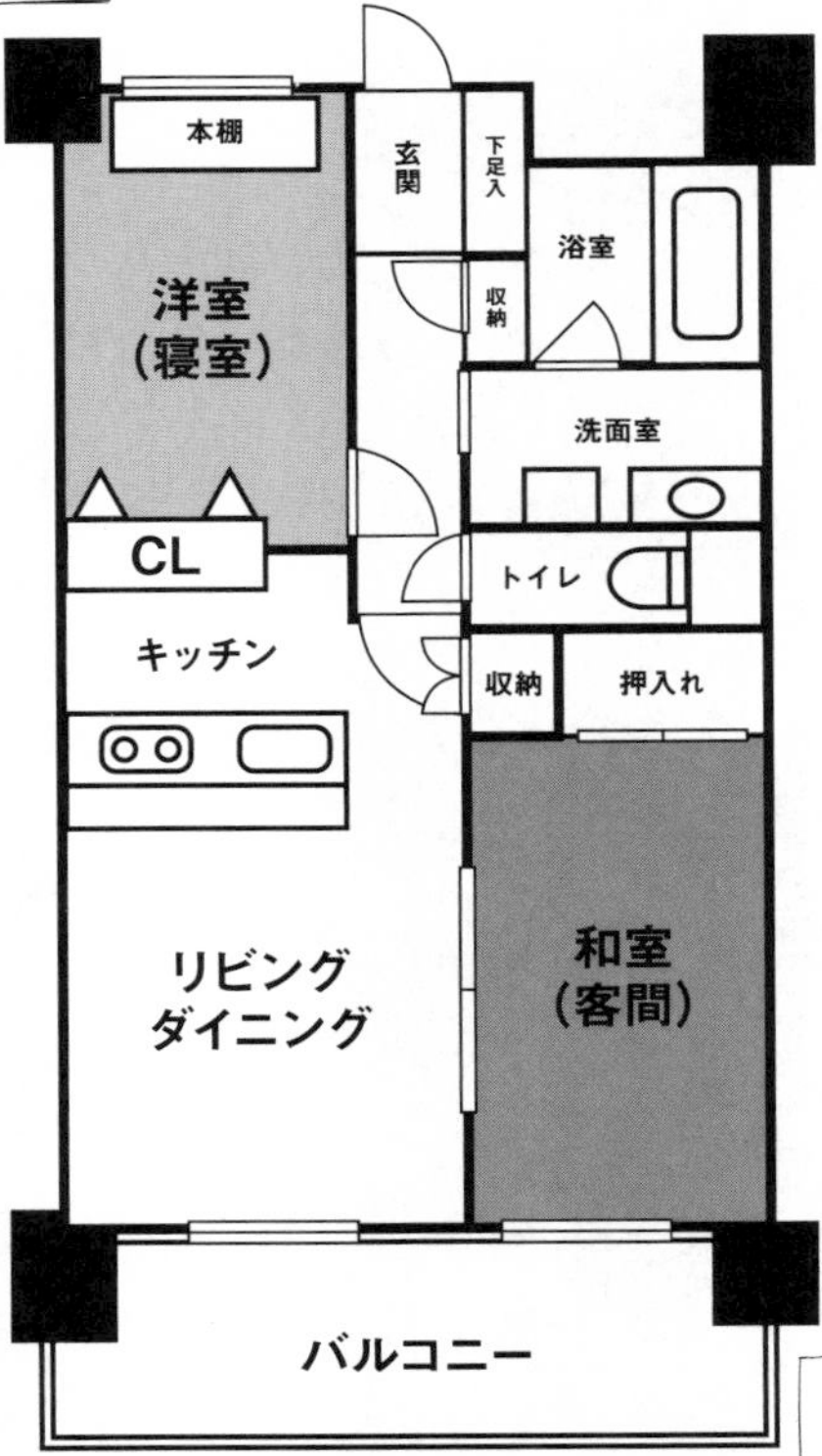
本棚
玄関
下足入
浴室
洋室
（寝室）
収納
洗面室
CL
トイレ
キッチン
収納
押入れ
リビング
ダイニング
和室
（客間）
バルコニー

止

第五話　エルフと１００グラム２９８円

十一月二十九日、水曜日。

福祉生活課の課室に掛かる、お役所じみたアナログ時計が、午後五時三十分を示した頃《ころ》。

「戻りましたー」

「お疲れ様でーす」

「おつでーす」

外回りを終えた各係のケースワーカーたちが、ぱらぱらと課室へ戻ってくる。

保護受給者と面談し、生活に関する適切な指導教示を行うケースワーカーの勤務時間は、基本的に窓口の職員などと同じ、平日午前九時前から午後五時過ぎまでと定められていた。

しかし、社会福祉法の定める受け持ち標準数を公然と逸脱し、限界以上の保護受給者《ケース》を受け持たされているケースワーカー業務担当者が、通常想定される勤務時間内で必要な業務を終えるのは、至難の業《わざ》と言えるだろう。

よって、多くのケースワーカーは、通常の勤務時間ギリギリまでを保護受給者《ケース》との面談に割《さ》き、事後処理に必要な事務作業は、手当の保障も怪しい時間外労働で消化している。

もちろん法に則してはいないが、形骸《けいがい》化した職員団体は今更《いまさら》本気で騒がないし、国民は勤務時間中に業務を片付けられない公務員を責めるのが好きなので、なんの問題も起きない。

区役所福祉生活課支援第一係における、普段通りの業務風景であった。


そんな中、慌ただしく働く職員たちに目もくれず、帰宅の準備を進める男がひとり。

言わずと知れた、区役所福祉生活課支援第一係長、中田忍《なかたしのぶ》である。

「退庁する。皆、あまり遅くならないように」

「あ、お疲れ様でした、中田係長」

「う、お疲れ様でした、中田係長」

「お、お疲れ様でした、中田係長」

返事を待たず退庁する忍の姿を、すべての職員が見送っていた。

彼らが忍と同じタイミングで帰宅しない理由は、大別して四つある。

1：単純に仕事が終わっていない、むしろこれから作業を始めるところだから。

2：『忍と一緒に駅まで歩く』などという時間外の荒行に身を委《ゆだ》ねたくないから。

3：突然定時に帰り始めた忍の挙動に不穏を感じ、ひたすら息を潜《ひそ》めているから。

4：仕事はとっくに纏《まと》まっているが、前記三つの理由でなかなか帰宅しない同僚を置いて忍と一緒に帰り、噂《うわさ》とかされると恥ずかしいので。

ちなみに割合として1が最も多く、4は表向き有能な若手職員筆頭を装いながら、裏では忍を小馬鹿《こばか》にしつついじくり楽しむ厄介系才媛《さいえん》、一ノ瀬由奈《いちのせゆな》のことだけを指す。

「つざっけんなよナカチョウ、こんなに仕事残して帰りやがってよぉ」

見るからに体育会系と分かる、筋骨隆々の若い男性職員が、呻《うめ》くように愚痴を吐く。

しかし、忍の名誉のために明らかにしておくと、これは完全に八つ当たりであった。

少し前までの忍は、自身の業務に加えて、手持ち業務を多く抱《かか》えている者や、この体育会系職員のように仕事の遅い者のフォローを、サービス残業や秘密の休日出勤で済ませていた。

ほとんどの職員はその事実を知っていながら、忍が勝手にやっていることだからと知らないフリを続け、感謝の言葉ひとつも返さず、その恩恵だけに与《あずか》っていた。

故《ゆえ》に、忍がどんな気まぐれでそれを止《や》め、本来の担当業務のみに尽力し始めようと、忍には文句を言われる筋合いもないし、周りが文句を言って良い理屈もない。

例外は『周囲からの、とりわけ上司からの助力など、あって当たり前』と臆面《おくめん》もなく考えられるタイプの人間だが、あまり褒められた思想ではないので、優秀かつ危険察知能力の高い周囲の職員たちは、体育会系職員の愚痴を肯定も否定もしない。

「一ノ瀬さぁん、助けてくださいよぉ。俺今日コンパなんすよぉ」

「うーん……気の毒だけど、ナカチョウが勉強の為《ため》に手を貸すなって。ごめんね」

面倒から逃げるため、忍を盾にした嘘《うそ》で身をかわす由奈。

忍なら普通に言いそうなので、周囲の職員も普通に信じた。

「えー、なんすか、なんすかそれぇ。クソ、あの野郎何考えてんだよマジでぇー」

状況こそ察せていないものの、助けは得られないと本能的に悟った体育会系職員は、背もたれに身体《からだ》を預け、ぐったりと天井を仰ぐのだった。

◇◆◇◆◇◆◇

区役所福祉生活課支援第一係長、中田忍《なかたしのぶ》は、あるひとつの悪徳を犯している。

つい二週間ほど前、突如中田忍の自宅内へ、出所《でどころ》不明生態不詳、意思疎《そ》通《つう》困難の金髪巨乳耳長美女が現れた。

かかる状況から、忍は対象を〝異世界エルフ〟と認識し、異世界エルフの常在菌が発する人類絶滅系毒素を警戒して、冷凍処分すべきだと、一旦《いったん》は断じたが。

忍は考えを改め、〝アリエル〟と呼ぶことにした彼女を、秘密裏に保護すると決めた。

行政や世論の残虐を知る忍自身が、そうすべきだと選択し、決断したのだ。

とはいえ、常に傍にぴったり付き添い面倒を見るのは、現実問題不可能であった。

忍自身とアリエルの生活を保障するため、忍の社会的地位と生活に足る収入を確保し続けるには、当然仕事を続けねばならないし、アリエルには留守番をお願いせねばならない。

そのために必要な努力を、忍は超人的な気力と行動力で完遂していた。

毎朝四時から起き出して、手作りの朝食と昼食を準備する傍《かたわ》ら、各種コミュニケーションテストを行いアリエルのメンタルケアを図ってから出勤し、業務の間隙《かんげき》にはスマートフォンのアプリを展開して、宅内監視ウェブカメラでアリエルの生活を見守っている。

そして今は、自身の業務を驚異的な努力で圧縮し、ひたすらに家路を急いでいる。

なんらの見返りを求めることなく、ただひたすらに、力を尽くし続けているのだ。

いくらかの善良な人々はこの話を聞いて、忍の献身に賛辞を贈るだろうし、忍が行う秘密裏の保護について『悪徳どころか、敬服すべき善行だ』と評価するかもしれない。

だが、そうではない。

忍は自身の行いを、そんな角度から見ていない。

中田忍は、自責の念を抱いている。

その存在自体が地球人類を脅かす可能性のある、異分子たる異世界エルフを即座に抹消せず、あまつさえ護《まも》り、居場所すら与えてしまった、自分自身の悪徳を。

いまこの瞬間も、責め続けている。

◇◆◇◆◇◆◇

地下鉄に揺られ、自宅最寄りの駅で降りた忍《しのぶ》は、人の流れのままに改札を抜ける。

まだ十一月二十九日だというのに、駅ビルのいたるところへ、可愛《かわい》らしいキャラクターやら、雪をイメージしたのであろう白綿の看板囲いやら、鈴の付いたリースやら、洋風におめでたい感じのオブジェクトが飾られまくっていた。

忍が周囲に構わず、姿勢よくきびきびと歩みを進め駅ビルを出れば、恐らくもみの木とはまるで関係のない、ただただ大きくて目立つ一本の街路樹が、ＬＥＤイルミネーションでその身を縛られ、宵闇《よいやみ》を切り裂くように七色の光を発し続けている。

気象庁的には十二月一日から、天文学的には十二月二十二日頃《ごろ》の冬至からを冬と定めており、未《いま》だ冬と呼ぶには早い今日この日にも、〝人々〟は冬の祝祭を待ち侘びているのだ。

だが、ここにいる中田《なかた》忍の人間性は、果たして〝人々〟の範疇《はんちゅう》に収まるものか。

「……」

忍は祝祭の足音になど惑わず、己の目的を達すべく、歩みを進めるのであった。


さて。

冷酷さと緻密《ちみつ》な論理、何より強い意志の力で武装し、あたかも完璧《かんぺき》超人の如《ごと》く振る舞うのが、中田忍の基本的生態ではあるものの。

場合によっては普通のヒトと同様に、あるいはそれ以上に思い違いやミスをするし、アバウトな決断へ身を委ねることだってある。

余程のことがなければ、世の中の常識から外れ過ぎる行動はしないし、合理的にリスクを飲み込む度量も、また持ち合わせているのだ。

逆に言えば、余程のことがあれば常識なんて簡単に吹っ飛ばし、思い切った行動に出てしまうのも事実であり、それこそが中田忍最大の問題点なのだが。

そんな忍が、駅前の大型スーパーマーケットを、思案顔で彷徨《ほうこう》していた。

もう少し歩いて、駅から外れたお安いお店を目指す選択肢を排除するのは、今の忍にとって、そこまで移動する時間にさえも、代え難い価値があるため。

つまり、一刻も早く帰りたい。

異世界エルフをひとりにする時間は、短く収めるほうが良いのだ。

ついでに言えば、異世界からの来賓《らいひん》でもあるアリエルに安っぽい食事をさせるのは悪いと考える、人類を代表した忍の見栄もそこには含まれていた。

ともあれ、異世界エルフことアリエルの食糧事情である。

アリエルはまず一度、忍たちと食卓を囲い、豆腐カレーライスをたっぷり平らげている。

魔法の消費カロリーを横に置いても、成人した人類並みの栄養を必要とする可能性は高い。

それに、異世界エルフのアリエルからすれば、地球のすべては未知なのだ。

本当の本気で気にしてやるなら、宇宙服を着せて点滴を打つくらいしか方法はないのだろうが、あいにくNASAにはツテがない、中田忍《なかたしのぶ》である。

結局、忍はまる七時間くらいひとりで思い悩み、『食事に限らず、異世界エルフに対し、生活上必要なある程度のリスクは受容させざるを得ない』という結論を、消極的に受容した。

よって『前日少し食べさせて、次の日影響がなければ普通に与える』簡易型の可食性テストは怠らないまでも、当面は忍と同じ食材を食べさせることにしたのだった。

「よう兄ちゃん、今日はワラサが安いよ！　どうだい、ひとパック!!」

鮮魚売り場の対面コーナーから、いかにも親方といった感じの男性従業員が、命知らずにも威勢良く忍を呼び止める。

「ワラサ。ワラサとはどんな魚ですか」

「おう。ブリだよブリ」

「地方によって呼び名が違うとか、そういう話ですか」

「あー、それもそうなんだが、出世魚っつってな。ワラサがブリになるのさ」

「小さいブリではないのですか」

「ちょっと違うねぇ。大きさもそうだが、脂のノリと旬《しゅん》が全然違ってくるんだよ」

「素人考えで恐縮なのですが、ハマチにも似ているように見えます。同種なのでしょうか」

「……ハマチもブリだよ」

「やはり。ワラサやブリと比較してどの位置に来ますか」

「うーん……」

さすがの親方も言葉に詰まる。

知識が追い付かないのではなく、『あっ、この兄ちゃんちょっと面倒臭い』とようやく気付き、言葉に詰まったのである。

ましてや今の忍は、アリエルの食生活を案じ、食材への探究心が極限まで高まっていた。

普段ならば幼子《おさなご》のように、いつまでも親方へ質問を繰り返し続けることだろう。

「難しいものですね」

ただ、今の忍には『帰宅し、異世界エルフに適切な夕食を与える』という不可避かつ至上の最終目的が存在したため、『相手の迷惑そうな様子を察して話を打ち切る』という常識的判断へ、なんとか思い至ることができたのである。

親方、間一髪であった。

「ああいや、悪いな兄ちゃん。俺もそこまで興味持ってくれるとは思わなくてよ」

「興味深いですが、今日はもう少し分かりやすい魚を買おうと思います」

「分かりやすい？」

「ええ。将来に向け、この魚はこういう魚なんだと、直感的に教え易いものが良いのですが」

「ははぁ。お子さんかね」

ピンと来た表情で、まるで的外れの推測を述べる親方に対し、

「そのようなものです」

忍《しのぶ》は生真面目《きまじめ》に誤魔化してみせた。

「だったら、鮭《さけ》はどうだい。子供はみんな大好き、大人だってまぁ大好き。卵のイクラもお魚屋さんで必ず手に入る、ってなところでさ」

「なるほど。それでは二人分包んで貰《もら》えますか」

「ちょいちょい待ちなよ。兄ちゃん、料理は自分でやるのかい」

「ここ最近、始めたばかりで。まだ研究中です」

「おう、それならまずはコイツにしときな」

言って親方は、大きめ二切れと小さめ一切れの生鮭《なまざけ》を、手早くパックに包んで差し出す。

「今はネットで調べりゃすぐだからよ。こいつでムニエルでも作ってやりな。骨の少ねぇ所選んでやったから、兄ちゃんでも上手に作れるさ」

「ありがとうございます。参考までに、生鮭は何日くらい保《も》ちますか」

「あー、キッチンペーパーを当ててチルド入れときゃ、まぁ三日は保つだろうがよ。こっちはイチバン脂ノリの良いトキ選んで出してんだから、できれば今日食べて貰いてぇな」

「生食《なましょく》の場合は」

「ダメだね。こいつは加熱用だ」

「サーモンの寿司《すし》などよく見かけますが、何か差があるのでしょうか」

「んん……」

懸命に言葉を選ぶ親方。

鮮魚のプロたる親方の内には『川から海、そして川へ帰る天然の鮭は、寄生虫アニサキスを内包するオキアミを捕食することがままあり、十分な加熱や冷凍処理を施さず食せばアニサキス症を引き起こす恐れがある。ただし、人的管理された餌しか与えず育てたものであればアニサキス症の心配が要らないため、外国の卸業者が生食できる養殖鮭を〝サーモン〟と銘打ち売り出したので、鮭とサーモンは商習慣上同一の種《しゅ》として通じるが、その調理手法については厳格に区別すべき』という知識の持ち合わせが、もちろん存在する。

ただ、それを言い出せば鮭の一生がどうだのアニサキスとはなんぞやだの食いつかれる未来は確定的に明らかであり、ピークタイムにこれ以上雑談を続けていれば、自分の娘みたいな年齢の社員から申し訳なさそうな態度で叱責《しっせき》されるし、同僚である精肉部のチーフからはやっぱり魚屋上がりはダメねえフフフと陰口を叩《たた》かれてしまうのも確定的に明らかである。

「とりあえず、生で食うのがサーモン、火ィ通すのが鮭って覚えときゃ間違いねぇよ」

結局、色々面倒臭くなったので、ざっくり概念に逃げる親方であった。

「ほう」

「鮭は寄生虫抱き込んでることも多いから、加熱するか、ガッツリ冷凍するかしねえと危ねえんだ。寿司《すし》になるのは養殖モンか冷凍モン、こいつは加熱用の国産天然秋鮭《あきざけ》、ってな」

「なるほど。勉強になります」

「後は……鮭は馬の鼻息で火が通る、っつうくらいだからよ。気張り過ぎずレシピ通り、いい感じに作ってやってくれや」

「分かりました。親切にありがとうございます」

「おう、どーもね。次は奥さんとお子さんも連れといで！」

「検討します。色々と、ありがとうございました」

丁寧に謝辞を述べ立ち去る忍《しのぶ》の背中を、色々勘違いした親方がにこにこと見送っていた。

見送っていたら、忍は精肉売場で同じように精肉部の店員に話しかけ、同じように長々とやりとりをした後で、よりにもよって足の早い、挽《ひ》き肉を購入した様子だった。

親方が若干もやもやした気分になったのは、想像するに難くない。

◇◆◇◆◇◆◇

中田《なかた》忍、当年取って三十二歳。

学生時代を最後にまともな運動習慣もなく、年齢相応の体力しか持ち合わせていない忍にとって、帰路の坂道は過分なワークアウトであった。

「……ふう」

中田忍の住む家は、最寄駅から幹線道路へ下った後、殺人的な傾斜地を登り切った先、ファミリー向け賃貸マンションの三階にある２ＬＤＫの一室である。

およそ五年前、元交際相手と同棲《どうせい》するため選んだ物件だが、その寸前で破局した。

広さも家賃も独り暮らし向きではないため、色々と整理が付いたら引っ越したいなと考えていたところに、突然異世界エルフが現れたのだ。

忍とアリエル、各々《おのおの》の居住スペースを確保するのはもちろん、他人の目に触れるリスクや街中を移動させるリスクを勘案すれば、当面引っ越しなどできはしない。

故《ゆえ》にこの地獄坂とも、今暫《しばら》くは付き合い続けねばならないのだ。

「……」

見上げる先は坂の上、閉ざされた自宅のベランダ、そしてカーテン。

僅《わず》かに綻《ほころ》んだカーテンの隙間《すきま》から、うっすら人影が見える。

ウェブカメラを確認するまでもなく、あれは留守番系異世界エルフ、アリエルであろう。

怖かった。

だが、忍が恐れたのはアリエルの異様でなく、カーテンと掃き出し窓、ベランダである。

充分な強度を持ち視線も通らない玄関扉や、本棚で埋めた共用廊下側の窓は良いとしても。

外界と窓一枚で直接接するベランダには、雨戸もシャッターもついていない。

アリエルと窓を隔てるのは、アリエルに〝NO GO《してはならない》〟を示す、〝止〟マークの表示のみ。

万一アリエルが〝止〟マークを無視してカーテンをめくれば、外が丸見えなのだ。

逆に言えば、外から中田忍《なかたしのぶ》宅の中を見通すことも比較的容易なので、目張りや防護壁など堅牢《けんろう》に要塞《ようさい》化したならば、不審物件として通報不可避待ったなしである。

さらに、中田家へ不法の侵入者があるとすれば、それはベランダから訪れるはずだ。

もし、ヤンチャで可愛《かわい》い野良の黒猫がベランダへ侵入し、ニャアと鳴いたらどうだろう。

異世界エルフが興味を示し、外界の様子を確認しようとしたら。

カーテンの〝止〟マークを遵守し、カーテンに触れず外界との接続を確立する方法、たとえば未知の爆熱魔法で窓ガラスを溶かし風穴を開け、異物を招き入れようとしたら、どうか。

その場合、黒猫は骨も残さず灼《や》け溶けて、直近の問題だけは解決するだろうが、間違いなくご近所からは１１９番通報がなされ、ベランダには消防隊が殺到し、異世界エルフの存在が世論の目に晒《さら》されてしまうため、やっぱり大問題となる。

「……」

溜息《ためいき》を呑《の》み込み、地獄坂を早足で登る、中田忍であった。

◇◆◇◆◇◆◇

電源を抜いたインターホンの御利益《ごりやく》か、今日まで異世界エルフが勝手に玄関扉を開けたり、無関係な人間が中田家へ侵入する事態は避けられている。

とはいえ、先日勝手に鍵を持ち出した一ノ瀬由奈《いちのせゆな》が実証したように、玄関扉を玄関鍵で施錠するだけでは、外部からの侵入に備えられているとは到底言えない。

各種センサー・警報類などをさらに充実させる手段を採れば、それら機械類にアリエルが興味を示した場合、想定外のトラブルを誘発するリスクも否《いな》めない。

故《ゆえ》に忍は、テクノロジーに依《よ》る複雑なシステムを可能な限り排し、異世界エルフ自身にも手伝わせ、最も単純、かつ強力な収容手順を構築した。

忍は玄関扉の前に立ち、ドアノブへ手を添え、音が出る程度に軽く動かす。

ガチャガチャ　ガチャガチャ

〝中〟を焦らせないよう、十分に間を置いてから、今度は玄関扉をノック。

コン　コン　コン　コン　コン

必要な動作を終えた後、手にしたスマートフォンから、空メールを送信する。

宛先は、大学生時代に使っていたフィーチャーフォンのメールアドレス。

忍は就職を機に新たな携帯電話番号を契約し、それまで使っていたフィーチャーフォンは、自宅マグネットセンサーの緊急発報メール用として利用し続けていた。

アリエルの保護開始後は、トラブル防止のためマグネットセンサーを取り外した代わりに、家中にメールの着信音が響き渡るよう設定し直し、自身の帰宅を報《しら》せる手段としたのだ。

『メールヲ……シマシタ……ルヲジュシン……シマシタ……メールヲ……』

くぐもった電子音声が、玄関扉越しに響くや否《いな》や。

　ガチャガチャ　カチャカチャ　ガチャッ
「オカエリナサイ、シノブ!!」

「ただいま、アリエル」

金髪碧眼《へきがん》に、艶《つや》のある白い肌。

異世界じみたデザインの白ドレスに豊乳を包んだ、耳の長い正体不明の同居人。

〝二回2セットのドアノブガチャ〟〝二回3セットのドアノック〟〝宅内に響くメール受信音〟の解錠プロセスを認識した異世界エルフ、アリエルが、鍵を開け出迎えてくれた。

まだ少しぎこちないものの、その表情は喜色満面の笑顔であり、本当に本当にかわいい。

にもかかわらず、この男は。

「あまり人目に付きたくない。早く閉めてくれ」

両腕を広げた、明らかに抱擁《ほうよう》待ちのアリエルを躱《かわ》し、とっとと革靴を脱ぐのであった。

「アリエル」

アリエルも素直に従い、定められた通りの手順で扉を閉め、鍵を掛け始める。

誤解のないよう明らかにしておくが、自分の帰宅をアリエルが喜んでいるように見えるのは、忍《しのぶ》としても悪い気はしないのだ。

だが彼は、中田《なかた》忍なので。

『アリエルは不安な孤独の時間が終わることに喜びを表しているのだ』と本気で考えているし、自分への好意からアリエルが喜んでいる可能性など、微塵《みじん》も想像しないよう努めている。

「身体《からだ》に異常はないか」

「アリエル」

「夜は牛肉ハンバーグ、テストは焼いた鮭《さけ》だ。問題なければ明日はムニエルを作るぞ」

「ムニエル!!」

多分というか、絶対分かっていないのに、アリエルの受け答えは元気いっぱいである。

アリエルとムニエルが似ていたので、嬉《うれ》しくなったのかもしれない。

かわいい。

忍のほうも何かが伝わっているとは考えておらず、日常的に話しかけることで、飼い犬のほうもそれとなくニュアンスや感情から人間の意思を察するようになると、由奈《ゆな》がなぜか貸してくれたトイプードルの飼い方読本に書いてあったので、折に触れ話しかけているだけだ。

◇◆◇◆◇◆◇

——やはり、つなぎには卵が要るか。

——卵白はアレルギーを誘発し易いと聞くが、早めにテストを済ませて正解だった。

身支度を整え、カウンターキッチンでコンロに向かう、中田忍《なかたしのぶ》である。

地球上の宗教信仰や、フィクション的エルフ像を参考とするなら、食肉や卵などの殺生を伴う食材は、エルフにとって忌避《きひ》されかねない、取扱いに注意を要する食材であったが。

栄養価とコストパフォーマンスに優れ、十分な加熱と調理器具の殺菌さえ怠らなければ、自炊初心者の忍でも扱い易い点は評価できたし、何より可食性テストの時点からバクバクフォオオとアリエル本人が大満足していたので、肉も卵も構わず与えることにしたのだ。

スマートフォンでハンバーグのレシピを覗《のぞ》きながら、どうにかこうにか真ん中をへこませたタネを作り終え、油を引いたフライパンに投入すると。

ジュウウウウウウウウウ

香ばしい薫《かお》りが、キッチンを越えてリビングダイニングまで広がった。

「……」

ちらと見れば、アリエルは何をするでもなく、大人しく忍の姿を見ていた。

今日に限らず、忍が料理をしている間、アリエルはダイニングテーブルの椅子《いす》に座って、カウンター越しに作業を見つめている。

一度料理を手伝ってくれようとしたので様子を見ていたら、フライパンに向かって両手を突

き出し白く輝く光球を出現させたので、とりあえず水をぶっかけて止めた。

それ以来中田家《なかた》のキッチン入り口には、大きな〝止〟マークが四枚ばかり貼《は》られている。

「まだ暫《しばら》く掛かるぞ。図鑑でも読んでいたらどうだ」

「ムニエル」

「ムニエルは明日の夕食だ。今日はテスト分の焼鮭《やきざけ》と、牛肉のハンバーグを焼いている」

「ハンバーグ」

「そうだ」

「ムフー」

満足気なアリエルは席を立とうとせず、ニコニコ笑《え》みを浮かべている。

かわいい。

忍《しのぶ》のほうも、大人しくしているなら良いかと思い直し、フライパンに向き直った。


「待たせたな、アリエル」

「フォオオオオオ」

アリエルは食事の都度、料理がテーブルに並ぶと、必ず全身から透明な気体を噴き出す。

オゾン臭が凄《すご》いので食事前には勘弁して欲しいし、普通の人類に見られれば異世界エルフと
バレてしまう生態なので早めに止《や》めさせたい一方、アリエルなりの喜びの表現とも推認される

ので、イマイチ本腰を入れて止められない忍であった。

メニューのほうは、自家製ケチャップソースの牛１００パーセントハンバーグにタマネギのソテー、付け合わせには茹《ゆ》でたブロッコリー。

表面をかりっと焼き上げ一口大に切り分けた角切りトースト、そしてオレンジジュース。

異世界エルフの必須アミノ酸など知る術《すべ》もなく、栄養バランスが適切か否《いな》かは判然としないものの、すべて簡易版の可食性テストを済ませた食材で作られている他、フォーク一本で食べ切れるなど、異世界エルフ食としての安心感はかなり高い。

「大豆は畑の肉と言い、ブロッコリーは凝縮された森と言うらしい。きっと栄養が豊富なのでそう呼ばれるのだろうな」

「アリエル」

実際のところ有り得ないのだが、それを指摘できる者はこの場にいなかった。

諸々《もろもろ》の準備が整い、忍とアリエルはダイニングテーブルを挟んで向かい合う。

「いただきます」

「シノブ！」

「いただきますだと教えただろう」

忍が〝止〟カードを取り出し、アリエルにつきつける。

「イヤス！」

「真面目《まじめ》にやれ」

「……イヤ……イヤヤシャス」

「頑張れ」

「ウー……」

もっと長い言葉もちゃんと覚えているのに〝いただきます〟だけは中々言えないアリエル。

食事を目の前にした興奮で我を忘れ、集中が切れているのかもしれない。

かわいい。

「いただきます」

「……イァ、ダ……イタダキ、マス」

「よし」

〝止〟カードを下げ、〝GO《してもよい》〟の意を示すアリエルちゃんマークカードを出してやる忍《しのぶ》。

「アリエル！」

笑顔を咲かせたアリエルは、右手でフォークを握り、高々と天に突き上げる。

そしてハンバーグを一口切り分け、トーストと合わせ刺し取り、ソースを絡めて口に運び、

「フォオオオウ」

とても嬉《うれ》しそうに、体中から謎《なぞ》の気体を噴出させていた。

「食事中に噴出するのは止《や》めろと、常々言い聞かせているはずだが」

アリエルは食事を続ける。

「～♪」

意味を全く理解していない様子で、アリエルは食事を続ける。

普段は何をしていても、忍が言葉を発すれば動きを止めて耳を澄ませるので、これは多分わざと聞こえないふりをしているのだと、忍は考えている。

都合のいいときだけワタシニホンゴワカリマセーンと言うタイプの外国人のような行動であり、本当なら叱《しか》るべき場面なのだが。

「……次からは、気を付けるように」

閉ざされた環境の中、限定された娯楽を全身全霊で楽しもうとするアリエルを想《おも》うと、やはり強く出られない忍なのであった。

忍はアリエルの生活習慣を固定する目的で、就寝を午後十時と決めていた。

それまでの間、忍はソファで本を読む。

実用書でも仕事関係の資料でもなく、趣味で選んだ小説を読む。

自分自身と、それ以上にアリエルをリラックスさせてやりたい、忍なりの配慮。

「……」

その間のアリエルは、決まって〝特別な暇つぶし〟を楽しんでいる。

カリカリ　カリカリ

アリエルはソファ前のローテーブルに向き合い、ノートと鉛筆で書き物をしていた。

読書が好きなら書くほうはどうかと使わせてみたところ、実に嬉《うれ》しそうな反応を示し、何かを書いたり気体を噴いたり、何かを書いたり気体を噴いたり、大はしゃぎであった。

危機管理能力のない幼子《おさなご》とは異なり、高い知性の存在が窺《うかが》えるアリエルのこと、欲しがるままに筆記用具を使わせても、尖《とが》った鉛筆で目を突く心配などはないはずだが。

倫理観の違いから床やら壁紙やらに落書きを始められると、七割返してもらうつもりの敷金が目減りしてしまうので、書き物は忍《しのぶ》の監視下でのみ許されることとなった。

そして我らが中田《なかた》忍は、アリエルの書き物の内容を、一切覗《のぞ》き見ようとしない。

仮にアリエルが、異世界文字で今日の日記を記していても、宇宙船地球号日本国の一般人たる中田忍が内容を理解できるはずもないので、興味を持たない選択は合理的とも言える。

ただ、忍は一般人ではなく中田忍なので、実に中田忍らしい理屈により無視を選んだ。

——異世界の常識はどうだか知らんが、他人の書き物を覗くなど、あまりに無神経だろう。

常識めいた自戒を胸に、忍はノートから視線を逸《そ》らし、手元の小説に集中する。

書き物に熱中しながらも、時々忍をちらりと見上げる異世界エルフ、アリエル。

「……」

カキカキ　　ちらり　　カキカキ
「……」

　ちらり　　カキカキ　　ちらり

「……」

　ちらり　　　ちらり　　　ちらり

「……」

　じーーーーーー

「……どうした」

「ピャッ」

忍が視線を向けるや、突然ばっちりと目が合ってしまい、目を見開いて固まるアリエル。

かわいい。

「書き物をしているのだろう。邪魔はしないから、自由にしているといい」

「ジユウ？」

「自由だ」

「ジュゥ……」

　フォォォォォン

アリエルは、全身から謎《なぞ》の気体を噴きつつ立ち上がり、珍妙なステップでうろつき始めた。

ハンバーグが焼ける音を思い出して興奮したのかもしれないが、定かではない。

「……ふむ」

一方、忍《しのぶ》はアリエルの特異な反応に対し、知恵の歯車を回転させ始めていた。

――干渉されない自由な時間ほど、価値あるものはないと考えていたが。

――日中も時間を持て余すアリエルには、別種の退屈が募っているのだろうか。

――ならば。

「アリエル、新しい本を読んでみないか」

「アタラシイホン」

「ああ」

忍がソファに向けアリエルちゃんマークを示せば、アリエルはちょこんと行儀よく座る。

次に忍は、カウンターキッチンの奥から何冊かの図鑑を取り出し、ローテーブルに下ろす。

キッチンの〝止〟が堅牢《けんろう》なので、火気や刃物、開錠システム用のフィーチャーフォン、扱いの難しい生活用品など、秘すべきものはなんでもキッチンに押し込んでいる忍であった。

「ホ？」

忍は図鑑の一冊を拾い上げ、アリエルの右隣に腰掛けて、最初のページを開いてやる。

「【フルカラー・世界魚類図鑑　Ⅰ　日本のサカナ】だ」

「ホォー」

何が分かったのかは分からないが、分かった感じを出すアリエルであった。

そして、何故《なぜ》魚図鑑なのかと問われれば、『彼が中田《なかた》忍だから』としか答えようがない。

もう少し詳しく説明すると、忍は親方との雑談をきっかけに『最近の小学生の何割かは、魚が切り身の姿で海を泳いでいると信じているらしい』という噂話《うわさ》を思い出していて、アリエルにもちゃんとした魚の姿を教えねばならないなと考えていたところ、アリエルがコミュニケーションに意欲的な姿勢を見せたので、ちょうど明日は鮭《さけ》を食べさせるし、せっかくだからこの機会にちゃんとした魚を教えてやろうと決意したのである。

回りくどい男であった。

「俺が本物の鮭を教えてやる」

「……？」

忍は図鑑慣れした様子で目次を確認し、とある一匹の魚を指差した。

「見ろアリエル。これが鮭だ」

「シャケダ」

「鮭《サケ》」

「シャケ」

「うむ」

鮭の語源とされる説のひとつに、アイヌ語の〝夏の食べ物《シャケンベ》〟が転じシャケとなったというものがあるので、サケでなくシャケでも妥協できる、中田忍であった。

忍はもう一度キッチンへ向かい、今日買ってきた鮭の切り身をアリエルに示す。

「シャケー」

切り身をつつこうとするアリエルを、忍《しのぶ》が〝止〟カードで制した。

指先から寄生虫に感染させる危険性を、忍は本気で警戒している。

「これはシャケの切り身だ」

「シャケノキリミ」

「切り身」

「キリミ」

「そうだ」

忍は一旦《いつたん》切り身を下げ、以前由奈《ゆな》から貰《もら》った、風景画のジグソーパズルをアリエルに示す。

留守番中にアリエルが完成させていたそれを、忍は鮭《さけ》に見立てたのだ。

「これがシャケ」

「シャケ」

次に忍は、ジグソーパズルをばらばらと崩し、ピースをひとつアリエルに示す。

「これが切り身だ。シャケを捌《さば》くと切り身になる」

「ホォー」

アリエルは感心した様子を見せつつ、散らばったジグソーパズルを組み直し始める。

ピースの少ない幼児用であることや、留守番中のアリエルは同じものを何十回と完成させていることも手伝い、瞬く間に元の風景が復元されてゆく。

そしてアリエルは、図鑑の鮭を指差して。

「シャケ」

忍からピースを受け取り、完全に復元されたジグソーパズルを指差す。

「シャケ」

さらにジグソーパズルを自ら崩し、ピースをひとつ拾い上げて。

「キリミ」

いったんピースを置き、奥に下げられた切り身を指差す。

「キリミ」

「完璧《かんぺき》だ。やるじゃないか、アリエル」

「ンフー」

アリエルは満面の笑《え》みを浮かべ、全身から気体を噴き出し、白いエルフ服をはためかせた。

ここまで生徒の反応が良いと、忍としても悪い気がしない。

「次に行こう。これはなんだ」

忍は、シャケと同じページに載《の》っている、限りなくシャケに似た感じの魚を指差す。

「シャケ……シャケ?」

「ああ、似ているが少し違う。これはニジマスだ」

「ニジマス……シャケ？」

「マスとシャケは別のものだ」

「ホォー」

「焦る必要はない。ゆっくり、ひとつずつ覚えていくぞ」

「アリエル！」

やる気十分の異世界エルフ、アリエルであった。

かわいい。

◇◆◇◆◇◆◇

小一時間後。

「ではもう一度だ、アリエル」

「ハイ」

忍《しのぶ》はインターネット上で厳選し、プリンタで印刷した画像のうち、一枚をアリエルに示す。

それはなんの変哲もない、とあるアクアリウムの画像。

その中から忍は、アクションゲームの足場のような水草を指差し、アリエルに問いかけた。

「これはなんだ」

「オオカナダモ」

別名〝アナカリス〟とも呼ばれる沈水植物の名を、ぴたりと当てて見せるアリエル。

忍は一旦《いったん》画像を下げ、別のアクアリウムの画像をアリエルに示す。

「こっちの魚は」

「ネオンテトラ」

赤と青を基調とした、てらてらと光る熱帯魚の名を、アリエルは間髪容れずに答えた。

「では、これは」

「グリーンネオンテトラ」

ネオンテトラに比べ腹部の赤みが少ない近縁種、これも正解だ。

「こちらはどうだ」

「ミナミヌマエビ」

水槽のコケを掃除してくれる上、魚ばかりの水槽にアクセントを与えてくれる名脇役《めいわきやく》。

これを当ててくる異世界エルフはそういないだろう。

だが中田《なかた》忍は、この程度で満足する男ではない。

さらに画像を取り換え、アリエルに示す。

「ならば、これは」

「ドラゴンハイフィンレオパードトリムプレコ」

黄金の体色と荘厳たる体躯《たいきょく》に身を包んだ、最高峰の名を恣《ほしいまま》にするトリムの王様。

ちょっとグロテスクな斑点《はんてん》模様も、見慣れてくればなかなかどうして愛《いと》おしい。

この本質的な魅力と向き合い、名前すら一言一句間違えずに言える日本人が、アクアリウムショップ店員とプレコ愛好家を除けば、果たして何人存在するものか。

「完璧《かんぺき》だ。偉いぞアリエル」

「シノブー!!」

忍《しのぶ》に褒められたことか、意思疎通《そつう》がうまくいったことに、喜んでいるのであろう。

アリエルは、初対面の挨拶《あいさつ》、若しくは最上級の喜びを表す表現と思い込んでいるのであろう〝互いの胸部を揉《も》み合う〟仕草を果たすべく、忍の胸元を服の上からわしゃわしゃ揉みしだく。

忍としても、学習の成果は褒めてこそ伸びるという理解はあるので、一応遠慮がちにアリエルの胸を少しだけ、ほんの少しだけ、服の上から揉んでやった。

久々に胸を触られ、アリエルは若干恥ずかしそうな様子である。

ならば止《や》めてしまえばいいのに、とは忍は思ったが、地球上で自分だけはそれを言ってはいけないと思い直し、申し訳なさを表情に出さないよう努力しつつ、乳を揉み続けるのであった。

「……」

揉みながら忍は、アリエルの秘めたるポテンシャルに思いを馳《は》せていた。

秘めたるポテンシャルとは揉んでいる乳房の話ではなく、アリエルの知性に関する話である。

何せ、忍がこの遊びへ思い至り、教え込んで実行するまで、一時間と少し。

言葉の意味こそ理解していないのだろうが、それでもアリエルはここまで覚えてみせた。

「これで、いつ熱帯魚を飼わねばならん状況に陥っても、心配要らんな」

「アリエル！」

元気いっぱいの返事を得て、アリエルの乳房から手を離したところで。

忍はようやく、自分の考えが迷走していたことを自覚する。

ローテーブルに広げられているのは、【フルカラー・世界魚類図鑑　Ⅲ　世界の熱帯魚】。

アリエルの覚えが良過ぎるので、次々読ませてしまった結果である。

「……」

──何故《なぜ》俺は、こうもムダな時間を。

今さら後悔したところで、忍の傍《かたわ》らには、先程よりアクアリウムの目利きに詳しくなり、ニコニコ満足げな異世界エルフがいるばかりである。

さらにまた、求められての結果とはいえ、乳まで揉んでしまった。

夢中になると後先が見えなくなる忍の悪癖は、未《いま》だ改善できていないようだ。

「……そろそろ寝るか、アリエル」

「アイ！」

「返事はハイだ」

「ハイ!!」

──アリエルは極めて意欲的に、人類の文化へ迎合せんとする姿勢を見せ続けている。

──それが再確認できただけでも、この試みに価値はあったと言えるだろう。

忍《しのぶ》は力なく立ち上がり、図鑑を拾い集めてキッチンへと向かい、アリエルはそんな忍を観察するため、食卓の定位置に着いたのだった。

カチッ
リビングダイニングのアナログ時計が、午後九時五十五分を示し。

中田《なかた》忍は今日も、徒労に憂き身を窶《やつ》していた。

「アリエル、聞いてくれ」

就寝準備を整え、ソファを背に決然と立つ忍の表情は、いつも通りの仏頂面《ぶっちょうづら》。

「ハイ」

片や、時計が指す針の形で、なんとなく一日のイベントを理解している様子のアリエルは、既《すで》にニコニコを通り越したキラキラ笑顔で忍に向き合い、その瞳《ひとみ》を真《ま》っ直《す》ぐ見上げている。

笑顔は狩猟本能に端を発する、極めて攻撃的な表情だと何かで読んだことのある忍は、今まさに、笑顔のメスライオンに追い詰められるカピバラのような気分を味わっていた。

ライオンはアフリカ、カピバラはアマゾンに生息しており、アマゾンにはゴールデンライオンタマリンという鬣《たてがみ》のあるサルがいるきりなので、ライオンとカピバラが本来出会うことはないはずだが、地球人類と異世界エルフの話なので、この喩《たと》えはむしろ適切だろう。

……などと考えてしまう程度の余裕は、忍にもまだあるようだった。

カチッ
時計の針は進んで、午後九時五十八分。

「この国には『男女七歳にして席を同じうせず』という言葉がある」

「ハイ」

「前に、おしべとめしべの話をしたな。地球の生物は、余程単純な構造のものでない限り、雌《し》雄《ゆう》の別で遺伝子を掛け合わせ、より環境に強い個体を産み繋《つな》ぐことで種《しゅ》を保っている」

「ハイ」

「ヒトもまた例外ではない一方、文明の規律と個の尊厳を保つために、節操のない繁殖を嫌っている。男女、即ち人類における雌雄を区別する所以《ゆえん》だ」

カチッ
午後九時五十九分。

残された時間は少ないものの、元々多寡《たか》に意味などない。

〝その瞬間〟にアリエルを抑えられていないなら、すべての努力はやはり徒労なのだ。

今の忍に許されるのは、取るべき手段と言葉を尽くし、その結果をただ受け入れるだけ。

それは〝諦《あきら》め〟と名付けられるべき逃避なのかもしれなかったが、誠実の権化たる中田忍《なかたしのぶ》の本能は些《いささ》かも挫《くじ》けておらず、コンマ1パーセントの望みを掴《つか》もうと、必死に足掻《あが》く。

「故《ゆえ》にアリエル、理解して欲しい。俺がお前と同衾《どうきん》したのは、あの日限りのやむを得ない緊急避難措置であって、こう毎夜毎夜」

カチッ
「シノブー!!」

ボスン!!

「シノブ、オヤスミ、シノブ、オヤスミ」

時計の針が午後十時を指した、その刹那《せつな》。

アリエルはいつものように忍へ駆け寄り、優しくも逃れ得ぬ力で抱き付いた。

勢いを殺しきれずソファへと倒れ込み、自らとアリエルを支えるべく、不本意ながらもアリエルを抱き返す、愚かな中田忍である。

「……」

これもまた、仕方のないことなのだ。

人類社会において、特に物覚えのいい者は〝なんでも吸収するスポンジ〟などと喩《たと》えられるところ、さながら異世界エルフは〝排水口のないバスタブ〟とでも言えるだろうか。

注げば注いだだけ満たされる一方、中身の入れ換えにはひどく苦労する。

教えれば教えただけ覚えるものの、一度覚えさせたことは、なかなか曲げられないのだ。

歓喜の乳揉《も》みは根本的に制御できていないし、食事となれば必ず食器《カトラリー》を掲げるし、あの夜以降就寝の同衾を回避できたことは一度もない。

その結果が有害であるか否《いな》かを問わず、未《いま》だ異世界エルフの行動を制御し切れていない危険性について、忍は正しく認識していた。

だからこそ、焦り。

だからこそ、その焦りを、己の内に飲み下す。

「アリエル」

「ウー？」

忍の胸元に抱き付いたまま、小首を傾げるアリエル。

かわいい。

「ここはお前の家じゃない。せめて〝おやすみ〟でなく〝お泊まり〟と言いなさい」

「オトマリ!!」

フォォォオォン
「……随分と、覚えが良いことだ」

「オトマリ!!」

噴き出す気体にむず痒《がゆ》さを感じながら、異世界エルフの誠実を少し疑う、中田忍であった。

暫《しば》し後。

窓が目張りと本棚で潰《つぶ》された、由奈《ゆな》には独房とすら評される、防音ばっちりの忍《しのぶ》の寝室。

「……ンニュ……」

パタッ
忍の腕の中、幸せそうな寝息と共に、アリエルの長い耳が動き、その両目を覆い隠した。

相変わらずコミカルな絵面《えづら》だが、状況を見るに、異世界エルフ熟睡の合図なのだろう。

それを見届けた忍は、小さな溜息《ためいき》をひとつ。

——今日もプランBか。

——あまり、多用したくはないものだが。

忍は身をよじり、アリエルの抱擁《ほうよう》を抜け出さんと試みる。

同衾《どうきん》三日目に思い付いた『パジャマを予《あらかじ》め一枚多く着込み、抜け殻にして脱出する』プランBは、五分ほどで滞りなく成功した。

「……ふぅ」

耳で両目をぴっちり塞《ふさ》いだアリエルは、変わらず気持ち良さそうに寝入っている。

検証の結果、少なくとも忍が同じ部屋にいる間は、容易に目覚めないことが分かっていた。

「……」

和室から移動させたパソコンを起動し、ディスプレイの明かりで資料をめくる。

時刻は、午後十時三十三分。

忍のプライベート・タイムは、ここからが本番だ。

中田《なかた》忍は知恵の回転こそ速いものの、それを正しく活用する能力には著しく欠けている。

端的に言って、要領が悪い。

そんな忍が人並みに……否《いな》、役所の係長職として人の上に立ち、優秀さを示し続けるためには、どのような形でも努力を重ねるしかない。

だから忍はよく本を読むし、気になったことはなんでも詳しく調べるし、覚えた知識はできるだけ忘れないようにしている。

これまでは仕事以外の時間すべてを使ってそれができたが、今は自宅に異世界エルフ《アリエル》がいて、起きている間はその面倒を見なくてはならない。

加えて、アリエルの面倒を見る上で、新たに学んだり、考えねばならないこともある。

この厄介な課題に割《さ》ける時間は、最早《もはや》自らの休息を削って作る他、方法がない。

――『エルフが踊った痕跡《こんせき》の中心で小便をすると、性病にかかる』。

――意味不明だか、どのような理屈なのだろうか。

――トイレでの行為については、言及しないと決めていたが。

――便器の上でダンスをしているようなら、対策が必要かもしれん。

スカンジナビアの民間伝承へ登場するエルフの記事に目を通す一方、暗号資産を利用し財産を隠蔽《いんぺい》する不正受給者《ナンバー》対応のガイドライン策定について、大筋の起案をまとめてゆく。

「……」

異世界エルフの出自や保護に関する有益な情報は、今日まで何ひとつ見つかっていない。

そうなれば忍《しのぶ》は、ますます自分の時間を削り、異世界エルフに注ぎ込むこととなる。

自らの職責をより良く果たすべく、知識を蓄え、能力を高める時間を、失うこととなる。

影響は既《すで》に、そこかしこへと現れている。

残業を止《や》め、日中にすべての職務を終えることとなった負荷が、僅《わず》かずつ忍《しのぶ》を蝕《むしば》んでいる。

故《ゆえ》にこそ、中田《なかた》忍は止まらないし、止まれない。

己がそうすべきだと、信じるが故に。

暗い部屋の中、殊更《ことさら》に輝くパソコンディスプレイの隅、タスクバーの時計が目に入る。

時刻は間もなく、午前〇時を回ろうとしていた。

第六話
エルフと白昼のヒメゴト

一ノ瀬由奈《いちのせゆな》の話をしよう。

日本生まれの日本国籍、当年とって二十六歳の成人女性。

身長163センチ、体重47キロ、AB型、五月生まれの牡牛座。

職業地方公務員、区役所福祉生活課支援第一係所属の、若手筆頭ケースワーカー。

美しさはもとより、しなやかさと確かな自信をも魅力とする、大人の女性である。

勤務中はアップスタイルに纏《まと》める艶《つや》やかな黒髪、昼夜長引く激務を経てなお崩れないボディライン、美尻《びじり》に美脚に、嫌《いや》でも目を引く美乳のEカップ。

彼女を形作る美貌《びぼう》は、すべて天からの賜り物ではなく、彼女自身の弛《たゆ》まぬ努力の所産であることを、彼女の名誉のため明らかにせねばなるまい。

一ノ瀬由奈を語るとき、彼女をよく知る（と思い込んでいる）多くの者は〝面倒見がいい〟〝優しい〟〝有能〟〝付き合いがいい〟〝気配り上手〟〝人望がある〟〝愛想がいい〟などの言葉を使いたがるし、直属の上司は諦《あきら》め気味に〝自由〟の一言で片付けるだろうが、どれも彼女の本質を捉《とら》えていない。

甘え上手にも、挑発上手にも見える彼女の猫目は、その奥底を誰にも悟らせないのだ。

故《ゆえ》に彼女が、図らずも（あるいは、目論見《もくろみ》通りに）巻き込まれた、とある異世界エルフを巡る一連のトラブルについて、どんな思いを抱いているのかは、未《いま》だ定かでない。

現時点で明らかなのは、十一月三十日木曜日午後〇時三分現在、由奈《ゆな》に与えられた昼休憩はあと五十七分弱しか残っていないこと、由奈の属する福祉生活課女性職員グループは喫茶店へランチに向かっていること、由奈はその大きな流れに飲み込まれ、貴重な休息時間のおよそ八割を円滑な人間関係の維持に消費しなければならないということである。

仕方あるまい。

『中田忍《なかたしのぶ》のお世話係を押し付けられている、哀れな若手筆頭』の仮面を被《かぶ》り、良くも悪くも丁度いい立ち位置を保ち続けるには、それなりの労苦が必要なのだ。


区役所にほど近い、ある喫茶店の入り口に、銀の西洋甲冑《かっちゅう》が一着、厳《いか》めしく飾られている。

それだけ聞くと若干のイロモノ的印象を受けるかもしれないが、実はここ、区役所のみならず、界隈《かいわい》の働く女性たちがこぞって通う、人気のお店であった。

茶葉やコーヒー豆のセレクトも多彩で、ランチメニューの提供も迅速。

中に入れば甲冑も目に付かないし、内装は街の雰囲気に合い、どこかお洒落《しゃれ》な感じ。

そして何より、魅力的な一点。

この喫茶店には、個室があるのだ。

「……そういえばさぁ、この前のアレ、ねー」

「あぁ、その話いっちゃう？」

「はいはい」

「やー、久々に出ましたよねぇ、中田係長節《ナカチヨウ》」

「もうほんっと、最悪だよね。聞いてるだけで胃がキリキリすんだよねー」

「分かるー。どっか個室でやってくんないかなって、いっつも思うんだけど」

「マジなときは個室でしょ。勢い外でやるときの比じゃないし」

「やだ何それ怖っ」

「あれ個室で、一対一でやられてみー。あのコその日のうちに死を選ぶんじゃない」

「あり得る」

「「「アハハハハハハ」」」

笑い合う女性職員の間に、一切の〝我《が》〟は存在しない。

由奈もまた、自身の人格、哲学、信条、その他一切に蓋《ふた》をして、ただ流れに身を任せる。

主張し過ぎぬよう、主張しなさ過ぎぬよう、各々《おのおの》の役割を纏《まと》い、ぬるりと溶け込み。

結論の要らない四方山《よもやま》話をだらだらと共有し、友好継続の意思を互いに確認する。

考える必要はない。

これは大人の女性たちが、結んだ関係性を確かめ合う、高潔な儀式なのだ。

最後に結論をまとめるので、興味がなければ聞き流すのも、人生の選択のひとつであろう。


「でもまー、あたしもイナシはヤバイと思ってたんだよねー」


イナシ《174》とはもちろん、異世界エルフ発見の前日に騒ぎとなった、不正受給者《ナンバー》武藤達之《むとうたつゆき》の件。

福祉生活課支援第一係の新人職員、堀内茜《ほりうちあかね》が入れ込み過ぎて方々《ほうぼう》に迷惑を振りまいた、不正受給者《ナンバー》174に関する、一連の顛末《てんまつ》についての話である。

一応個室内とはいえ、まさに役所の近くでもあるし、仕事の話は隠語で済ます倫理観と危機感ぐらいは、皆しっかりと持ち合わせているのだ。

それで足りているか否《いな》か、理に適《かな》ったレベルのものなのかは、ともかくとして。


「まーねー、って、ヤバイってどっちが?」

「あのコのほう」

「「確かに」」

「ちょっと扱いづらいよね。視野が狭いんだか、敢《あ》えて馴染《なじ》もうとしないのか知んないけど」

「昼休みとかも、いつの間にか消えてるじゃん。ひとりで何してんだろね」

「ちょっと前は別室で資料見たり、他の部署に足延ばして色々やってたみたいですが」

「え、それご迷惑じゃないの」

「後は時間外とか、閉庁日にも外回りやったり？　頑張り屋さんなんでしょうけど」

「それはいいんだけどさー。あの子イナシ以外の仕事全然手ぇ付けてなかったでしょ」

「イナシ入ったのって先月？　先々月？　そういえばその後の新規誰が持ってたの？」

「え、由奈《ゆな》ちんでしょ？」

「えーっ!?」

「ちょ、はーちゃん！」

「言ってやれば良かったじゃんそれー。マジありえなくない？」

「あ、いえ。ナカチョウがサポートしてくれって言うんで、ちょっとお手伝いしただけで」

「「はあー!?」」

「イヤ、そっちのほうが絶対イヤ!!　だったらひとりで持つ！　またはあの子ブン殴る!!」

「ないわー」

「せめて仕事押し付けられるか、ナカチョウ押し付けられるかどっちかでしょ」

「ダブルはないわダブルは」

「ナカチョウってなんか昆虫っぽいよね。もしくはロボット」

「感情ないですよね。配慮のない結婚生活で、奥さん泣かせるタイプ」

「いや結婚とか無理。絶対無理。全人類の総意でしょ」

「分かんないよー。あれで昇進早かったし、特定の層には案外モテるんじゃない」

「やだー。絶対一緒に寝たくないんだけど」

『ふむ。二時間後にもう一回頼めるかな』」

「「ギャハハハハハ」」


そう驚くことでもないだろう。

大人の女性同士だけでの、ましてや密室での親睦会において、この程度の猥談《わいだん》で盛り上がってしまうことなど、大して珍しくもない話である。


「やだ！　はーちゃんそれ！　そっくり！　そっくり!!」

『止《や》めておけ。このまま口を使い続けた場合、挿入に至る前に射精する』」

「「ブハハハハハハ」」

「早い！　早いよナカチョウ!!」

「色んな意味で引くわー」

「やりますなぁ、はーちゃん」

「よく観察してんねー」

「見てるぶんには面白いから、ついつい」

「あーまー、分かる分かる」

「見守るとしても、自分にカンケーない距離からがいいな」

「サバンナの動物的な？」

「そーそー」

「分かるー」

「市民同僚上司部下、誰彼構わず食い殺してるもんね」

「まーねー。結局あの子も辞めちゃうんじゃない？」

「いやー、いい加減そろそろクビでしょ」

「どっちが？」

「ナカチョウ」

「あー」

「モラハラってレベルじゃないもん、存在が既《すで》に」

「まあ、ただでさえ仕事キッツいんだから、職員側ぐらい癒《いや》しで固めて欲しいよね」

「お客《ケース》さんだって喜ぶんじゃない？　気軽に立ち寄れる感全くないもん今」

「あー」

「まあねー」

「うーん……」

「え、マリさんまーさーかーのー？」

「あ、ううん、別になんでもないなんでもない」

「えー絶対嘘《うそ》でしょ」

「なんです、なんですなんです」

「いや、ほんと大した話じゃないんだけど。まあ、ナカチョウ的な存在がいなかった頃《ころ》は、それはそれで結構苦しかったよって言うか」

「マリさんマリさん、生き字引感漏《も》れちゃってます」

「歴史の生き証人過ぎませんかマリさん」

「女子力被《かぶ》せて！　はやく!!」

「セイセイセイ。せめて歴女って呼んで」

「それで、苦しかったっていうのは？」

「まあーほら、ウチって職員側にもお客様側《ケース》にも、色んなヘイトが溜《た》まるトコじゃない」

「確かに」

「はいはい」

「だから揉《も》めるのはしゃーなしなんだけど、誰か締めるとこ締めてくれないと、却《かえ》ってヤバい揉め方するんだよね。実際ナカチョウ来る前は、辞める子今より多かったし」

「ええ……ええー」

「まあ……まあね、まあね」

「うーん」

「だから、ナカチョウがそういうの被ってくれるのは、ありがたいトコあるかなって」

「ふーむ」

「ああ神よ、もう手遅れです」

「マリさんはシノブ脳に侵されてしまったのです」

「もう焼き捨てるしかない」

「ぶっほ」

「マリさんマリさん！　女子力！　女子力!!」

「セイセイセイ……じゃないよ、なんなのシノブ脳って」

「中田《なかた》忍《しのぶ》ことナカチョウ的考え方に、理解を示す感じの……」

「ゲーム脳より圧が強そう」

「なんとおそろしい」

「マリさんマリさん」

「「シノブ脳認定、おめでとうございます！！」」

「ちょ、やめ、やめてよそれー」

「マリさんマリさん、シノブ脳〜」

「「ギャハハハハハハハ」」

利那《せつな》、この場にいない新人への陰口大会となりかけたところ、より分かり易い悪役、中田《なかた》忍《しのぶ》支援第一係長に石を投げ直した上、座長のお局《つぼね》様、マリさんが道化を演じたことで、ランチ女子会は円満に終結した。

繰り返すが、これは大人の女性たちが、結んだ関係性を確かめ合う、高潔な儀式なのだ。

その内容について、深く考える必要のないことを、再度確認しておく。

そして、午後〇時四十八分。

「……ふぅ」

お化粧直しで自らの人格を取り戻し、自席に戻った由奈《ゆな》が漏《も》らす、刹那本気の溜息《ためいき》。

幸いにも、その姿を見咎《みとが》める者はいなかった。

今さら語るまでもないことだが、『役所勤めの公務員は午前八時半出勤の午後五時十五分退勤、チャイムの一秒後には全窓口のシャッターが下りる』などという俗説は、もはやフィクションとして語ることすら恥ずかしいほどに的外れの、子供じみた幻想《ファンタジー》である。

現実の行政サービスは『わずかな税金で保障は一生涯、さらに公務員は定額使い放題』とばかり、常に最高水準を要求し続ける国民市民の要望にお応《こた》えし、無手当の時間外労働は当たり前、職員の余暇を犠牲にした休日窓口開庁、休憩時間の窓口受付など、納税者の皆様に益々《ますます》お喜び頂かんと、日々先鋭化を続けているのだ。

そのうち尖《とが》り過ぎて折れちゃうんじゃないだろうか、と由奈は思っているが、そうなれば辞めて別の仕事を始めるだけなので、あまり深くは気にしていない。

仕方のないことだろう。

金で人を動かすことはできても、その心までは買えないのだ。

ましてやそれが、働きに見合うか見合わないか程度の、ささやかなお給金であるのなら。

そんな経緯はさておき、福祉生活課の課室には、職員が殆《ほとん》ど残っていない。

勤め人がお昼休みを割《さ》いて住民票を取りに来る戸籍課などに比べ、用件が短時間で片付かず、手続きにしても他部署他機関との連携が必要となる福祉生活課には、昼休憩中の来訪者が比較的少ないため、最低限の職員を持ち回りで窓口につけている。

逆に何かあれば、休憩中だろうと担当外だろうと居る人間が駆り出されるので、外回りのケースワーカーは大抵外で昼を済ますし、庁舎で業務中の者も、殆どが休憩時間ギリギリまで戻ってこないのだ。

例外は正午きっかりに席を立ち、どこかでなんらかのエネルギー補給を済ませ、午後〇時四十分きっかりにデスクへ戻ってくる環境生物、中田忍《なかたしのぶ》くらいのものだったが、今日はその忍すら課室に姿が見えない。

――忍センパイのくせに、生意気。

部下失格の悪態を浮かべつつ、由奈《ゆな》は周囲を警戒した上で、スマートフォンを取り出した。

慣れた手つきで開くのは、中田忍宛のメッセージウィンドウ。

仮面の下で微笑を浮かべ、筋違いのフラストレーションを叩《たた》きつけようとした、その刹那《せつな》。

【初見小夜子《はつみさよこ》さんからの、新着メッセージが二件あります】

『へイへイ』
『由奈ちーん』

由奈と仲のいい福祉生活課支援第一係員、初見小夜子からのメッセージであった。

小夜子の名誉の為《ため》には伏せておくべきだろうが、記述の利便を担保するため、ランチ女子会で忍のえげつない物真似《ものまね》を披露していた〝はーちゃん〟こそ初見小夜子であると、ここで明らかにしておく。

「……」

周囲を見渡すが、小夜子が課室に戻ってきた様子はない。

さりとて、同じタイミングで昼食を終え、同じタイミングでひと息ついた相手からのアプローチをスルーするなど、〝一ノ瀬由奈《いちのせゆな》〟の振る舞いとしては不適切であろう。

由奈は小さく嘆息し、通知をタップしてウィンドウを展開する。


〝どしたの、さっきの今で〟

『そりゃあ、よぉ』

『へへぇ、分かるよねぇ？　んん？？』


不穏な文面。

福祉生活課で最も勘の鋭い女、一ノ瀬由奈は、改めて周囲を警戒し、画面を身体《からだ》で隠した。

何しろここは福祉生活課の課室、パブリックスペースのど真ん中なのだ。

声に出しての雑談だったら、聞き耳を立てられても仕方がない。

スマホの画面が〝たまたま〟通りがかりで目に入るなど、珍しくもない〝事故〟だろう。

知られたくないことを、知られかねない場所で晒《さら》すのは、晒したほうに罪がある。

故《ゆえ》に密談は、お互い自己防衛の意識を持って、ひっそりメッセージ交換で。

　プライバシーのリスク管理は、社会人が相互に身に付けるべき最低限のマナーであることを、一ノ瀬由奈《いちのせゆな》は心得ていた。

　由奈はもう一度、そっと周囲を確認しながら、ようやくメッセージを返す。


〝手短にお願い。まだ昼のいいね巡回終わってないから〟

『そろそろまた飲み会やろうかなーって』

〝それ今する話？？？？〟

〝もう昼休み終わっちゃうとこなんだけど〟

『イエスとだけ言えばいいのさ』

『お釣りが来るくらいだろぉ？』


　由奈は呆《あき》れ半分、面倒半分とばかりに、再び溜息《ためいき》を吐《つ》く。

　初見小夜子《はつみさよこ》が〝飲み会〟と言ったなら、それはほぼ間違いなく合コンのことを指している。


〝ピッチ早くない？　先月やったばっかじゃん〟

『まーほら、もう十二月だし？』

『最後まで諦《あきら》めないぜ的な者が集《つど》うイクサバ的な？』

〝モノノフとして無様《ぶざま》に足掻《あが》くより、ハラキリキメて来年頑張りたいなって〟

『そういうのいいからさーお願いだよゆなちーん』

〝まあね〟

〝ってイブ決行？〟

『そー。予定アリならいいんだけどさ』

〝ないけど〟

『いよっ！』

『潔さが違う、このおひとり様ッ！』

福祉生活課における由奈の役割が〝優等生〟なら、小夜子の役割は〝お調子者〟であろう。

二人は役割を超え、友人としても縁を結んでいるが、それでも由奈は忍《しの》ぶに見せるような、生意気で身勝手な本性までもを、小夜子に晒《さら》したことはない。

恐らく小夜子のほうでも、由奈には見せたことのない、別の顔を持っているのだろう。

問題あるまい。

ウェットに密着する若者の友情とは違い、互いの不可侵を尊重できなければ、大人の友情はその形を保てないのだ。

『そんでね由奈《ゆな》ちんにひとつお願いしたいことがあるんだけど』

〝大丈夫だよ。参加させていただきまーす〟

『いやそれもそうなんだけど、ナカチョウにも声掛けてくんないかなって』


由奈の手が、刹那《せつな》止まる。


〝正気？〟

『うん』

〝大丈夫？　シノブ脳感染しちゃった？〟

『フロントホック……？　すまない、ブラジャーとは背中の金具を外すものではないのか』

「ぶホッ」

不意の精神的ボディブローに精神的腹筋を打たれ、一ノ瀬《いちのせ》由奈が無様《ぶざま》に噴いた。

いつの間にかデスクに戻っていた小夜子《さよこ》が、由奈だけに見えるようニヤついている。

鬱陶《うっとう》しかった。


〝不意打ちやめてくんない？〟

『ごめんごめん』

『でもナカチョウって一応若くして役職持ってる公務員なわけでさ』

『やっぱそういうのがいるいないでメンバーの食いつきが違うのよ』

〝今度の飲み会、半官半民な感じなの？〟


ちなみに半官半民とは、自治体が民間と共同出資するビジネスモデルの話……ではない。

福祉生活課女性陣の隠語で〝半分公務員、半分一般市民〟の割合でやる合コンを指す。

全部公務員の場合は〝公共事業〟。

〝七公三民〟などのバリエーションも存在する、実にお上品な日本史系ジョークであった。


『そーそ。やっぱ私も音頭取る以上』

『ある程度タマ揃《そろ》えられないと格好つかないからさ～』

〝そうは言ってもナカチョウだよ？　大丈夫？〟

『へーきへーき。由奈ちんはどうだか知らないけど』

『愛がなくても安定した結婚生活は送りたい女の子、世の中にはいーっぱい居るんだから』

〝はーちゃんも？〟

『私は別だけど』

『それにしたってやっぱり、最初のチャンスがないと始まらないわけじゃん』
〝それは分かるけど。なんで私が誘うの〟
『すまない一ノ瀬《いちのせ》君、ひとつ確認させてくれ。穴が三つもあるんだが』

「げホっ」

『ゆなちん、沸点低過ぎ～』
〝それじゃごめんね、私いいねバラマキに行かなきゃ〟
『あーまってまってー』
『由奈《ゆな》ちんナカチョウと仲いいじゃーん』
〝ちょっとそれ侮辱にしても酷《ひど》過ぎない？〟
『そお？』
〝皆がナカチョウと口利かないから、私がお世話するしかないんじゃん〟
『うっそー、絶対由奈ちん楽しんでるでしょ』
〝じゃあ代わる？　明日から〟
『えっ絶対ヤダ』
〝ほらあ〟

『まあ、なんかのついでで良いから話してみてよ』

〝無茶言うなぁ。貸しだからね〟

『あーい』

　キーン　コーン　カーン　コーン

　由奈が顔を上げれば、午後一時を報《しら》せるチャイムが鳴り響いている。

　そして、いつどのタイミングで湧《わ》いてきたのか、午前中在庁していた殆《ほとん》どの職員は課室に戻り、各々《おのおの》の作業を再開していた。

　さらに、由奈の視界の端では。

「中田《なかた》係長、本当にありがとうございました！」

　愛すべき後輩の堀内茜《ほりうちあかね》が、何故《なぜ》か中田忍《しのぶ》支援第一係長に頭を下げている。

「俺の為《な》すべき業務の範疇《はんちゆう》だ。君が恩に感じるような話ではない」

「……はい。結果でお返しできるよう、頑張ります」

「宜《よろ》しく頼む」

　見下ろす忍は、いつも通りの仏頂面《ぶっちょうづら》。

　そして見上げる茜は、どこか遠慮がちに、小さく微笑《ほほえ》んでいた。

「……」

由奈《ゆな》の手元には、メッセージを終えたばかりのスマートフォン。

時刻表時はまだ、午後一時〇〇分。

解釈次第では、まだギリギリ休憩時間中と言えなくもない、この時間。

「……」

〝今週末行きますんで、ご飯作って下さい。返信拒否〟

送信直後、時刻表示は午後一時〇一分へと変わる。

ならば少なくとも、今日の終業まで、このメッセージが忍《しのぶ》の目に触れることはないだろう。

そして週末、時刻もメニューも曖昧《あいまい》なこの一文へ報いんと、万全の準備を整えるのだろう。

一ノ瀬《いちのせ》由奈が知る中田《なかた》忍は、そういう男だ。

だからこそ。

「……ばーか」

無自覚な呟《つぶや》きは、誰の耳にも届かなかった。

◇◆◇◆◇◆◇

時刻は少し遡《さかのぼ》り、同日午後〇時十五分。

中田忍《なかたしのぶ》と堀内茜《ほりうちあかね》は、困窮者の自立支援を理念として掲げる特定非営利活動法人〝ぽんてんまる〟の事務所を訪れていた。


忍たちの勤務する区役所は、観光地としても全国的に有名な、みらい的なみなと町の盛り場に接し建てられており、行き交う人々や街並みも小綺麗《こぎれい》で、どこか洒落《しゃれ》ているのが特色だ。

だが、そのあまりにも近い場所、線路一本隔てた先には、過去に数々の浮浪者や港湾労働者らが集《つど》うスラム街として知られ、現在は公認非公認問わず低額簡易宿泊所が並び立つ、かつて〝ドヤ街〟と呼ばれた地区が存在する。

生活保護費を受給する困窮者の大部分は、自らの意思と制度の助けで生活を健全に立て直し、〝ここ〟に根付くどころか、関わることすらなく、いずれ元の社会へと帰っていく。

不正受給の日雇い労働者すらも、〝ここ〟の常識に照らせば、まだ立派とすら言える。

昼間から道路に寝転がり、安酒を呷《あお》る者。

雑居ビルに切り取られた青空と見詰め合い、吹き溜《だ》まる風と雑談を交わす者。

宿泊所の部屋に戻ることすら億劫《おっくう》になり、自ら路上で暮らし始める者。

一握りの幸福な定住者を横目に、行き場のない単身生活保護受給者らが身を寄せ合うこの地区を、誤解を恐れず蛮勇を以《もっ》て表現するならば、それは社会の終着点であった。

そして、彼ら彼女らの幸福を支えるべく、あるいは彼ら彼女らにもたらされる幾許《いくばく》かの公金を掠《かす》め取るべく、善悪様々な者たちがこの地区へ集まり、居を構えている。

『より正しく保護受給者《ケース》に向き合う、活《い》きた保護のあり方を学びたい』と願う堀内茜の希望に応《こた》えた忍は、自身が篤《あつ》い信頼を置く〝ぽんてんまる〟の代表理事に助力を求め、〝ここ〟にある事務所を訪れたのだ。


「大事にしているのは……そうですね。困窮者の方々の〝プライド〟でしょうか」

「プライド、ですか」

「ええ。そのためなら、敢《あ》えて生活保護を受けないよう勧めることもあります」

「えっ」

驚く茜に、〝ぽんてんまる〟の代表理事だという女性は、してやったりの笑《え》みを浮かべる。

忍の古い知り合いで、年齢も忍くらいとの話だが、小柄で人懐っこいその風貌《ふうぼう》は、下手《へた》をすれば茜と同じくらいの年頃《としごろ》にも見えた。

「意外でしたか？」

「はい。むしろ役所が保護を渋った時に、申請を後押しする方々なのだとばかり……」

「そういう団体もないとは言いませんし、必要なときはウチでもやりますけどね」

「では、何故《なぜ》なんでしょうか？」

「んぐ……」

齧《かじ》ってしまったツナマヨおにぎりを、何とか飲み下そうとする代表理事。

忍《しのぶ》は自腹でお高めの中華飯店をセッティングするつもりだったが、『現場で話をしなくちゃ意味がない』という代表理事の意向により、コンビニ惣菜《そうざい》を交えての昼食会になっている事実を、忍の名誉のため明らかにしておく。

「……もむ。ナイーブな話になりますが、たとえば技術のある職人さんなどは、制度に頼らず自立することを、ひとつのプライドとして生きてらっしゃるわけです」

「でも、怪我《けが》や病気で困窮されている場合などは、保護が必要なんじゃないかと……」

「そこが、プライドの問題なんです。〝自立〟のプライドを持っている方に、無理矢理制度の救いを押し付ければ、今度は気力が折れてしまう。『一度頼ってしまったなら、もう後は何回頼ったって同じだ』と、自らのステージを下げてしまう。そうなれば怪我や病気が治った後も、再び自立しようなんて思えなくなる」

「……」

「そんなときは保護申請を無理に勧めず、各々《おのおの》の体調とスキルに合った求人の斡旋《あっせん》ですとか、各々の事情に寄り添ったサポートができないか、ご本人と一緒に考えます。NPOならではの柔軟なアプローチで、区役所とは異なるタイプの支援ができるよう、工夫していますね」

「……勉強不足で、すみません」

「とんでもない。CW《ケースワーカー》さんが大変な思いをしているのは、こちらも十二分に理解しているつもりなので。私たちの活動に興味を持って頂けたと聞いて、光栄に思っているんですよ」

にこやかに語る代表理事の女性、ぎこちないながらも一生懸命の堀内茜《ほりうちあかね》。

そして。

事務所の壁を背に、ひとりパイプ椅子《いす》でふんぞり返る、中田《なかた》忍であった。

お昼ご飯どきに押しかけて、代表理事に若手の相手をさせながら、これである。

極めて失礼、若《も》しくは実に中田忍らしい振る舞いと言えたが、すべての日本国民、いや地球に生きとし生ける者すべてに、忍を責める資格はないだろう。

「……」

──どうにか隙《すき》を見て、ウェブカメラの様子を確認できないものか。

そう。

中田忍は、自宅の盗撮機会を窺《うかが》っていたのである。

……字面《じづら》にすると最悪もいいところの目論見《もくろみ》は、全く根拠のない暴走というわけでもない。

『隣に監護者のいない食事』という、いかにもトラブルの起きそうなタイミング、昼食時間。

普段なら可能な限り庁舎付近を離れず、兆候があればすぐさま早退手続きができるよう、万全の備えを敷いている時間帯なのだ。

だが彼は、中田忍《なかたしのぶ》であった。

人類の命運を賭《か》け、人知れず異世界エルフを保護する使命感と、支援第一係長として、やる気のある部下に特別研修を組んでやる必要性を、全く同列に捉《とら》えている。

故《ゆえ》に忍は、様々な事情を勘案した上で、堀内茜《ほりうちあかね》を昼休憩時間に連れ出したのだ。

「……」

可能ならこの瞬間もアプリを開き、アリエルの様子を観察したいが、万一覗《のぞ》き込まれれば言い訳もできない。

仮に映像を確認し、なんらかの異変を察知できたとしても、他所《よそ》を訪問中に突然早退するようなことがあれば、流石《さすが》に疑念を抱かれるだろう。

ならば……と、忍が俯《うつむ》き熟考しているところへ。

「お疲れですか、中田係長」

「む」

不意の声に顔を上げれば、傍《かたわ》らのパイプ椅子《いす》へ、代表理事が腰掛けていた。

「これは失礼を。堀内君は何処《どこ》に？」

「お昼休憩抜きの強行軍で来てるって言うから、中座して貰《もら》いました。女の子には色々あるんだから、ちゃんと自由時間あげなきゃダメですよ」

「お話は分かりますが、公務所の勤務時間を割《さ》いて、こちらへお邪魔する訳にも参りません」

「うちは、別に構いませんけど……？」

「内々に約束を取り、勤務中の職員を招いているなどと噂《うわさ》が立てば、あらぬ癒着を疑われかねない。そのようなご迷惑をお掛けするのは、こちらの本意ではありませんので」

「……外から見ればどっちも同じですし、いっそお昼どきに来られるほうが迷惑なんですが」

虚を突かれ、硬直する忍。

代表理事は呆《あき》れを通り越し、慈愛の微笑《ほほえ》みを浮かべ、忍の再起動をそっと待つ。

「……道理ですな。重ね重ねの御無礼、本当に申し訳ない」

「だったら埋め合わせに、敬語を止《や》めて下さいませんか？」

「何故《なぜ》」

「私にとって、中田係長は今でも中田係長、私はその部下のつもりですから」

「ご冗談を。いくらかつての上司部下でも、生涯関係性を笠に着る真似《まね》はしたくありません」

「だから、埋め合わせのお遊びです。私もなんだか、昔が懐かしくなっちゃいまして」

「……君も相変わらずだな」

「恐れ入ります」

代表理事はさりげなく身体《からだ》を動かし、パイプ椅子ひとつ分くらいまで忍との距離を詰めた。

「いい子じゃないですか。中田《なかた》係長が目を掛けるのも分かっちゃうかな」

「目を掛けるなどと、驕《おご》ったつもりはない。俺の職責に照らし、理想と現実の乖離《かいり》を埋めてやっているだけだ」

「あらら。結構いじめちゃった感じですか？」

「職務上必要な指導を行っただけだし、君のときより酷《ひど》かったぞ」

「私より、ですか。それはちょっとヤバいですね」

他人事《ひとごと》のように言い放ち、代表理事はけらけらと笑う。

忍《しのぶ》は肯定も否定もせず、普段通りの仏頂面《ぶっちょうづら》で、小さくかぶりを振った。

「まさか俺の言葉通り、辞職してＮＰＯを立ち上げるとはな」

「悔しかったですからね。驚かせてやりたかったんです」

「驚いたさ。降参だ」

「いいえ、まだ勝負はついてませんよ。私が挫《くじ》けちゃったら、そこで私の負けですから」

「……長い戦いになりそうだな」

「そうですねー。あ、高菜おにぎり食べます？」

「頂こう」

礼もそこそこにおにぎりを受け取り、フィルムを外して、仏頂面で齧《かじ》りつく忍。

忍自身が出資した昼食とはいえ、あまり行儀のいい話ではなかった。

代表理事は気を悪くした風もなく、忍の咀嚼《そしゃく》を待って、朗らかに語り掛ける。

「何なら今度、朝の教養にでも呼んで下さいよ。お代はロハ《タダ》で構いませんし」

「無給の仕事など信用できるか。癒着以前の問題だ」

「あはは、確かに！」

心底可笑《おか》しそうに笑う、代表理事。

この街へ向き合う彼女もまた、無償の善意の恐ろしさを、嫌《いや》というほどに知っている。

「それは冗談としても、君の団体は君が立ち上げた、君の信条を叶《かな》えるための団体だ。俺たちが俺たちの都合で利用するのは、卑怯《ひきよう》な振る舞いだと考える」

「私は構いませんよ。中田係長を援《たす》けることは、そのまま困窮者の皆さんを援けることにも繋《つな》がると思いますし」

「随分と、買いかぶられたものだ」

「人をまとめる立場になって、見える苦労もあるじゃないですか。中田係長のことは、むしろ今のほうが尊敬していますす」

「馬鹿《ばか》を言うな」

「本気ですよ」

「……そうか」

「はい」

中田忍《なかたしのぶ》は区役所福祉生活課、支援第一係長を拝命し、今もなお奉職している。

代表理事の苦悩を、苦境を、聞かずとも手に取るように理解できる。

だからと言って、中田忍である。

気遣いじみた慰めも、奮闘を称賛するお世辞も、忍は決して良しとすまい。

じっと黙り込んだ忍の代わりに、代表理事が口を開いた。

「……お見込みの通りです。正直、何もかも厳しいですね」

「……」

「ウチで相手するような方って、役所の指示が鬱陶《うつとう》しくて自分から保護止《や》めちゃった方とか、エキセントリックな方も結構居るじゃないですか。そこに資金もない、人手もないじゃあ、ひとりひとりに割《さ》ける時間もなかなか取れなくって」

「しばらく前に、学生ボランティアの協力を取り付けていただろう」

「三日保《も》ちませんでした」

「ふむ」

「手始めに、お酒と血反吐《ちへど》とゲロまみれの備品毛布を洗わせたら、学校から『激務を強調したいのは分かりますが、何もこんな、嫌《いや》がらせのような雑務をさせなくても』って苦情が」

「……」

「そのまま、お断りさせて頂きました。洗って落とせる汚れに堪《た》えられないいんじゃ、ここでやれることなんて、何もありませんから」

「そうだな」

「ええ。こちらも厳しいなりに、なんとか頑張ってみるつもりです」

疲れをまるで感じさせない、代表理事の微笑《ほほえ》み。

言いようのない何かを感じた忍は、言うつもりのなかった言葉を、つい口にしてしまう。

「君には何度も話したことだが、人の一生の幸せは、その人自身の責任で紡ぐべきものだ。他の誰かの為《ため》に、君自身の幸せを犠牲にするのは、どうか止めて欲しい」

「……昔だったら、その言葉に反発して頑張っちゃうんですけどね。今では素直に、込められた意味を理解できるつもりです」

「……」

「だけど今はまだ、もう少し頑張りたいと、心の底から思っていますから。どうしても耐えられなくなったら、そのときは……」

ガチャ

「すみません、戻りまし……ひっ」

不幸にも忍と視線が合ってしまい、刹那《せつな》ビビり散らす茜《あかね》であった。

「あ、堀内《ほりうち》さん。コンビニ分かりました?」

「えあっ、はい。大通りまで出たらすぐ」

「このビルのお手洗い、ちょっと使いづらいんですよ。私たちも普段はコンビニまで……」

代表理事は何事もなかったかのように立ち上がり、笑顔で元の席へと戻る。

気を取り直した茜《あかね》も席へと戻り、昼食会を兼ねた部外講座が再開された。

「……」

変わったかつての部下と、変わらんとする今の部下の姿を眺め、忍《しのぶ》は思わず自嘲《じちょう》する。

——長い戦い、か。

——つまらん欺瞞《ぎまん》を、吐けるようになった。

そして、蟠《わだかま》る虚脱感を噛《か》み潰《つぶ》し、壁掛け時計に目を向けた。

仕方あるまい。

彼は、中田《なかた》忍である。

どれだけ億劫《おっくう》であろうと、残り時間から目を逸《そ》らすような真似《まね》が、できるはずもないのだ。

第七話　エルフとあつもり（前）

『今週末行きますんで、ご飯作って下さい。返信拒否』

忍がメッセージを受け取ってから二日後の、十二月二日土曜日。

『今日お昼行きますから。返信拒否』

突然の横暴な追撃にも、忍は一切慌てなかった。

別に由奈《ゆな》の行動を予測していたわけではなく、由奈がああいうメッセージを送ってきた以上、下手《へた》をすれば気が変わって平日急に飛び込んできてもおかしくないなと考えていたので、とっくに食材やレシピの準備を済ませていたからである。

そして迎える、正午。

『お家《うち》の前着きましたけど』

〝承知した〟

ドアノブとノックを規定数鳴らして、宅内のフィーチャーフォンへメールを送る中田《なかた》忍《しのぶ》式解錠手順は、動作の法則と忍の学生時代のメールアドレスを知らなければ利用できない。

では、どちらも知らない由奈《ゆな》はどうするのかと言えば、なんのことはない。

中に忍がいるのだから、忍に開けさせればいいだけであった。

　ガチャガチャ　カチャッ
「一ノ瀬《いちのせ》君、迅速に頼む。人目につかぬよう、早く中へ」

目配せのみで頷《うなず》き、中へ入ろうとした由奈が、暫《しば》し戦慄《せんりつ》する。

「すみません。用事を創《つく》り出したので帰ります」

「なんだと」

流石《さすが》に驚く忍。

当然であろう。

中田忍は、あまりにも一方的な返信不能のメッセージを投げつけられ、無理な協力を求めた対価であると自身を納得させ、恥を忍んで拙《つたな》い手料理を振る舞うと決めたのだ。

そうなれば、忍は実に忍らしく、今日の日のために相応の研鑽《けんさん》を重ね、由奈の貢献に足るもてなしを返そうと息巻いていたところ、前菜を出す以前にこれである。

「ホントすみません、来週友達の結婚式あるんで」

「因果関係が見えないんだが」

「土曜一回、日曜は昼と夜のダブルヘッダーなんで。身体《からだ》作っとかないと厳しいんで」

「それは忙しいな。二次会はどちらに参加するんだ」

「馬鹿《ばか》言わないでくださいよ馬鹿。もうビンゴ穴は開け飽きてるんですけど」

「しかし君は……いや。問い詰めるだけ野暮というものか」

「は？」

「やはり、俺の手料理では礼になどならんのだろう。後日何か別の形で」

「そうじゃなくて……ああもう。分かりましたから、とりあえず中に入れて下さい」

「いいのか」

「ええ。急がないとソレ、こぼれ出しちゃいそうですし」

「ふむ」

忍の振り返る先、そこかしこに〝止〟マークが貼《は》られまくった、不気味な室内。

そしてリビングダイニングへ通じる廊下、その床面では。

異世界エルフの光の綿毛が、床全体をぎっしり輝かせていた。

◇◆◇◆◇◆◇

改めて、床一面が謎《なぞ》の光に包まれた、中田忍《なかたしのぶ》邸のリビングダイニングである。

初遭遇の際は蛍光灯の光で発見の遅れた光の綿毛も、これだけ集まれば流石《さすが》に目立つ。

玄関どころか家中の床面へ、最大厚さ5センチメートルほども積層した光の綿毛は、真夜中の牛丼屋のカンバン程度の光量で、やや眩《まぶ》しいくらいに煌《きら》めいていた。

「今度は……何を……やらかしたん……ですかっ」

「ユナーユナーユナーユナーユナー」

　ズリズリ　ズリズリ
大興奮で抱き付くアリエルを捌《さば》きつつ、由奈《ゆな》は摺《す》り足でソファを目指す。

光の綿毛は吸い込むとひどく噎《む》せるので、なるべく舞い上げないほうが良いのだ。

「結果は御覧の有様《ありさま》だが、必要な措置だったと考えている」

「いいですよ説明してください。下らない理由だったらマジ帰りますからね」

「食事はいいのか」

「こんなキンキラキンキンキン状態のお部屋で、何食べたって美味《おい》しいワケないでしょうが」

「一理ある」

忍はいつも通りの仏頂面《ぶっちょうづら》で、由奈に空の500ミリリットルペットボトルを渡した。

「これは？」

「アリエルに差し出してみてくれ」

「はあ」

困惑しつつも忍に従う、見上げた度量の一ノ瀬《いちのせ》由奈であった。

「ユナ、アリアトー？」

「……え、ありがとう？」

「アリアトー!!」

笑顔のアリエルが、ペットボトルを両手で包み。

フワ　ァ　ァ　ァ　ァ　ァ
ペットボトルの内側に、無数の光の綿毛を生み出した。

「ユナ、アリアトー！」

「お……あ、ありがと、アリエル」

「アリアトー!!」

フワ　ァ　ァ　ァ　ァ　ァ
ペットボトルの内側に、さらなる綿毛が発生した。

「ユナ、アリアトー!!」

「えっと……忍センパイ？」

「ユナ!!」

「あ、ああはいはい、ありがと、ありがとうね」

「アリアトー!!」

フワァァァァァァァ
ペットボトルの内側が、みっちり綿毛で埋め尽くされた。

「ユナ、アリアトー!!」

アリエルは、どや感すら漂わせるほどの満足げな様子である。

かわいい。

「……事情は大体分かりました」

「せっかく君が来てくれるのだから、何か議題を用意せねばと考えた結果でな」

「お気遣いどうも。それで、どうやって止めるんですか」

「この先は、君の目で確かめて欲しい」

「は?」

「俺も収められずにいるところ、君の来訪でアリエルの手が止まった。これまでの経過から推察するに、言い含めて止める手段は成果を期待できない」

「……」

由奈《ゆな》がちらと見下ろせば、いつの間にか新たなペットボトルを抱《かか》えたアリエル。

その碧眼《へきがん》には、溢《あふ》れんばかりの期待が浮き立っている。

「……」

「……」

「……ユナー」

「……ありがと、アリエル」

「アリアトー!!」

　フワァァァァァァァ
新たなボトルに、綿毛が満ちた。

◇◆◇◆◇◆◇

「この輝き、やっぱり魔法由来のものだったんですね」

「ああ。埃魔法《ほこりまほう》の」

「その愚かなネーミング止《や》めてくださいってお願いしませんでしたっけ？」

「ホコリマホウ！」

「すまんな。定着させてしまった」

『現象に埃の関与が窺《うかが》われる』『エルフは誇り高いというしな』『多分忍《しのぶ》がお気に入り』など
という、しょうもない論拠により名付けられたエルフ魔法の人類的呼称、〝埃魔法〟。

由奈にケチョンケチョンにけなされてなお、忍は採用を諦《あきら》めていなかったらしい。

「……謝る気がある素振りを見せたいなら、せめて申し訳なさげなポーズは取ってください」

「ホコリマホウ!!」

「うんうん、分かった。分かったから、さっきのアレで遊んできてね」

「ハイ！」

アリエルは由奈《ゆな》がアリアトールループ脱出のために放ったお土産《みやげ》、金属の棒が絡み合った知恵の輪を攻略すべく、ソファの上へと戻っていった。

「世話を掛けるな。すまない」

「別に構いませんよ。アリエルへのお土産はともかく、忍《しのぶ》センパイのは実費取りますし」

「俺にも土産があるのか」

「ええ。ご査収ください」

由奈はローテーブルの上に置いていた、決して小さくない荷物を忍へ押し付ける。

「これは？」

「ホームベーカリーの一番いいやつです」

「ふむ」

「イースト菌の自動投入は当たり前、最小限の手間でふっくらな焼き上がり。超低振動超低騒音にタイマー機能完備ですから、夜に仕込めば朝には美味《おい》しいパンが食べられます」

「ほう」

「特殊調理メニューを使えば小麦粉だけじゃなく、米粉パンや具材入りパン、果ては麺《めん》類やピザ生地、お餅《もち》まで一台でカバー可能。正《まさ》に一家に一台、って感じですよね」

「ありがたい。協力に感謝する」

忍は言葉以上に嬉《うれ》しそうな様子で中身を確認にかかり、何故《なぜ》か由奈が絶句していた。

「……あの、忍センパイ」

「ああ、心配しなくていい。当然実費と謝礼を支払おう」

「いや……いやまあそうなんですけど」

「どうした」

「お高い買い物ですよ。少しは困ったりしないんですか？」

「困るも何も。アリエルの食事を用意せねばならん料理初心者の俺にとって、これほど心強い家電はあるまい。君の配慮と厚情には、本当に助けられているよ。ありがとう」

「……どういたしまして」

忍を困らせるのが大好きな由奈は、何故かげんなりしていた。

「で、どうするんですか、これ」

アリエルに気付かれても忍を差し出せる位置まで避難し、由奈は光の綿毛を掬《すく》い上げた。

光の綿毛は、蜂蜜《はちみつ》のようにとろりと溢《あふ》れ、掌《てのひら》から床へと零《こぼ》れ落ちてゆく。

「直接触ると、ほんのり温かいっていうか、ぬるいっていうか……なんなんですかこれ」

「さあな」

「ちょっと無責任過ぎませんか忍《しのぶ》センパイ。エルハラで訴えますよ」

「何処《どこ》に何を訴えるつもりだ」

「異世界に私の窮状を」

「訴状が届くといいな」

「そうですね」

やる気のない言葉のプロレスを交わし、由奈《ゆな》は忍の服で綿毛にまみれた掌《てのひら》を拭《ふ》いた。

忍も特段気にしない様子で、輝きを纏《まと》った自らの服を払う。

「始末に困るのは分かり切っていたし、もう少し早めに止《や》めさせたかったんだが」

「……まあ、仕方ないですよね」

「分かってくれるか」

「ええ。忍センパイは、魔法に関してあまり〝止〟マークを使いたくないんですよね？」

「ああ。アリエルの埃魔法《ほこりまほう》が優生特徴であると考えた場合、アリエルの生命維持そのものについても、なんらかの埃魔法が関与している可能性が高い。だとすれば、アリエルが無条件に従いかねないアリエルちゃんマークと〝止〟マークで操作するのは、危険が伴う」

「そうですね……ああ、生命維持ってことは、もしかして外敵除《よ》けを兼ねてるんでしょうか」

「なるほど。夜闇《よやみ》の中で過ごすために進化した魔法だとすれば、吸うと噎《む》せることにも説明がつく。埃を媒介にしているのは、手段でなく目的かもしれんということか」

「お水の魔法は、埃を純粋な手段としてる感じですけどね。クッソダサいネーミングを擁護してる感じでちょっとアレなんですけど」

アリエルは邂逅《かいこう》から間もないうちに、忍たちの前で『光り輝く埃を生み出す魔法』『微細な埃を核として、室内の水蒸気を凝結させているらしき魔法』を扱っている。

〝埃魔法〟のネーミングの是非はともかく、現在観測できている事象に鑑《かんが》みて、埃と魔法の関連性については、強《あなが》ち皆無とも言い切れないのであった。

「流石《さすが》は一ノ瀬《いちのせ》君。頼れるな」

「褒められたって、嫌《いや》になったら帰りますからね」

他人には理解されづらい、忍の〝知恵の回転〟を人の役に立つよう翻訳するのは、一ノ瀬由奈の最も得意とするところであるし、まず由奈自身はまっとうに〝頭の回転〟が速いほうなので、この二人に任せて放っておけば、大抵の問題は解決するのであった。

「お水に濡《ぬ》らせば縮みますかね。集めて固めて、人目に付かないところで燃やしましょうか」

「止《や》めておこう。地球環境への影響が懸念されるし、そもそも始末の必要がない」

「なんでですか」

「先日発生した光の綿毛は、明け方頃《ごろ》から徐々に数を減らし、出勤する頃にはすべて消滅していた。このまま放っておけば、遅くとも明日の朝には片付くだろう」

「いやダメでしょう」

「ダメだろうか」

「じゃあ今どうやってご飯食べるんですか」

「……」

忍《しのぶ》に反論の資格はない。

家中に積層した光の綿毛の発生源を〝埃魔法《ほこりまほう》〟と名付けたのは、他ならぬ忍自身なのだ。

キンキラキンキンキンを差し引いても、こうも埃まみれの環境で調理を、食事を摂《と》るのが適切だとは、到底考えられなかった。

「枕《まくら》カバーとシーツと、掛布団カバーあります？　ファスナーで閉める奴《やつ》がいいんですけど」

「洗い替えがあるが、何に使うんだ」

「決まってるじゃないですか。掃除ですよ」

「ふむ」

「ところで忍センパイ、合コンって興味ありますか？」

「藪《やぶ》から棒だな。特にないが」

「ですよね。じゃあシーツとか、宜《よろ》しくお願いします」

「分かった」

由奈《ゆな》が初見小夜子《はつみさよこ》からの合コン勧誘ノルマを消化した事実など、忍は当然知る由《よし》もない。

◇◆◇◆◇◆◇

「結構な量になりましたね」

「人並みに心掛けていたつもりだが、こうも埃だらけの部屋だったとはな。汗顔の至りだ」

「一つ一つの核はちっちゃいし、全部合わせてもおたま一杯分くらいなんじゃないですか？」

「それは世の平均と比べると、どうなんだろうな」

「知りませんけど。私から見て忍センパイの部屋、結構綺麗《きれい》だと思いますよ」

「恐縮だ」

二十分ほど経《た》って、忍と由奈はようやく、家中の光の綿毛を集め切った。

和室の畳の上には、おろしたての羽毛布団のようにぱんぱんに膨れ上がった枕と敷布団、掛布団の一式が敷かれており、夜の工事現場にあるバルーン投光器のように煌々《こうこう》と輝いていた。

途中で知恵の輪を攻略し終えたアリエルが参戦し、次々と新たな光の綿毛を生み出してくれたので、一時は全部収まりきるか危ぶまれたところである。

「これは暖かそうだな」

「寝てみます？」

「いいのか」

「もちろん」

「考え出したのは君だ。権利は君にある」

「生産者のアリエルを保護しているのは忍《しのぶ》センパイです。私のことならお気になさらず」

美しき譲り合いの精神を見せる支援第一係長と、その右腕たる若手の才媛《さいえん》。

念のため確認しておくと、忍は本心から由奈《ゆな》の功績を称賛し、その第一利用権を由奈に譲ろうとしているが、由奈はこんな得体の知れない布団を一番に使わされるのが心底嫌《いや》だったので、忍にその権利を押し付けようとしている。

「接待役《ホスト》として、客人《ゲスト》をないがしろにしたとあっては恥だ。俺の顔を立ててくれないか」

「どうしてもと言うなら、そうしますが……」

「ああ」

「忍センパイの前で、寝姿を晒《さら》すのは……ちょっと、恥ずかしいです」

「……」

「さ、忍センパイ」

「……承知した」

女を出されると弱い、中田《なかた》忍であった。

　忍が輝く布団に潜り込むと、アリエルも興味を持ったようで、ススと傍に寄ってきた。

「どうですか、忍センパイ」

「まるで極上の羽毛布団のようだ。何もないかのように軽いし、枕《まくら》も敷布団もふかふかで、人肌程度の暖かさがゆるやかな眠りを誘う」

「アリエル！」

「流石《さすが》は忍センパイですね。業者《サクラ》のネットレビューみたいに面白味のない評論です」

「気になる点もある」

「なんでしょう」

「君も分かっているんだろう。眩《まぶ》しくて、とてもじゃないが寝られない」

「ですよね」

　当然分かっている由奈であった。

「アリアトー、シノブ」

「ああ、ありがとう、アリエル」

　アリエルが掛布団に手を添えると、光の綿毛がまた増えた。

　光の布団と戯《たわむ》れる忍を、実家のトイプードルがいとこの飼うハムスターを見るような目で観察していた由奈が、ふと呟《つぶや》く。

「そういえば、アリエルとは一緒のベッドで寝てるんでしたっけ」

「甚《はなは》だ不本意ではあるが、その通りだ」

「不本意なんですか？」

「ああ」

「アリエル、かわいそ」

「ウー？」

由奈《ゆな》が自分に何か言ったようだが、意図が掴《つか》めないので、戸惑った様子のアリエル。

「一ノ瀬《いちのせ》君も、そんなことを言うのか」

「義光《よしみつ》サンにも、何か言われたんですか？」

「アリエルが寂しがっていると。懐かれているのなら、構ってやれという趣旨の助言を受けた」

「それもまた、無責任な話ですね」

普段より、心持ち真面目《まじめ》な調子で語り続ける由奈。

「無責任とは」

「人のように扱うのは、人として扱うのと同じだって、忍《しのぶ》センパイは理解してるんですよね」

「……ああ」

字面《じづら》だけ見れば不可解な話だったが、忍は仏頂面《ぶっちょうづら》を歪《ゆが》めて首肯《しゅこう》した。

「だけど、忍センパイの苦悩と、私の感想は無関係ですから。嫌《いや》がる忍センパイひどい、アリエル可哀想《かわいそう》って、無責任に言っちゃいます」

「アリアトー、ユナ？」

「そうそう。多分分かってないと思うけど、アリアトーでいいの」

とりあえず由奈が褒めてくれたので、アリエルは満足したらしく、掛布団に手を添えて、新たな光の綿毛を直接中に生み出した。

もう、ぱんぱんである。

「優しいな、一ノ瀬君は」

「どこがですか」

「さてな。俺の感想だ」

「その言い方、嫌味《いやみ》臭い上におっさん臭いです。忍センパイ、最低」

相も変わらず棘《とげ》のある言葉を、感情の抑揚なしに言い放つ由奈であった。

「……でも」

そしてなんの躊躇《ちゅうちょ》もなく、次の言葉を紡ぐ。

「寝方ひとつでそんなに騒いでるんじゃあ」

忍の顔が強張《こわば》る。

まるでこれから何を告げられるのか、敏《さと》く察したかのように。

「洗濯やお風呂《ふろ》なんて、随分苦労して……」

由奈《ゆな》の視線が忍《しのぶ》へと滑り。

気付く。

忍が、なんとなく、少しだけ、由奈から視線を逸《そ》らしていることに。

そして彼女は、一ノ瀬《いちのせ》由奈だったので。

「……忍センパイ」

「……」

「ア、アリエルの服、脱がせてないんですね？」

「……ああ」

「シノブ？」

不思議そうな表情で、忍と由奈に歩み寄ってくるアリエル。

アリエルは、白いレースカーテンのような衣装を纏《まと》っている。

異世界エルフが忍の部屋で発見されてから、今日で十六日目。

汚れも目立たず、体臭も漂ってはいないものの。

発見された日と全く同じ、白いレースカーテンのような衣装を、纏っているのだ。

それは即ち、忍がアリエルにお風呂《ふろ》どころか、着替えすらさせていない事実の証左であった。

「アリエル、ちょっと向こうに行っててくれる？」

「アリエル」

言葉は通じていない筈《はず》だが、由奈の鬼気迫る雰囲気を察したか、素直に引き下がるアリエル。

「ちゃんと説明して下さい、忍センパイ」

「すべて君の言う通りだ」

言う通りであった。

「異世界ドレスはクリーニングに出せないでしょうから、洗濯には目を瞑《つぶ》るとしてもです」

「ああ」

「お風呂は」

「一度も入れていない」

「お布団作って遊んでる場合ですか？」

「すまない」

「私じゃなくて、地球人類の代表として残りの地球人に謝ってください」

「すまない」

忍は少し考えた後、国連本部の所在地、ニューヨークがある東を向き、深々と頭を下げた。

「おかしくないですか、優先順位が」

「異世界エルフは代謝が低い可能性もある。少しでも臭ってきたら、対応するつもりだった」

「そういう問題じゃあないんですよ」

女性としての何かを刺激されたのか、由奈の語調は普段と比べて明確に鋭い。

「忍《しのぶ》センパイは、責任を持ってアリエルの面倒を見るって言ったじゃないですか」

「ああ」

「忍センパイの苦悩は、全部じゃないけど、私にだって想像できますし、分かります。だけど、アリエルを汚しっぱなしにしていい理由にはなりませんよね」

「そうだな」

「ここは地球です。臭いがなくたって、雑菌とかが繁殖してる可能性もありますよね。理由は知りませんけど、お風呂《ふろ》に入れてあげないのは、明らかに忍センパイの怠慢じゃないですか」

「その通りだ」

「だったら、どうして……」

「すまない」

忍はうなだれたまま、低い声で謝罪を続ける。

その様子を眺めつつ、アリエルは不思議そうな表情で、忍と由奈《ゆな》を見比べていた。

「ユナ?」

「……ああ、アリエル、大丈夫、大丈夫だからね」

「ウー」

アリエルが首を傾げ、由奈を横から見上げ、異世界ドレスの肩布がちょっとずれた。

「こら、はしたないよ」

流れる金髪から、白桃のような頬《ほほ》に視線を移し、由奈はアリエルをあやすように囁《ささや》く。

美しい髪、つややかな肌。

ヒトの目を惹《ひ》きながら、やはりどこかヒトとは違うその美貌《びぼう》は、由奈から見ても眩《まぶ》しかった。

由奈はいささか複雑な気持ちで、アリエルから視線を逸《そ》らし、

唐突に、気付いた。


「……忍センパイ」

「なんだろうか」

「私、今日ここに泊まります」

「俺の家にか」

「ええ」

由奈は怒気を霧散させ、忍とは一切視線を合わせず、真《ま》っ直《す》ぐ玄関へと向かう。

「私がアリエルをお風呂に入れますから、その後、泊めてください。構いませんよね？」

「嫁入り前の娘《レディ》を、俺の家になど泊められない。君自身も泊まりはやらんと最初に言っていた」

「今の私が良いっつってんですから、別に良いじゃないですか」

「良くはない」

「いいから忍《しのぶ》センパイは夕飯の用意でもしててください。私は着替えとか取りに帰りますから」

怒りと表現するより、焦ったようにも見える、どこかちぐはぐな印象の由奈《ゆな》。

そんな様子を見て、却《かえ》って忍が冷静になる。

「……せめて予定通り、昼食だけでも摂《と》っていく気はないか」

「その分遅くなっちゃいますから、夜にまとめていただきます」

「分かった。詫《わ》びを気取るつもりはないが、具体的なメニューのリクエストを求めて良いか」

「……温まりそうなものが食べたいです」

「それならば、豆乳鍋を用意できる。豚ばら肉は好みに合うだろうか」

「ええ、それでお願いします。ではまた後で」

バタン!!

勢い良く玄関扉が閉まり、由奈が出て行った。

「……とりあえず、お前の昼食を済ませるか」

「アリエル」

食卓の定位置へ移動するアリエルを目で追いながら、忍は短く嘆息する。

この後、アリエルが生産活動を再開する前に、光の綿毛量産問題に対策を打たねばならない。

新たに表面化した問題、浮上した問題にも、解決の糸口はまだ見えない。

眼前に迫る昼食の準備と、由奈に振る舞う豆乳鍋まで含め、忍は思索を巡らせるのであった。

断章・一ノ瀬《いちのせ》由奈の省察

どうせろくに掛けるところもないだろうと、しわになってもいいような服に着替えて来たのに、中田《なかた》忍邸の脱衣所には、ちゃんとハンガーが用意されていて。

……ああ、イラつく、イラつく、イラつくイラつく。

乱暴にトップスを掛け、ブラの金具を外しながら、私は心の中で何度も何度も毒づいた。

「ユナ?」

「アリエルはじっとしてて」

別に忍センパイんちの脱衣所が案外広いことや、自分がアリエルの初入浴の介添えを買って出たこと、今こうして脱衣所にアリエルと二人きりでいることがイラつきの原因ではない。

さりとて、すべての元凶である忍センパイに怒りをぶつけている……わけでもない。

腹が立つのは、私自身の情けなさに対してだ。

「……ふぅ」

脱衣かごも空になっていたけど、汚れものを放り込むのは流石《さすが》に気が引ける。

ショーツを脱いで、持ってきたトートバッグに詰め、私はアリエルに向き直った。

「アリエルも服脱ごっか。できるかな?」

「アリエル」

「そっか、できるかー。でもちょっとじっとしててね」

コミュニケーションの骨子は、勢いとやる気そのものだ。

アリエルが怯《おび》えないよう、服から肩をはだけさせつつ、腰のあたりを緩ませてやる。

そして、アリエルはと言えば。

「……ユナ」

軽く俯《うつむ》きながらされるがままの、とても可愛《かわい》らしい状態であった。

ほんのちょっとだけ、いじめてあげたい衝動に駆られた後、すぐに思い直して自制する。

アリエルにとっては、異世界で初めての、いや下手《へた》をすれば生まれて初めての入浴なのだ。

あまり悪い思い出にしてしまっては、可哀想《かわいそう》だろう。

そして何より、私が今加虐的な行動を取れば、誰がどう考えたって八つ当たりだ。

間違いはもう十分に思い知った後なので、せめて自己嫌悪は深めたくなかった。

パサッ
なんとなくの予想通り、アリエルは下着の類《たぐ》いをつけていなかった。

異世界エルフだとかいうものだから、見たことない紋様の入れ墨とか、謎《なぞ》の人間離れした器官がついていたりするのかとも警戒していたけど、別にそんな感じもない。

美しい金髪に、艶《つや》のある白い肌。

人間みたいなおへそがあったのには、ちょっとだけ驚いた。

腕や腋《わき》、脚には毛がないけど、お手入れの結果か、元々ないのかは、よく分からない。

そして……あら、これは。

「ユナー」

アリエルは、自らの身体《からだ》を掻《か》き抱くように縮こまっていた。

「あ、寒かったよね。ごめんごめん」

気付いた些細《ささい》な変化のことは一旦《いったん》忘れ、とりあえず浴室へ入ることにして、扉を開ける。

「……」

浴室の中を見た私は、やはり自分が間違っていたのだと思い知り、結局自己嫌悪を深めた。

バスタブには、たっぷり張られた温かそうなお湯。

鏡の横には、ラグジュアリーな感じのシャンプーとトリートメントに、ボディーソープ。

そこそこの高級品であり、無添加低刺激を謳《うた》っているオーガニックブランドのものだ。

どう考えても、忍《しのぶ》センパイが普段使いしているものではないだろう。

掛けてあるのは、大人用シャンプーハットに、柔らかくて泡立ちの良さそうなバスリリー。

アリエル用であろう小さめの椅子《いす》と、介添人用であろう大きめの椅子も用意してある。

これだけの準備を、私が泊まりの用意に帰っていた二、三時間で整えられるわけがない。

だったら答えは、極めてシンプル。

忍《しの》センパイは、アリエルの沐浴《もくよく》問題について前々から思い悩み、事前準備を進めていたのだ。

ならばなぜ忍センパイは、その憂慮を解消すべく、行動を起こしていなかったのか。

そしてなぜ、これだけの準備を整えていたにもかかわらず、私にそれを明かさなかったのか。

それはたぶん、私が原因なのだ。

出会い頭《がしら》の胸揉《も》み挨拶《あいさつ》を心底反省した忍センパイは、その間抜け過ぎる罪を雪《そそ》いだ上、真の意味でアリエルの生命と尊厳を護《まも》るため、社会に頼らず自ら保護する決断を下した。

だからこそ排便問題の際は、男性の忍センパイ自身で緊急確認を行わず、わざわざ女性たる私を呼びつけて、女性器を確認させようとしたのだ。

そして私はそのとき、非常にネガティブな態度で確認の要請を拒否している。

……つまるところ。

おっぱいで一回失敗している忍センパイは、女性と見られるアリエルに対して、入浴や着替えの世話を、忍センパイ自身でしてやるべきではないと考えている。

その一方で、唯一無二の女性協力者である私には、余程のことがなければ頼るべきではない、とも、忍センパイは考えた。

だから忍センパイは、ぎりぎりまで私に頼ることを避けたのだ。

本当なら、入浴の準備を整えてすぐにでも、綺麗《きれい》にしてあげたかったのだろうに。

アリエルが負うリスクと、真剣な忍センパイの責任感と、私への気遣いを天秤《てんびん》にかけて。

多分夜もろくに寝ないで、お風呂《ふろ》の問題だけじゃない、色んなことを悩みまくった挙句。

責任と罪を、忍センパイ自身がすべて負う決断を、下したのだ。

……本当に、馬鹿《ばか》馬鹿しい。

他人の気持ちなんて微塵《みじん》も想像せずに、自分がやるべきことをやるべきときにやるだけやっちゃうぐらいしか、取り柄のない人なのに。

私に無理な協力をさせていると思って、気を遣ったんだ。

生意気にも。

でも、一番情けないのは私。

忍センパイがそういう人だって知っているくせに、気付いてあげられなかった。

そういう人だと知っていて、そういうところに付け込んで、普段は忍センパイをいいように転がしているくせに、本当に必要なことには気付けなかった。

それを気付かないままに、忍センパイを責め立ててしまった。

恥ずかしい。

自己嫌悪。

自己嫌悪。

……ああ、イラつく、イラつく、イラつくイラつく。

けれど、いつまでもウジウジしてはいられない。

自ら請け負った役割くらいこなせなきゃ、今度こそ自己嫌悪で潰《つぶ》れてしまいそうだ。

「ほらアリエル。そのちっちゃい椅子《いす》に座りなさい」

「アリエル」

多分分かっていないので、直接身体《からだ》を掴《つか》んで誘導してあげる。

何週間もお風呂《ふろ》に入ってないなんて思えない、すべすべでつやつやのお肌。

アリエルは素直に身体を預け、椅子にちょこんと座ってくれた。

「いくよー」

シャアアァァァァ
シャワーヘッドから放たれる、少しぬるめの奔流を、まずは真っ白の背中に当てたところで。

「フォオオオオオオオオオオ」

ピシャアアアアアアアア
「うべっぶふっへっほぉえええっ！」

多分アリエルは、気持ち良かったのだろう。

全身から噴射される謎《なぞ》の空気、物凄《ものすご》い勢いで跳ね返ってくる大量のぬるま湯。

私は、とても他人様《ひとさま》には見せられない、無様《ぶざま》な噎《む》せ方で咳《せ》き込《こ》んだ。

決して広くはないものの、女性二人で入るなら十分に大きなバスタブ。

一応、沈んだりすると危ないので、アリエルを後ろから抱く姿勢でお湯に浸かる。

「よいしょ」

「フォォォオオオ」

ゴボゴボゴボゴボ
「それ、空気なのかな。ジェットバスみたいで素敵よ、アリエル」

「アリエル!!」

ゴボゴボゴボゴボ
アリエルはお風呂を気に入ったらしく、先程から謎の空気を噴射させっぱなしである。

この分なら、次からはひとりで入れるかな。

でも、ひとりじゃ危ないから毎日手伝うって言ったら、忍《しのぶ》センパイはどう反応するだろうか。

……知らず意地悪な思考が頭を埋めそうになったので、頭を振って考え直す。

そこで何かを感じ取ったのか、興味半分、不思議半分の表情で、アリエルが振り返る。

最初に比べて随分とまあ、表情豊かになったものだ。

「ユナー?」

「なんでもないよ。アリエル、お風呂気持ちいいねぇ」

「アリアトー、ユナ!」

「はいはい、ありがとう、ありがとうね、アリエル」

後ろからアリエルの両腕と腰辺りを抱き、軽く揺らしながら答えてやる。

すると、アリエルが私を見つめたまま、お湯の中でそっと手を合わせた。

次の瞬間。

パァアアアァ　ア　ア　ア
「あら、綺麗《きれい》」

「アリエル!!」

お湯の中に、無数のぼんやりした輝きが浮かび上がった。

埃魔法《ほこりまほう》（笑）理論で考えるなら、お湯の中の微粒子とかを、魔力で輝かせているのだろう。

一瞬脳内に、異世界エルフの常在菌がお湯に溶け出す可能性を警告する空想上の忍《しのぶ》センパイが現れたが、本物じゃないので無視を決め込む。

「お洒落《しゃれ》なコト、するじゃないの、よっ……と」

まあ、確かにちょっと不気味な気はするけど、アリエル自身も一緒だし、別に平気だろう。

それより、これだけ綺麗なのだし、普通に入ったのではつまらない。

「アリエル、ちょっとごめんね」

一度立ち上がって手を伸ばし、浴室の電気を消すと、ほんのり明るく輝くお湯が、空間へ滋味深い情緒を生んでいた。

……一瞬、ラブホテルみたいだなあ、とか思った自分が、少しどころではなく恥ずかしい。

気まずさを誤魔化しつつ湯舟へ戻ると、アリエルが自分から私の胸に寄りかかってきた。

後ろからの抱っこ、気に入ってくれたのかな。

「ユナー」

アリエルは背中越しに私を見上げる姿勢で、百点満点の笑顔。

それでいて、何故《なぜ》かうずうずしているというか、そわそわしているというか。

もっとはっきり表現すると、何かを期待しているような、そんな感じだ。

……ありがとうって言わせて、もっと光の綿毛を出したい、とか？

だけど、もしそのせいで排水口詰まったりしたら、流石《さすが》に悪いし。

いや、そもそもアリエルは、なんでこんなに光らせたがって……

「あ」

私の脳内を奔《はし》る、稲妻のイメージ。

アリエルは眉《まゆ》をひそめ、不思議そうな表情を浮かべている。

「……ねえ、アリエル」

「ウー？」

「〝ありがとう〟が、嬉《うれ》しかったの？」

返事を待たずとも、すぐに分かった。

アリエルは綺麗《きれい》な碧眼《へきがん》を、一瞬まんまるに見開いて。

百点満点なんてあっさり飛び越す、一千万点の笑顔で。


「アリエル!!」


……なるほどね。

暗闇《くらやみ》にほんのり輝くバスタブより、アリエルはキラキラと輝いているように見えた。

多分アリエルは、私たちの言動を観察して、〝ありがとう〟の単語が『感謝や喜びを表す言葉』だってことに、自力で気付いたんだろう。

で、光の綿毛を出させた忍《しのぶ》センパイが、いつもの感じで生真面目《きまじめ》に〝ありがとう〟とか言っちゃったモンだから、アリエルは嬉《うれ》しくなっちゃって、また綿毛出して、また〝ありがとう〟が入って、以下無限ループ。

……まあ、アリエルの気持ちも、分からなくはないんだけど。

こんなに嬉しくなっちゃうんじゃ、いくらだって出すでしょ、綿毛。

「ユナ、ユナ、ユナ」

ニコニコ笑顔、両手の指をにぎにぎさせて、アリエルは私の〝ありがとう〟を待っている。

だけど、そういうことなら。

『忍センパイに気を使わせた』という最低の負い目を打ち消すため、ひと肌脱ごうじゃないか。

ポン　ポン

「ホァ」

「えらいえらい。素敵だよ、アリエル」

ポン　ポン

私はアリエルの流れる金髪をすくい、頭に優しく触れて、軽く叩《たた》くように撫《な》でた。

髪がぺっちゃり濡《ぬ》れてしまったけど、後で洗ってあげるつもりだったし、まあいいだろう。

「ホァ、ホァ、ユナ、ユナー」

「いいから、黙って任せなさいな。ほら、ぽんぽん、ぽんぽん」

ポン　ポン　ポン　ポン

「ポ……ポンポン」

「そ。ぽんぽん、ぽんぽん」

私の意思が通じたのか、アリエルはふるっと身を震わせた後、私の胸に頬《ほほ》を預けた。

少しぬるくなったとはいえ、お湯より確かなアリエルの温度が、直接素肌に伝わってくる。

なんだか安心するなぁ、こういうのって。

「忍センパイや私が喜ぶから、いっぱい出してくれたの?」

「アリエル」

「嬉《うれ》しいけど、あんまり安売りするのはイマイチだよ。ちょっとは出し惜しまなきゃ」

「ンュー」

「口答えしない。いい女ってのは、そういうもんなの」

「フムー」

言葉をどう受け取ったのか、アリエルはじっと私を見上げてきた。

濁りの見えない、綺麗《きれい》な碧眼《へきがん》。

私の気持ちは、ちゃんと伝えられただろうか。

いや。

伝わってなかったとしても、アリエルは私の意思を、私を理解しようとしてる。

この世界のことを、ヒトを、忍《しのぶ》センパイを、たぶん私のことも、もっと深く知ろうとしてる。

だからアリエルは、今も私を見ているのだろう。

濁りの見えない碧眼が、私の瞳《ひとみ》を見上げて。

私の虚像を、くっきりと映して。

まるで私の奥底を、見透かそうとでもしているかのように――

「や……っ」

突然湧《わ》き上がる、恐怖と不安。

見られたくない。

見せたくない。

見ないで――

「……ユナ?」

……ありったけの自制心を総動員し、醜態を演じることだけは避けられたものの。

肌を合わせているアリエルには、動揺が伝わってしまったようだ。

「ああ、うん、ごめんね。大丈夫、大丈夫だからね」

ポン　ポン　ポン　ポン
「……ウュー」

一瞬戸惑いを見せたものの、撫《な》でられる安堵《あんど》に抗《あらが》えず、くたりと身を預けてくるアリエル。

私は作り笑顔を浮かべ、見られたくない何かを誤魔化すように、アリエルを撫で続けた。

ただひたすらに、撫で続けていた。

第七話　エルフとあつもり（後）

由奈《ゆな》とアリエルの入浴後、リビングダイニングとの襖《ふすま》を開け放った和室。

ひと足先に身支度を整えた由奈は、〝ありがとう〟と光の綿毛の関連性を見出《みいだ》した推察に加え、服を脱がせた際に発見したもうひとつの〝異変〟を、取り急ぎ忍《しのぶ》へ伝えていた。

「君の話を聞いたときは、流石《さすが》に耳を疑ったが」

「縮んでるでしょう？」

「ああ。アリエルの乳房は、邂逅《かいこう》の際よりも明らかに縮んでいる」

「アリエル」

忍の部屋着である、柔らかい綿１００パーセントの紺色Ｔシャツを着せられたアリエルは、由奈に髪をわしゃわしゃ拭《ふ》かれ、とても気持ち良さそうに瞼《まぶた》を閉じ、口角を上げていた。

かわいい。

「おっぱいの異変ぐらい、すぐに気付いて下さいよ。男のくせに」

「不注意を認めよう。ただ、俺が気付いていたらいたで、君は俺を貶《おとし》めたんじゃないか」

「当たり前じゃないですか、忍センパイのスケベ。令和のアスモデウス。悪徳監禁公務員」

「……」

色欲を司る悪魔の二つ名を与えられた忍は、諦《あきら》めて乳房、いやアリエルの観察を始める。

身長182センチの忍が着るTシャツということもあり、目測160センチくらいのアリエルが着ても、着丈や身幅にはまあまあのゆとりがあるように見えた。

ただ、頭と長い耳が通るよう、襟《えり》首を無理矢理伸ばして着せたため、Tシャツの襟元はでろんでろんに緩み切っており、ちょっと屈《かが》むだけでものすごく乳房が見えてしまう。

さらに言えば、下は由奈の用意した間に合わせのショーツを穿《は》かせ、忍のパジャマのズボンで応急処置を済ませているため、動き回るとお腹のゴムや捲《めく》れた裾《すそ》がずりずりずり落ちてしまい最終的に脱げるので、早急にマトモな格好をさせる必要が生まれていた。

「色々と問題は見えたが、まずは乳房だな」

「文句なしのFカップから、大きめのDカップくらいまで縮んだ印象ですね」

「今日で邂逅から十六日目だ。人類の女性において、ありうる変化の範疇《はんちゅう》だろうか」

「よっぽど無理なダイエットしても、胸だけこんなに減るってのは不自然ですね。埃《ほこり》……魔《ま》法《ほう》による消耗だと考えるのが妥当でしょう」

「うむ」

何故《なぜ》か満足気な忍と、どこかばつの悪そうな由奈であった。

「今後、埃魔法には真摯《しんし》な謝意で応《こた》え、濫用を抑制する。加えて、しっかりとした食事を与え続ければ、再び乳房が膨らむ未来もあろう。すべて君のおかげだ。ありがとう、一ノ瀬《いちのせ》君」

「アリアトー、ユナ！」

元気いっぱいのアリエルだが、新たな光の綿毛を出そうとはしない。

取りも直さず、由奈《ゆな》から〝謝意〟の概念を汲《く》み取った結果なのであろう。

「って言うか、お風呂《ふろ》はあんなに準備万端だったのに、どうして湯上がりの着替えは間に合わせのTシャツと、使い回しのパジャマズボンなんですか」

「突然女物の服を干したりすれば、近所で噂《うわさ》が立つだろう。俺の服を着せるのが合理的だ」

「隠して干すとか、下着類だけ部屋干しするとかあるでしょう」

「ならば差し当たり、女物のパジャマを着せてみるか。着られるかどうかは分からんが」

「だからちゃんと準備してるなら、先に言って下さいって」

「準備していたわけではない」

「はあ」

「四年ほど前に別れた、元交際相手のものだ。アリエルより全体的に小柄だったし、少し縮んだ今のアリエルとはいえ、着用に堪《た》えるかどうかは分からん」

絶句する由奈。

意地でもタバコを番号で指定しないオッサンを見たときのような表情を浮かべている。

「最悪。もうほんと最悪。発想力が田舎のおじいちゃんに劣っている」

「俺にとっても、親戚《しんせき》の女児を預かるイメージが近い。ありもので上等じゃないか」

「そんなことより元カノですよ。神経疑います。捨てて下さい。未練でもあるんですか」

「無い」

「だったらとっとと捨ててください。断裁が必要なら手伝いましょうか」

「処分については善処しよう。今はアリエルの服装を検討したいが」

「よろしくお願いします。後はこっちでやりますから、他の服持ってきてください」

「承知した」

仏頂面《ぶっちょうづら》で寝室のクローゼットに向かう忍《しのぶ》を見送り、由奈はわざとらしく溜息《ためいき》を吐《つ》いた。

「貴女《あなた》の保護者に足りないのは、社会常識かしら、それともデリカシーなのかしら」

アリエルの長い髪を先からタオルで挟みながら、ぼやくように由奈が呟《つぶや》くと。

「アリエル」

返事とも意見ともつかぬ呟きを漏《も》らし、アリエルが自らの髪先を掬《すく》いあげる。

よく見ると、アリエルの掬った髪は、そこだけさらさらと乾いていた。

「へえ、自分で乾かせるんだ」

「アリエル！」

手を取って指を絡ませてみれば、乾いた髪はほんのり温かい。

――微粒子を振動させて熱を生み出す、第三の埃魔法《ほこりまほう》ってトコかな。

一瞬真剣に考えかけた由奈だったが、次の瞬間自らのシノブ脳汚染に戦慄《せんりつ》し、後悔した。

◇◆◇◆◇◆◇

「いや、これはない」

「えー。忍《しのぶ》センパイ、彼シャツ知らないんですか」

「俺にとってこれは外回りの服だ。寝床で着せたくはないし、まず寝づらいだろう」

「アリエルー」

忍のワイシャツを着せられたアリエルが、楽しそうにバンザイしかけて由奈《ゆな》に止められた。シャツがずり上がり、ショーツが丸出しになりかけたので、仕方あるまい。

「危うく丸出しじゃないか。やはり首肯《しゅこう》できんぞ」

「じゃあ上から、忍センパイのパンツでも穿《は》かせてあげたらどうです？」

「ボクサーパンツを、ホットパンツのように着用するのか。一考の余地はあるな」

「冗談ですよ馬鹿《ばか》ですか。それとも性癖が特殊な馬鹿なんですか」

「叶《かな》うなら、ただの馬鹿でありたいものだ」

クソ真面目《まじめ》に切り返す忍の返事を聞いて、由奈が泥のような溜息《ためいき》を吐《つ》いた。

「本当、忍センパイの発想って面白味がないですよね。部屋もいちいち殺風景だし」

「部屋は関係ないだろう」

「部屋も普段着も、その人のセンスを映す鏡です。だから忍センパイは慰安旅行でも、夏はポロシャツにチノパン、冬はネルシャツにチノパンしか着てこないんでしょうが」

「よく見ているな」

「嫌《いや》でも目に付きますよ。もうちょっと考えて下さい」

アリエルはワイシャツの生地をすり合わせ、シュルシュルとした感触を楽しんでいる。

「じゃあ……こっちの何か、えーと……どうでも良さげなダサい感じのTシャツを潰《つぶ》しますか」

「それはダメだ」

「え」

忍を困らせるためではなく、本気で要らない服だと思っていた由奈が固まった。

なお、Tシャツの胸元には、オレンジ地に白の元気な筆文字で〝作って半年、壊せば五分〟などと描かれており、寝間着やサークル活動以外で着るのはちょっとキツい感じである。

「大学で人力飛行機サークルにいた頃《ころ》、記念に作ったものでな。襟《えり》を伸ばすのは避けたい」

「だから〝作って半年、壊せば五分〟なんですね」

「その半年にも様々な出来事があった。どの機も無駄ではなかったと、俺は思っているよ」

「へえ……」

「おかしかったか」

「いいえ。何かケチ付けたかったんですが、普通にいい思い出みたいだから、流石《さすが》に罪悪感が」

「君の規範意識は見上げたものだが、そう毎度難癖を付ける必要はないんだぞ」

「いいんですよ。やりたくてやってるコトですから」

「そうだろうな」

溜息《ためいき》にすら近い呟《つぶや》きを漏《も》らしつつ、忍《しのぶ》は別の衣類を取り上げる。

「これならばどうだ」

「なんですか、その抜ける秋晴れみたいなスカイブルーのジャージ」

「ほう。一ノ瀬《いちのせ》君は詩人だな」

「馬鹿《ばか》にしてるんですよ」

げんなりした表情を隠そうともせず、一応忍の差し出したジャージを広げる由奈《ゆな》。

目の覚めるようなスカイブルーがこれでもかと主張しまくっており、内襟《えり》と左胸へデフォルメされた人力飛行機のロゴが描かれ、背中にはデカデカと〝飛〟〝研〟の極太筆文字が躍っている、Tシャツが比にならないほどヤンチャな柄《がら》ゆきであった。

「まあ……まあ、個性的な感じですね」

「上着は前開きのファスナー式だ。ワイシャツ同様、耳の干渉なく着せられるだろう」

「……分かりました。どうにかしてみますから、あっち向いてて貰《もら》えますか」

「承知した」

一切の文句を口にせず、忍は壁へと向き直った。

状況を総合的かつ合理的に判断した、実に忍らしい一手である。

「それじゃ、大人しく着せられなさいよ……っと」

「ンーンー、ンンーンー」

背後から響くアリエルの声は、苦しそうながらも嬉《うれ》しそうである。

構われ続けることが、余程嬉しいのだろう。

かわいい。

「……はい、こっち向いてもいいですよ」

果たして、忍が振り向くと。

「……ぅー」

アリエルはそのしなやかな全身に、上下揃《そろ》いのジャージを纏《まと》っていた。

ジャージの中は、先程のエルフ耳に最適化されてしまった紺色Tシャツで、もう襟首はでろんでろんのでろんでろんで、ひとたびファスナーを下ろせば、またどえらいことになるだろう。

「とりあえず、今はこれで。外に出すまでには、ブラジャーのことも考えてあげてくださいね」

「それなんだが、一ノ瀬君はフロントホックと後ろ留め、どちらが良いと思う」

「私は後ろ留め派ですかね。体のライン出る服のときは、フロント使うこともありますけど」

「……」

「……」

忍《しのぶ》の表情がとても気まずそうなのは、うっかり由奈《ゆな》の乳房を想像したせいではなく、失言の意味をようやく悟ったからである。

「……一ノ瀬《いちのせ》君、誤解だ。俺が聞きたかったのは」

「アリエルのことですよね」

「分かっているなら何故《なぜ》」

「さっきは分かりませんでした。次からは分かるように訊《き》いてください」

──絶対分かっていただろう。

流石《さすが》の忍も思ったが、最初に失言したのは忍自身である以上、口にするのは躊躇《ためら》われた。

「すまない」

「ええ。アリエルの話なら、フロントホックでいいんじゃないですか。自分で留め外ししやすいですから、ひとりでお風呂《ふろ》に入るときも安心です」

「いたずらに外してしまわないだろうか」

「後ろ留めにして取れなくなって『シノブトッテー』って迫られる可能性もありますが」

「フロントにしよう」

「はい」

この高尚《こうしょう》な討議の間、当のアリエルは、ジャージのガサついた生地感が慣れないようで、ちょっと嫌《いや》そうな感じに身体《からだ》を擦り合わせていた。

「嫌《いや》がる猫に無理矢理首輪をつけると、顎《あご》や肩に引っ掛けて怪我《けが》をする事例があるらしいな」

「犬も無理に服を着せると、あんな感じで嫌がって、いつの間にか脱いじゃうんですよね」

「やはり君は、犬を飼っていたのか」

「ええ。実家でトイプードルを飼ってるんですが、物凄《ものすご》く悪知恵が働くんですよね。何度ケージに入れてもいつの間にか脱走してて、母親が一時期ノイローゼになってました」

「その子よりは、アリエルのほうが落ち着きがあって良いな」

「犬と一緒にしたら失礼ですよ」

「言い出したのは君だろう」

「猫の話を始めたのは忍《しのぶ》センパイですけど」

「そうだったな」

なお、アリエルは犬猫より賢いので、ジャージのファスナーを開ければ着心地が好くなると気付き、全開にしてどえらい絵面《えづら》を露《あら》わにしていた。

「と言うか、忍センパイが気にさえしなければ、何着せてもいいってことになりませんか？」

「一理ある」

「え、本当にそれでいいんですか」

今度は自分から言い出したくせにドン引きする、切り替えの早い由奈《ゆな》であった。

「他に手段がないなら、そうするしかあるまい」

「……お着替えは私が教育しときますんで、忍センパイは夕食の準備を進めてください」

「しかし……」

若干悩む様子を見せた忍だったが、これから着替えの練習をするのならば、自分がいないほうが総合的にスムーズだと気付いたので、素直にキッチンへ向かった。

◇◆◇◆◇◆◇

小一時間後、中田《なかた》忍宅のダイニングテーブル。

高等教育を施されたアリエルは、ジャージを着せられてなお、実にお行儀よく座っている。

「凄いじゃないか」

「私は何も。本人がやる気を出してくれただけです」

「アリエル！」

「うんうん、えらいえらい」

わしわしと由奈に頭を撫《な》でられ、アリエルはむずがゆそうに微笑《ほほえ》んだ。

「着替えもひとりでやれるように教えましたから、暫《しばら》くは心配ないんじゃないですかね」

「助かるよ。恩に着ると誓おう」

「重すぎますって。それより、早くご飯食べさせてください」

「承知した。煎《い》り胡麻《ごま》の用意もあるが、どうする」

「豆乳鍋でしたよね。たっぷりでお願いします」

「いいだろう」

土鍋の蓋《ふた》を上げれば、閉じ込められた湯気と薫《かお》りが、キッチンから部屋中へと広がった。

「フォォオォォウ」

その温度を感じ取ったか、はたまた嗅覚《きゆうかく》に刺さったか、謎《なぞ》の気体を噴き出すアリエル。

忍《しのぶ》は湯気立つ土鍋から具材をよそい、テーブルにてきぱきと運んでゆく。

「ビールと日本酒を冷やしているが、一ノ瀬《いちのせ》君はどうする」

「日本酒はどんなのですか？　雑学いらないんで、味だけ教えてください」

「……課長からの頂き物だ。キレのある辛口で、豆乳鍋のまろ味にも負けんだろう。しばらく前に開封したので、そろそろ空けてしまいたいと思っている」

「忍センパイが飲むなら、私も飲もうかな」

「俺はいい。アリエルに何かあったとき、酔っていては適切な対応ができない」

「正気失うくらい飲むわけじゃなし、いいんじゃないですか。それにいくら私だって、よそのお夕飯に招かれてひとりで飲めるほど、神経太くありません」

実際は由奈《ゆな》が強引に押し込んできた話でも、由奈的には招かれた解釈になるらしい。

忍も特に、そこには突っ込まない。

「君なら飲めるだろう」

「どういう意味ですか」

「言葉通りだよ」

「本当に失礼ですよね、忍センパイ。人類代表がこんな男で、本当に大丈夫なんでしょうか」

仮に大丈夫でなかろうと、そうあるべく力を尽くすのが、中田《なかた》忍という男である。

逆に一ノ瀬由奈はといえば、まず口には出さないものの、忍ほど異世界エルフの保護者として適切な者は他にいないだろうと、心のどこかで思っている。

「じゃあ、冷やお願いしてもいいですか？」

「分かった」

「忍センパイは？」

「……これもまた、もてなしの内か。少しでいいなら付き合おう」

「ありがとうございます」

「いただきます」

「いただきます」

「イタ……ララキマス」

乾杯の代わりに、忍と由奈は箸を、アリエルはフォークを高々と突き上げ、準備完了。

暫《しばら》くもしないうち、由奈《ゆな》の双眸《そうぼう》が驚愕《きょうがく》に見開かれる。

「……美味《おい》しい」

「気に入ってくれたようで何よりだ。飲み切っても構わんぞ」

「いえ、お酒のほうじゃなくて、このお鍋です」

「君から世辞を聞くとはな」

「意地悪言わないでください。本気ですよ」

「ふむ」

実際、忍《しのぶ》の作った豆乳鍋のデキは、大したものであった。

手間を掛けて丁寧に下処理したのであろう野菜に、豚肉とキノコ類の濃厚な旨味《うまみ》が染み込んでいて、具材を食べてもつゆを飲んでも、とにかく普通に美味しい。

「普段料理しないって言ってたのに。予想以上っていうか、びっくりしました」

「賛辞は素直に受けよう。しかし、今はネットを見るだけで、良いレシピが簡単に手に入る。その通りやれば、この程度のものは誰だって作れるんじゃないか」

「……忍センパイ、その話、あんまり他の人の前でしないほうがいいですよ」

「何故《なぜ》だろうか」

「レシピ通りに作っても上手にできない人が、世の中には沢山いるからです」

「そういうものか」

「はい」

「アリエル」

絶対分かってない感じのアリエルは、無遠慮にフォークで白菜を突き刺し、かじりつき、

「フォォォォオオオオウ」

また身体《からだ》中から謎《なぞ》の気体を噴出させていた。

ジャージは隙間《すきま》が少ないため、腹の隙間と首元から風が吹き出し、耳がぴこぴこはためく。

「アリエル、いつも言っているだろう。食事中に噴出させるのはやめなさい」

「フォオオォォオオウ」

　ブシュー
「忍センパイ、もう諦《あきら》めたほうがいいんじゃないですか」

「話を聞かないのはアリエルの勝手。それでも指導を続けるのは俺の義務だ」

また始まった……と由奈が思ったか思わなかったかは定かでないが、少なくともアリエルの椀《わん》を見つめていた由奈が、ふと気付いた。

「アリエルのお椀、何か私たちのと違いませんか？」

「別の小鍋で作った。味付けをやや薄めにし、可食性テストが済んでいない食材を外してある。アリエルがフォークを使うので、具材を大きめに切っているのも違いだな」

「手間ですね。レトルト品とかはやめるにしても、もっと簡単なものを食べさせたって、アリ

エルは文句言わないんじゃないですか？」

「言葉も通じない、娯楽も少ない、不安な異世界で過ごしているんだ。せめて食くらいは楽しませてやってもいいだろう」

「ふーん……」

くいっ、と冷酒をあおる由奈《ゆな》。

「一ノ瀬《いちのせ》君、風呂《ふろ》の後だぞ。回るんじゃないか」

「宣言通り、今日は泊まるつもりですから、別にいいです。もう一杯お願いします」

「分かった」

トク　トク　トク
「ありがとうございます」

冷蔵庫に収めていた一升瓶《いっしょうびん》から、グラスに直注《じかつ》ぎである。

風情も洒落《しゃれ》っ気もありはしないが、それでも由奈は満足げだ。

「お酌ぐらい、させてくださいよ」

「ありがたいが、何せ一升瓶だ。流石《さすが》に重いだろう」

「まあ、そうですね。では、お言葉に甘えて」

「ああ」

トク　トク　トク

「ホォー」

「アリエルはこっちね」

　コポ　コポ　コポ
「アリガトー、ユナ！」

「はいはい」

　冷水が満ちたグラスを前に、ニコニコのアリエルであった。

　〆《しめ》の雑炊も、あらかた片付く頃《ころ》。

　忍《しのぶ》と由奈は、差し向かいで一献《いっこん》を愉《たの》しんでいた。

「アリエルが来たときの話ですよね。課長なら、何も言わずに早退させてくれましたよ」

「本当に不審を抱いていたら、却《かえ》って表には出すまい。注意を払うべきだな」

「まあ……うん、まあ、そうかもしれません」

「ああ見えて……いや、ああ見えるからこそ優秀な人だ。今は俺を立ててくれているんだろう」

「忍センパイが言うなら、実際そうなんでしょうね。私も気を付けます」

「それはどういう意味だ」

「言葉通りですよ。ください」

「ああ」

トク　トク　トク

「まさかこんな風に、忍《しのぶ》センパイにお酌して頂ける日が来るなんて。しかも、一升瓶《いっしょうびん》で」

「普段はひとりで飲むか、長年の友人しか来ない家だ。がさつな部分は、悪いが見逃してくれ」

「ああ、そういう意味じゃないんです。こういうのも、たまにはいいかな、って」

猫目を細めながら、グラスを傾ける由奈《ゆな》。

「強いのは知っているが、あまり無理をするなよ」

「いいんです。今、とってもいい気分なんで」

由奈は髪の毛をヘアバンドで適当にまとめ、顔も化粧水を塗っただけのすっぴんという有様《ありさま》で、フードのついたふかふかパーカにスウェットを着て、まるで我が家にいるかのようなくつろぎぶりである。

対して忍は、無難なネルシャツにチノパンを纏《まと》う、田舎のおじいちゃんの如《ごと》きいでたち。

そして二人の間には、冬休みに異世界から遊びに来た親戚《しんせき》の娘のような存在感のアリエル。

良い意味でも悪い意味でも、まるで実家のような安心感であった。

「あ、そうだアリエル」

「アウ？」

『居候《いそうろう》、三杯目にはそっと出し』のことわざが異世界エルフを縛るはずもなく、元気いっぱいに四杯目をおかわりしていたアリエルは、由奈にちらと振り向く。

「アリガトーして貰《もら》える？」

「アリエル」

　キラキラキラ
　アリエルが手をかざすと、由奈のグラスに満ちた酒へ、星灯《あか》りのような輝きが漂い始めた。

「ほう」

　流石《さすが》に空気を読んだか、自身の吸い込んだ経験を覚えているのか、光の綿毛を酒に躍らせ摂取する異世界エルフの常在菌的危険性について、忍が語り始める様子はない。

「ありがと、アリエル」

「アリガトー、ユナ」

　キラキラキラ
　忍のグラスもきっちりキラキラさせてから、アリエルは自分の食事に戻った。

　楽しそうにフォークを握って、それはそれは美味《おい》しそうに、豚肉を頬張《ほおば》っている。

　お風呂《ふろ》に入って輝きを増した、ふわふわとひらめく金髪が、満足げな笑顔によく映《は》えた。

「綺麗《きれい》ですよね」

「そうだな」

「グラスのことですよ」

「俺がグラスのことを答えたら、アリエルのことだとはぐらかすんだろう」

「根拠のない言いがかりですね」

「そうかな」

別に深く追及する気もなかったのか、忍《しのぶ》は自分のグラスに視線を移した。

淡くほんのりとした輝きが、濁りなき酒の泉を、ふわふわと漂う。

「聞かないいんですね」

「何をだ」

「ぜんぶ、です」

「……」

公称機械生命体、感情のない爬虫類《はちゅうるい》系上司の中田《なかた》忍でも、由奈《ゆな》の言わんとすることは分かる。

突然の手料理要請、突然の入浴介添え申し出、突然のお泊まり宣言。

傍から見れば不可解でしかない由奈の行動を、忍はただ頭を下げ、受け入れるばかりだった。

だからこそ忍は、正直に自身の思いを返す。

「君を信頼すると決めた。ならば君の厚意に、疑いを差し挟む必要はないと考える」

「嘘《うそ》ばっかり」

「嘘ではない」

「嘘ですよ。信じても、頼ってもいないくせに」

由奈は、グラスを傾ける。

白い喉《のど》がこくりと揺らぎ、星灯《あか》りの輝きが呑《の》み込まれてゆく。

「……ちょっと前の昼休み、茜《あかね》ちゃんと外出してましたよね」

「ああ」

「何処《どこ》に行ってたんですか？」

「堀内《ほりうち》君に教えを請わせるべく〝ぼんてんまる〟代表理事に引き合わせた」

「そんなお世話、今までしたことありましたっけ」

「前例など必要ない。彼女の意欲を尊重する、上司として当然の配慮を施したに過ぎん」

「それは、茜ちゃんへの贖罪《しょくざい》ですか？」

「……俺のすべきを為《な》したまでだ。そこにはなんの二心《ふたごころ》もない」

「それも嘘です」

「何を根拠に」

「答える前、一瞬迷いましたよね」

「……」

由奈の瞳《ひとみ》は、じっと忍を見上げている。

由奈の瞳に、忍の虚像が映っている。

「変わらないでください、忍《しのぶ》センパイ」


「どういう意味だ」

「アリエルを迎えたときの忍センパイは、茜《あかね》ちゃんの想《おも》いと自身の行動を、冷酷に線引きできていました。どうしても必要だと考えたら、私の都合なんて考えず、異世界エルフの股間《こかん》を確認させるために呼びつけるくらい、平気でやっちゃう図々しさがありました」

「……」

「配慮だの信頼だの、安っぽくて湿っぽい感情に振り回される偽善者を、私は信じられません。やるべきことをちゃんとやる、傍若無人で無神経で、それでも真っ直《ます》ぐ前だけを見てる、どうしようもない忍センパイを、私は信じていたかったんです」

由奈《ゆな》の瞳《ひとみ》は、じっと忍を見上げている。

だが、どれだけ真摯《しんし》に向き合おうと、忍にその奥底は見通せない。

由奈の瞳に映る忍自身の虚像が、虚像の奥にある深淵《しんえん》が、眠る何かを悟らせない。

「変わらないまま、今のままであり続けてください。そうしたら」

「今よりもう少しだけ、頼られてあげてもいいですよ」

忍の喉仏《のどぼとけ》をちりちりと灼《や》く、あまりにも真っ直ぐな言葉の熱線。

忍は仏頂面《ぶっちょうづら》のまま、まばたきもせず、じっと由奈を見つめ返し。

やがて、ゆっくりと口を開いた。

「俺は、変わっているのか」

「そう見えます。少なくとも、私には」

「君が言うなら、そうなのだろうな」

「冗談のつもりですか？」

「本心だ」

「……まあ、そうですよね」

由奈が笑い、忍も微笑《ほほえ》む。

互いに感情を載《の》せていない、極めて儀礼的な休戦の意思表示。

「少し、考えさせてくれ」

「少しって、どのくらいですか」

「分からんが、長く待たせるつもりはない」

「ならいいです。よろしくお願いしますね」

「アリエル」

最後の豚肉を名残《なごり》惜しそうに飲み込み、心得顔で頷《うなず》くアリエル。

かわいい。

「ん、随分綺麗《きれい》に食べたじゃない。アリエル、えらいえらい」

「ユナー、ユナー」

「はいはい」

直前の出来事などなかったかのように、穏やかな眼差《まなざ》しでアリエルの頭を撫《な》でる由奈《ゆな》。

されどやはり、忍《しのぶ》の表情は晴れなかった。

◇◆◇◆◇◆◇

夕食を終え、暫《しばら》く後。

「……」

忍はスマートフォンを構え、和室に敷いた敷布団の上で、ひとり正座していた。

誤解のないよう明らかにしておくが、敷かれているのは普段ほぼ義光《よしみつ》専用となっているものの、あくまで普通の来客用布団であり、先程の輝く綿毛お布団は押し入れへ片付けている。

忍が布団の上に正座しているのは、これからメッセージアプリの別機能で、義光と由奈を交えたグループトークを始めようとしているだけであり、別段特異な状況でもなんでもない。

なお、『一人で布団の上にいるのだから、うつ伏せなり仰向《あおむ》けなり寝転がってスマホをいじっても問題ないのでは?』という至極真っ当な疑問は、中田《なかた》忍相手にぶつけること自体が無意味であるから、もうこういうものだと納得してしまうほうがいっそ賢いことを申し添えておく。

【グループトーク《★☆★☆中田忍とゆかいな仲間たち★☆★☆》】
【中田忍　さんが招待されました】
【一ノ瀬《いちのせ》由奈　さんが招待されました】
義光：こんばんは、忍、一ノ瀬さん（^_-）-☆
由奈：はい、こんばんはー
忍　：うむ
由奈：現実ならともかく、メッセージで〝うむ〟って打つ人初めて見ました
義光：(*゜o゜)
忍　：ふむ
由奈：〝ふむ〟はもう問題外ですね。シノブ脳のヤバさを改めて実感しています
義光：シwノwブw脳wwwwwwwwwwww
忍　：シノブ脳とは
義光：忍みたいな考え方の総称じゃないのwwwwごめんちょっとwwwウケたwww
由奈：すみません。職場での陰口がつい出ちゃいました

忍《しのぶ》：俺は裏でそんな風に言われているのか
由奈《ゆな》：はい。傷つきました？
忍　：いや
義光《よしみつ》：ところで一ノ瀬《いちのせ》さん、今日は泊まりで面倒見てくれてるんだって（´･ω･`）？
由奈：ええ。今はベッドで抱っこしながら、メッセージ打ってます
忍　：風呂《ふろ》に入れて貰《もら》い、同衾《どうきん》も代わって貰ったんだ
忍　：その代わりまともに睡眠を取れと、俺は和室に軟禁されている
由奈：当たり前じゃないですか
由奈：どうせ何かやらかしてるんだろうなあと思って問い詰めたら
由奈：毎晩十二時過ぎまで調べ物やって、次の日朝四時起きでご飯作るとか言ってるし
由奈：馬鹿《ばか》馬鹿馬鹿馬鹿馬鹿もうほんと馬鹿
由奈：いつかブッ倒れても許しませんからね
忍　：覚えておこう
義光：僕からも注意してるんだけどね
忍　：トビケンの頃《ころ》は、週二の完徹だって珍しくなかったろう。大した負荷とは感じていない
義光：もう若くないんだから、無理が出る前に自己管理しなきゃダメだってば
由奈：トビケンって、忍センパイが大学時代に入ってた飛行機サークルですよね

由奈：義光サンも一緒だったんですか？
義光：まあ一応（・ε・）忍、一ノ瀬さんにトビケンのジャージが出てきたので、なりゆきでな
忍　：寝間着を準備する際、トビケンのジャージ出したの？　懐かしいね（・∀・）
義光：あ、トビケンのジャージ出したの？　懐かしいね（・∀・）
忍　：ちょうど良い具合の服がなかったので、窮余《きゅうよ》の措置として着せることになった
由奈：最初はうわぁ……と思ったけど、着せたら案外良い感じでしたね
由奈：せっかくだから、義光サンにもお裾《すそ》分けです
【一ノ瀬由奈　さんが　IMG_1202_0014762.jpgをアップロードしました】
由奈：着替えのとき面白かったんで、思わず撮っちゃいました
由奈：どや顔凄《すご》くないですか？
義光：似合ってるじゃん（／・ω・）／かわいいねぇ
忍　：一ノ瀬君今すぐ画像を消してくれ義光もだローカルにも残すな
忍　：はやく
義光：え？（┼_┼）
由奈：まずかったですか
忍　：早く
【一ノ瀬由奈　さんが　IMG_1202_0014762.jpgを消去しました】

由奈《ゆな》：けしました

忍《しのぶ》：ローカルのデータも消去してくれ

忍　：義光《よしみつ》は

義光：何かまずかったの（@_@）？

忍　：いかなる形であっても、画像データだけは残したくない

忍　：先に説明しておくべきだったな

忍　：きつい言葉を使ってすまなかった、一ノ瀬《いちのせ》君

由奈：いえ、私の考えが足りていませんでした

由奈：本当にすみません

忍　：分かってくれれば大丈夫だ

忍　：義光を慮《おもんばか》ってくれた、その気持ち自体はとても有難い

由奈：そう言って貰《もら》えると、少しは心が軽くなります

義光：え、ごめん忍、水を差すようで悪いんだけどさ（*_*）

忍　：どうした

義光：ネットでウェブカメラ繋いでるんでしょ。そっちはいいのに、画像はダメなの？

少しの間《ま》。

由奈：庇《かば》ってくださるのはありがたいですけど、今回悪いのは私ですよ
由奈：忍センパイに黙って画像撮ったのもそうですし
由奈：ウェブカメラがあるからって、画像流出を警戒しない理由にはなりません
義光：でも
由奈：今日は頭を冷やします
由奈：隣もそろそろおねむっぽいので、申し訳ありませんが、一足先におやすみなさい
【一ノ瀬由奈　さんが　グループトークを退出しました】
義光：ねえ忍、画面見てる？
義光：今後のこと話し合うんじゃなかったの？
義光：一ノ瀬さん寝ちゃったよ？
義光：おーい
義光：しのぶーーーーーー
忍　：俺はいる
義光：あ
義光：直接一ノ瀬さんの部屋行ったの？
忍　：悪い冗談だ。俺がそんなことをすると思うか

義光《よしみつ》：するべき場面なんじゃないの？
義光：いやごめんやっぱ今のなし
忍《しのぶ》　：うむ
義光：じゃあそれはいいとして、今日はどうするのさ（-_-;）
忍　：今のグループトークから、指針変更の必要性に気付かされた
忍　：煩わせたところ申し訳ないが、仕切り直させて貰《もら》えないか
義光：別にいいけど、いつ？
忍　：俺のほうでも時間が欲しい。例えば来週の土曜、直接会って話せないか
義光：僕は平気だけど、一ノ瀬《いちのせ》さんはどうだろ（~_~）
忍　：彼女は来週末、友人の結婚式に三件出席するそうだ
義光：うわあ（、ρ゛）
義光：分かった。次回は僕たちだけだね
義光：でもそれとは別に、ちゃんと一ノ瀬さんにもフォロー入れるんだよ（ΦωΦ）
忍　：明日、パジャマの買い出しに付き合って貰う予定だ。その際に都合を付けよう
義光：まあ、トビケンジャージも悪かないけど、他の服も欲しいよね^(-_-*)^
忍　：買い出しは、むしろ一ノ瀬君が乗り気だな
忍　：意気軒昂《けんこう》に『元カノパジャマをすぐ捨てろ』などと

義光：何その元カノパジャマって（╬￣ー￣メ）
忍：俺の元交際相手が残していったパジャマだが
義光：捨てなよ
忍：簡単に言うが、これは俺の罪の証《あかし》でもある
忍：軽々に手放す気にはなれない
少しの間《ま》。

義光：時間も遅いし、深くは聞かないよ
義光：それより、何を準備するのか知らないけど、今日は寝なきゃだからね
義光：せっかくの一ノ瀬さんの厚意、無駄にしちゃダメだ
忍：承知した
忍：夜遅くに、すまなかったな
義光：大丈夫だよ。おやすみ、忍（=ﾟωﾟ）ノ
忍：ああ、おやすみ

第八話　エルフと出入国管理及び難民認定法

十二月九日土曜日、午前九時五十五分。

微妙な空気感で終了したグループトークから一週間を数えるこの日、アリエルに留守番を申し付けた忍《しのぶ》は、義光《よしみつ》との待ち合わせ場所である、自宅最寄り駅改札前へと歩を進めていた。

「……」

忍は歩みを止めないままスマートフォンを取り出し、義光へとメッセージを送る。

〝あと四分で到着する〟

『歩きスマホしてるでしょ。危ないから止《や》めようよ（＄・・）/~~~』

〝名目こそお前との待ち合わせだが、異世界エルフ対処関連事案であることは確かだ〟

〝総合的に判断して、社会のモラルに優先すべき事態だろう〟

『いまさら忍の倫理観を変えられるなんて思わないけどさ』

『ほら、せっかく街並みも煌《きら》びやかなんだし、ちょっとは楽しんでみない（´ω｀）?』

〝分からんな〟

〝俺は何を楽しめばいい〟

『クリスマスっぽい雰囲気とか（=_=）』

〝生まれてこのかた、クリスマスに興味を持った覚えはない〟

少しの間《ま》。

『まあ、それでこそ中田《なかた》忍だよね』

〝どういう意味だ〟

『言葉通りだよ』

返信を打ち込む前に、歩きスマホ中だろうとやたらに感度の強い忍の視界が、改札前に佇んでいる義光の姿を捉えた。

「義光」

「あ、おはよう忍」

スマートフォンから顔を上げ、ストールじみた幅広のマフラーに柔らかい雰囲気のボタンコート、シルエットのスマートなパンツを纏《まと》った義光が、爽《さわ》やかに微笑《ほほえ》む。

「待たせたな」

「ん」

それ以上の余分な会話は一切交わさず、忍《しのぶ》は勝手に歩き出し、義光《よしみつ》は素直に追随する。

盗み聞きや周囲への警戒故《ゆえ》にそうしているのではなく、重ねてきた二人の関係性が、余分な確認を必要としないだけだ。

そして、どちらかが突拍子のない話題を振っても、振られた側はとりあえずちゃんと拾う。

今回口火を切ったのは、直樹《なおき》義光。

「トビケンと言えばさ」

「ああ」

「冬会、そろそろだよ。覚えてた？」

「無論だ」

一度しっかりとした解説が必要になりそうなのでここに記すが、〝トビケン〟とは忍や義光が大学時代に所属していた人力〝飛〟行機〝研〟究サークルの愛称であり、活動中には年二回、サークル全体の活動を総括する、定例報告会という名の飲み会が開かれていた。

具体的に言えば、梅雨入りぐらいの時季にやる夏会と、年末にやる冬会である。

また、忍たちをはじめとした一部のＯＢＯＧは、卒業後も気の合う仲間で集まる口実として、年二回の定例報告会を開催し続けているのだった。

そして驚くべきことに、初代部長として毎回幹事をやる義光はともかく、初代副部長の忍は卒業から今まで皆勤賞の上、忍との再会を心待ちにするメンバーも、少なくはなかった。

札口

「一応確認だけど、どうする?』

「行きたいのはやまやまだが、削減できる余暇は積極的に削減し、アリエル込みの生活基盤を整える時間に充《あ》てることとしたい。今回は遠慮しておこう」

「まあ、そうだよね。だから今まで聞かなかったんだけど、皆寂しがると思うよ』

「光栄だ」

「あと、今回は徹平《てっぺい》たちも来るってさ」

「久しいな。奴《やつ》らの結婚式以来じゃないか」

「デキ……授かり婚だったし、徹平も早織《さおり》も実家遠いしね。色々大変なんでしょ」

「そうだな」

やはり解説が必要になりそうなので記すが、徹平と早織というのは、それぞれトビケンの元メンバーであり、忍《しのぶ》と義光《よしみつ》共通の友人でもある。

徹平こと若月《わかつき》徹平と、早織こと旧姓橋本《はしもと》早織は、在学中に交際をスタートさせ、卒業後も順調に関係を発展させて、およそ五年前に授かり婚へと至り、式には忍と義光も参加した。

だがその後、約五年間にわたり、徹平と早織は定例報告会を欠席し続けており、クソ真面目《まじめ》に気を遣った忍は連絡を控えていたので、今どうしているのかはさっぱり分からない。

「徹平と早織、二人とも来れるのか」

「電話したら、そんな感じのこと言ってたよ」

「二人とも実家は遠いはずだからな。よもや、子供も連れてくるつもりなのか」

「みたいだね。一応、一次会は八時で締める予定にしたよ」

「……考えてみれば、余程徹平らしい話だな」

「まあ、お酒大好きだし、確か娘さんでしょ？　絶対自慢したいよね、徹平なら」

「まだ生まれていない結婚式の時点でも、散々自慢された記憶がある」

「あぁー言ってたねぇ、なんか凄《すご》い名前付けるって。星のお姫様だとか、愛がなんとかって」

「愛娘《まなむすめ》を見せびらかしたい徹平、呆《あき》れながら制する早織。目に浮かぶようじゃないか」

「確かに。イイ線行ってると思うよ」

「奴らの行動は、俺のような者にでも想像しやすい」

「あー、分かる分かる。いい意味で」

「うむ」

ちっともいい意味ではないように聞こえるが、そのくらいの軽口を叩《たた》き合える程度には近しい友人であったと、忍自身は思っている。

「忍さえ良ければ、別の食事会とかセッティングしようか」

「有難いが大丈夫だ。今は目の前の異世界エルフに集中したい」

「ん。了解」

忍《しのぶ》のマンションから見て、最寄り駅を跨《また》いだ反対側には、商業地域が広がっている。駅正面の大型スーパーが幅を利かせる一方、地元の高所得者層が贔屓《ひいき》にしそうな、歩道が広く品の良い商店街も、元気に営業を続けているのだ。

忍と義光《よしみつ》が訪れたのは、そんな商店街の片隅にある、小洒落《こじゃれ》た雰囲気の喫茶店であった。目抜き通りの見える窓からは、隣の洋菓子店の小行列が覗《のぞ》けた。

「いい感じのお店だね。よく来るの？」

「気分を変えたいとき、たまにな。紅茶一杯で粘っても文句を言われないのがいい」

言われないいんじゃなくて言えないいんじゃないの……などと、いい大人の義光は指摘しない。ひとりの大人が見つけた楽園に、他の大人がダメ出しするなど、あまりに野暮というものだ。

「アリエルちゃん、独りにしちゃって大丈夫かな」

「今後、突発で出勤する機会もあろう。週末は必ず俺がいると思い込ませるのもいただけない」

「まあ、そうだね」

「気になるなら、見ておくか」

「いや、今はいいよ」

「分かった」

言いながら、忍自身はスマートフォンに目を落とし、すぐに懐《ふところ》へと収めた。

「それで、大事な話って？　メッセージではやり取りできないようなこと？」

「概《おおむ》ねそうだ。行き詰まりを打破したいがためのアプローチとでも表現すべきか」

「うぅん……？」

「お待たせしました。アールグレイに季節のタルト、おすすめブレンドにモンブランです」

義光が言葉に詰まったタイミングを計るように、差し出されるケーキとドリンク。

「あ、はい」

「ありがとうございます」

「ごゆっくりどうぞ」

襟《えり》付きシャツにカフェエプロンを纏《まと》った、二十代前半くらいの女性従業員は、忍たちの会話に興味を示した様子もなく、さっさとバックヤードへ引っ込んでしまった。

「愛想悪い店なの？」

「いや、あんな様子は初めてだな。俺たちの様子を見て、気を利かせてくれたんじゃないか」

「へえ」

改めて見渡せば、忍たちの席は、厨房《ちゅうぼう》からも他の客からも微妙に距離が空いていた。

忍が懇意にする店だけあるなあと、義光がおすすめブレンドへ口をつけたところで。

「話したかったのは、アリエルの戸籍の件についてだ」

「んふッ」

危うく噴き出しかける義光であった。

「な、忍《しのぶ》、何、同衾《どうきん》の次はいきなり籍入れでもするつもり？」

「いや、可能ならば公的な身分を用意してやりたい、という話なんだが」

「あぁ……公的な身分、かぁ……」

落ち着いて考えれば、義光《よしみつ》にも忍の意図が理解できた。

忍は邂逅《かいこう》当初から一貫して、地球社会に対する異世界エルフの融和適応と、その尊厳を異世界エルフ自身で守り続けられるための、健全な生存の方法について悩み続けている。

今現在は、異世界エルフに対する態度が不明瞭《めいりよう》な公的機関や、手前勝手に無責任を謳《うた》うであろう世間の目からアリエルを守るため、一時的に忍の家へ匿《かくま》っている状況ではあるが、こんな生活がいつまでも続けられるものではないと、忍自身も十全に承知している。

ならば、可及的速《すみ》やかに異世界エルフたるアリエルに公的な身分を与え、日本国民が享受できるレベルの人権と福祉を獲得させようという考えは、至極妥当であろう。

しかし。

「アリエルちゃんって根本的に不法入国者なんでしょ。公的な身分とか取れるの？」

「可能不可能だけで言えば、可能だと結論した」

「ほんと？」

「長い話になるが、いいか」

「……いいよ」

ほんの一瞬、友人の結婚式に出席するという由奈《ゆな》を恨めしく思う義光であった。

「まずは人間の定義だ。これは生物学上のヒトと、法律の定義上のヒトとで解釈が異なる」

「法律の定義上のヒトでないと、国籍も戸籍も取得できないことになるよね」

「理解が早いな。生物学上の〝ヒト〟の定義は、主に二足歩行をするか否《いな》か、ヒト特有の文化を持てるか否か、と言うところで区別しているらしいが、法律や倫理学的な観点から見れば、これだけの条件ではあまりに不十分だ」

「そうなの？」

「そうだろう。歩行が困難な者や、心や身体《からだ》の不調から文化に添えぬ者は、ヒトではないのか」

「そんなことはない……そうだよね。そんなことはないよね」

「ああ。そうした線から考えていくと、ヒトという存在の定義は極めて曖昧《あいまい》になる。私見を述べさせて貰《もら》えば、今までは地球上にヒト以外のヒトに近い何かがいなかったため、わざわざ厳密な定義を作る必要がなかったんじゃないか」

「じゃあ、今の定義で言えば、アリエルちゃんもヒトとして勘定されるかもしれない？」

「そういうことだ。故《ゆえ》に今は、異世界エルフを暫定《ざんてい》的にヒトと見做《みな》し、検討を進めていきたい」

忍は饒舌《じょうぜつ》である。

余程丹念にこの件を調べ上げ、そして恐らく、誰かに話したくて仕方なかったのであろう。

忍の話を無下《むげ》に遮《さえぎ》らず、内容に即した相槌《あいづち》を適度に打てる義光は、由奈とは違う形で、忍を上手に乗せられるスキルを持つ者のひとりであった。

「じゃあ、生物学的には異世界エルフだけど、法律的にはヒトで勘定されちゃうアリエルちゃんは、やっぱり法に触れると罰せられちゃうの？」

「日本国憲法は、すべて日本国民に基本的人権が保証されることを謳《うた》っているが、法学的には本邦に在留する外国人もまた、その範疇《はんちゅう》に含まれるとする見方が支配的だ。正当な手続きで在留している外国人だけではなく、不法に在留、残留している外国人も含めてな」

「ってことは、国民の権利もそうだけど、義務も発生するって解釈？」

「そうなる。アリエルが公的機関に発見されれば、不法在留者の誹《そし》りを免れまい」

「でも、アリエルちゃんがどうやって日本に来たか分からないんだよ。警察は何を罰するのさ」

「出入国管理及び難民認定法第七十条に〝入国審査官から上陸の許可を受けないで本邦に上陸した者〟を罰する記載がある。アリエルの入国手段がどのようなものかは知らんが、入国審査官からの上陸許可は得ていないだろう」

「まあ、魔法だろうからねぇ……そうなるとやっぱり、アリエルちゃんが捕まった場合、忍《しのぶ》や僕たちも一緒に捕まっちゃう可能性が高い、ってことかな」

「本人と匿《かくま》った者、罪状は別だがな。少なくとも、業務として生活保護受給についても担当する俺自身は、オーバーステイや不法在留者に関する規則について知らないふりはできまい」

「どうするのさ、アリエルちゃんが捕まったら」

「俺も捕まるからと言って、今さら放り出せるか」

人道に適《かな》った理屈である。

義光《よしみつ》としては未《いま》だに、こいつ知床岬《しれとこみさき》に沈めようとしていたくせに、という気持ちを消せないものの、いい意味でやる気を出して頑張っている忍の足を引っ張るような真似《まね》は、今からでもアリエルが海底に沈む可能性を生み出すことに繋《つな》がりそうなので、強い言葉を使うのはやめた。

その代わりに重ねる、確認のひとこと。

「忍は、本当にそれでいいの？」

「法は幸福のためにある。幸福が法に隷従する謂《いわ》れはない」

詭弁《きべん》である。

しかしその詭弁を、少なくとも忍は自分自身の社会的生命を賭《か》けても良いくらいには正しいと信じていたし、結果としてそれを仕向ける形になった義光は、詭弁に対する反論、即ち『忍の保身のため、アリエルを放逐すべきなのではないか』という提案を、決して口にできない。

「話を続けるが、いいか」

「……うん」

さながら、自らの軽率さを飲み込まされたかのように、義光は重く頷《うなず》いた。

「アリエルには国籍がないが、日本国内にも無国籍状態のヒトはそれなりにいるようだ」

「え、そうなの？」

「難民や亡命者は言うに及ばす、日本国内で生まれたとしても、不法在留者同士の子供などは、日本国籍の取得条件を満たせず、無戸籍かつ無国籍者となる。あるいは政治的、法律的な抜け落ちから無国籍状態になった方々の互助団体も、現実に存在する」

「ちょっと理解が追い付かないね。日本国内には無国籍のヒトが、少なくとも互助団体ができるくらいには多数存在していて、政府もそれを認知しているけど、特に助けるでもなく追い出すでもなく、放置してるってこと？」

「放置とまで言い切れば、誤解を生ずる向きもあろうが、概《おおむ》ねそうだ」

忍《しのぶ》の知恵の回転はさておき、義光《よしみつ》は助教として勤める、学問を生業《なりわい》とする者であった。

専門外の話であっても飲み込みは早いし、一度自分の言葉で確かめることにより、相手に自分の理解度を示し、また疑問点を明らかにするぐらいの器量がある。

「全員日本人って認めるか、全員国外退去させるか、どっちかになりそうな話だけどね」

「それは単純に難しいのだろう。際限なく受け入れれば国際的な貧困ビジネスの温床となるだけだし、例外なく処断すれば、国際的な非難を浴びることになる。逆に言えば、そのどちらにも傾き切らない程度に、無国籍のヒトにも国籍を得るチャンスはあるようだ」

「アリエルちゃんにも、その隙間《すきま》へ入り込むチャンスはあるの？」

「それをこれから検討したい。義光、スマートフォンかタブレットはあるか」

「あるよ。海外サーバとか使って、身元分からなくしたほうがいい？」

「任せる」

「えっ」

　虚を突かれ、固まる義光。

　日記ではアリエルを〝A〟と呼称し、メッセージ上では固有名詞で〝アリエル〟の表現を残さず、画像に至っては撮影すら禁じた忍が突然緩んだのだから、無理もあるまい。

「俺も考えを改めた。流出すれば半永久的に残る、画像や動画の積極的な保存は避け続けるにしても、ある程度の情報漏出リスクについては、むしろ積極的に看過すべきだろう」

「はあ」

「思考盗聴、集団ストーカー、ネットワーク監視。あらゆるリスクへ警戒の目を向け続ければ、いずれ俺たちの誰かが全般的不安障害に罹患《りかん》するであろう可能性を、俺は無視できない」

「……」

「例えば文字なら直接異世界エルフに結び付かんし、ゲームや漫画の話に絡めるなど、どうとでも誤魔化しは利く。メッセージに至っては、もう散々使ってしまっているしな」

「……まあ、確かに」

「……それに」

　刹那《せつな》、忍の表情が沈む。

　そして、諦《あきら》めたかのように、一言。

「通信の傍受にまで手が伸びていたなら、所詮《しょせん》一般人の俺たちは、どのみちもう逃げきれまい」

見えない敵と戦う忍《しのぶ》のことを、義光《よしみつ》は少しも笑えなかった。

◇◆◇◆◇◆◇

義光はタブレット、忍はスマートフォンで検索を進め、情報収集を行っている。
目指すのは、無国籍者からの日本国籍、ひいては戸籍の取得。
〝公安　偽装　看破〟◆検索
〝オーバーステイ　逃げ切る〟◆検索
〝外国人　取締　情報〟◆検索
〝山奥　警察　来ない〟◆検索
〝職務質問　拒否　罰則〟◆検索
その検索ワードはあまりにも物騒であり、もし検索エンジンにユーザーの不審な挙動を自動判定するＡＩが導入されていたなら、間違いなく二人は真っ黒だった。
「あ、これどうかな。〝無国籍者の地位に関する条約〟」
「〝無国籍の削減に関する条約〟もあるな」
普段通りの仏頂面《ぶっちょうづら》でありながら、忍の表情はどこか暗い。

気付きながらも気付かぬふりで、義光はタブレットをテーブル上に置いた。

「思ったよりよく整備されているんだなあ、と思うのは、ここが日本だからなんだろうね」

「ふむ」

「条約って、日本以外の国も関係する、国と国同士の約束事でしょ。隣国と陸続きの諸外国なんかには、亡命者とか難民みたいな形で、日本とは比べ物にならない数の無国籍者がいるんだろうから、このくらいしっかり条約を整備しなきゃ、足りないんだろうなって」

「そうだな。日本は戸籍制度などにより、国内にいるヒトの殆《ほとん》どを公務所が把握できている。加えて島国なので、進入する間口が限られ、必然的に不法入国者や無国籍者が存在しづらい」

「じゃあ、日本では珍しいし扱いが難しいけど、無国籍者が珍しくない国もあるだろうから、むしろ海外のほうが、アリエルちゃんを保護してくれる可能性は高いのかな」

「あるいはな。いっそ早期リタイヤして、どこか保障の篤《あつ》い他国へ移住してみるか」

「忍、まだ三十二でしょ。早期すぎるんじゃない」

「否《いな》めない」

もちろん忍にそんなつもりはないし、義光も理解した上で軽口を叩《たた》いた。

何しろ忍は、日本の地方公務員として十年を勤め、日本での生活基盤を固めている。

だからこそ、秘すべき突然の同居人、異世界エルフたるアリエルの面倒を見るゆとりがあるし、福祉や法律、文化の面からもアリエルを支え、庇護《ひご》できているのだ。

もし忍《しのぶ》とアリエルが、忍自身にも馴染《なじ》みのない外国へ移住し生活するとなれば、アリエルの面倒どころか、自分の生活基盤すら築けるかどうか。

「後はアリエル自身の出自だ。無国籍者関連の条約の中にも、しばしば〝元々の出生地〟を参照する記述が散見される」

「アリエルちゃんには、地球上に元々の出生地が存在しないから、なんとかしなきゃね」

「……嘘《うそ》をつくしかあるまい。しかも、ばれる嘘を」

「ヒトじゃなくて異世界エルフだって時点で、まずひとつ嘘をつかなきゃいけないよ」

「ああ。最初から異世界エルフだと公表すれば、日本で生きる術《すべ》もあるかもしれんが……」

「やっぱり、できない？」

「それでアリエルが良い生活を送れると思うほど、俺はこの国を信頼していない」

「……」

「話を戻すが、これら条約の趣旨としては『無国籍者も自分の国の法律に照らして、普通の外国人と同じように不利益なく扱いなさい』ということらしい」

「それなら世界の条約云々《うんぬん》よりも、日本の法律とか判例を調べよっか」

「そうだな。最高法規として概念的に語られる憲法はともかく、無国籍者の保護運用から取締りまでを見渡せば、関係する法令は少なくない。今度はこれらを調べてみよう」

「分かった」

再び画面に指を滑らせ、検索と閲覧を始める二人。

かつて調べ物といえば図書館が定番だったが、今はインターネットを利用すれば、公布されているの法律の条文、しかも最新のものを直接検索できるし、裁判所や弁護士事務所などが公開しているＷｅｂページを見れば、法令の解釈、判例についての生きた情報を得られる。

「〝外国人〟って言葉は、ちゃんと法律上に定義がある用語なんだね」

「出入国管理及び難民認定法、第二条第二項か」

「うん。定義が〝日本の国籍を有しない者〟だから、アリエルちゃんも含まれると思うよ」

「それならば、民法の条文も併せて検討しよう」

「民法にも、外国人を定義する内容があるの？」

「いや、民法第三条に〝私権〟の規定がある。〝私権の享有は、出生に始まる〟と〝外国人は、法令又は条約の規定により禁止される場合を除き、私権を享有する〟という記載だ」

「この場合の〝私権〟は、〝法律上の保護を受ける権利〟って読み替えれば良いのかな」

「異世界エルフをヒトと見做《みな》し、かつ外国人と規定するならば、外国人であるだけで私権を主張できるという記載はありがたいな。何せ俺たちは、アリエルが〝出生する〟、即ち受精を発端として出産される存在なのかどうかも、証明する手立てがないのだから」

「いやぁ、異世界エルフ……っていうかアリエルちゃんを見て、アメーバみたいに体細胞分裂で増えるかもしれない、とか言い出すのは、理系の教授か忍ぐらいだと思うよ」

「そうだろうか」

「間違いなくそうだね」

「そうか」

珍しく忍《しのぶ》が、分かり易く落ち込んだ。

理系の教授にいい思い出がないのかもしれない。

「国籍法第九条、いわゆる〝大帰化〟はどうだ」

「なんか凄《すご》そうだね。どんな条文なの？」

「『日本に特別の功労のある外国人については、法務大臣は、第五条第一項の規定にかかわらず、国会の承認を得て、その帰化を許可することができる』。通常の帰化には適法な住所、必然的に適法な在留資格に基づく申請を行うが、大帰化は『日本国から対象へ、一方的に許可を差し上げる』形式となるので、異世界エルフ側で申請条件を整える必要が一切なくなる」

「いいね。特別の功労って、例えばどのくらいのことをやればいいの？」

「分からん。現行法制定後、大帰化が行われた事例は一度もないようだ」

「……日本国史上初レベルの特別な功労を、アリエルちゃんが日本国へ与えられるアテは？」

「……宇宙から飛来する巨大隕石《いんせき》を、核融合的魔法で地球直撃コースから逸《そ》らすというのは」

「それって、アリエルちゃんが異世界エルフだってバレちゃう前提だけどいいの？」

「非常時だ。なんでもありだろう」

「……じゃあ、もし巨大隕石が落ちてきたら、その方法にしようか。今は別の手段を探そう」

「そうだな」

「あ、この人身売買とか、難民認定あたりが狙い目じゃない？」

「狙い目とは」

「遠い遠い山奥から売られてきた、生まれも文字も言葉も分からない、いっそ記憶喪失の可哀想《かわいそう》な女の子ってことにしちゃえば、色々矛盾に目を瞑《つぶ》って貰《もら》えると思うんだ、け、ど……」

萎《しお》れてゆく、義光《よしみつ》の語尾。

仕方あるまい。

忍は義光の言葉を耳にするうち、いきなり天を仰いで、右手で頭を抱《かか》え始めたのだ。

「……ごめん、やめとこっか」

「いや……いや、むしろ逆だな。俺の調べた中では、その方法が最も現実的なんだ」

「はあ」

「日本国の法律においては、出生届の未届などやむを得ない事情がある者につき、家庭裁判所の判断を仰いだ上で、必要性が認められれば、適切な戸籍へ編入することが可能だ」

「でもそれって〝元々の出生地〟が日本にある、一般のヒト向けの手続きなんじゃないの？」

「その類型手続きとして〝就籍〟というのがある。例えば戦後、樺太《からふと》などに本籍を置いていた者が本土へ戻った際、就籍によって新たな戸籍を得られた。現代においても、身元不明の記憶喪失者に身分を与えるため、家庭裁判所の審判を経て就籍させたケースがある」

「……ああ、〝大帰化〟に次ぐくらいのレアケースだから、当てにならない感じ?」

「いや、就籍を希望する者自体は珍しくない。福祉《うち》生活課でも何度か話を聞いたな」

「身元不明の記憶喪失者、そんなにバンバンいる……?」

「いるわけがないだろう。アニメやゲームじゃないんだぞ」

「だったら、どうして」

「犯罪歴に破産歴、黒い身分を捨て去り新しい人生を歩むべく、見知らぬ土地で記憶喪失者を演じようとする者が、後を絶たんということさ。当然行政も不正を警戒するし、綿密に綿密を重ねる身元調査、執拗《しつよう》なまでの問診と面談、実験動物もかくやのレベルで記憶喪失の原因究明と治療が行われると聞く。就籍後に当局の秘匿《ひとく》監視が付くと冗談を言われても、俺は驚かんな」

「……ごめん。記憶喪失の線はナシで」

「うむ」

忍《しのぶ》がフォークに手を伸ばし、空のケーキ皿を軽く叩《たた》いた。

そしてゆっくり視線を下ろし、自分がタルトを食べきっていた事実を、ようやく悟る。

「だったら次に考えるのは、適法な制度や手続きを利用するために、どんな仕込みを準備するかって話になってくるのかな」

「……また、嘘《うそ》が必要になるのか」

「それはそうでしょ。真実以外のことは、全部嘘なんだから」

「道理だな」

「……もしかして、さっきから忍の表情が暗いのって、嘘をつかなきゃいけないから？」

「いや。中途半端な嘘でひっくり返るような規制法ならば、日本はたちまち不法入国者のたまり場になってしまう。厳然たる正論か、比類なき虚飾が必要とは分かっているんだが……」

「だが？」

「……アリエルには、嘘で固めた身分ではなく、大手を振って世の中を歩かせてやりたい」

「……」

義光《よしみつ》は、何も答えられない。

忍の仕事を考えれば、偽りや仮初《かりそめ》の身分で日本の片隅に潜伏し、あらゆるものの陰に隠れるようにひっそりと生き、毎日何かから逃げ続けるような生活をしてきた者の末路を、いくつも、いくつも知っているのだろう。

だが忍の願いが、恐らく叶《かな》わぬものであることは、義光にもよく分かった。

「なるべく嘘をなしに、ってことは、例えば忍との偽装結婚で在留資格を貰《もら》う、とかもダメ？」

「可能不可能を論ずる以前に、これ以上アリエルの尊厳を侵すような真似《まね》はしたくない。まずもって偽装結婚と立証されれば、それはそれで犯罪だしな」

「……その辺は、心配いらないような気もするけど」

「アリエルが俺に懐いていることを言っているなら、俺が生活のすべてを握っている事実も、少なからずその要素として計算すべきだ。仮に好意からの結婚を考えるにしても、まずは他の選択肢を提示できる状況になってからではないか」

暗い仏頂面《ぶっちょうづら》を浮かべたまま、疲れた声色《こわいろ》で語る忍《しのぶ》。

その様子を見て、義光《よしみつ》はようやく気付いた。

「もしかしてさ」

「ああ」

「忍はもう、この辺の話はひとりで徹底的に調べ終わっちゃった後で、忍自身の中では、正攻法でアリエルちゃんに身分を与えるのは無理、って結論に至ってたりする？」

「……」

「忍」

「……その通りだ」

忍の仏頂面が崩れ、深い渋面が浮かぶ。

もう少し早く気付くべきだったと、義光は刹那《せつな》後悔する。

半端な嘘《うそ》でひっくり返る規制法に意味がない、と、忍自身も口にしていたではないか。

忍は最初から、分かっていたのだ。

アリエルへ、嘘なく正当に国籍を与える現実的手段など、この日本には存在しないと。

「で、でもほら、まだ分かんないよ。せっかく僕も一緒に調べてるんだし……そうだ、まずは異世界エルフがヒトっていう話からひっくり返して、密輸された希少動物ってことにするとか」

「俺もそれは考えた」

「考えたんだ」

苦し紛れの暴論に、まさかのお手付き宣言である。

アリエルの尊厳を何より重視する忍がそこまでやっているなら、これはもう本当に、散々調べた後なのだろう。

「希少な野生動物として扱うならば、法規制を潜《くぐ》り抜ける道筋もいくつか思い当たる。ワシントン条約を例に挙げる以前に、罪刑法定主義の原則から、正式に絶滅危惧《きぐ》種として認知されていない〝異世界エルフ〟の移動や売買を禁じる法令が、現状日本国に存在しないからな」

「罪刑法定主義って？」

「一言で言えば、罪が罪として法規制される前の段階で犯された罪は、罪として処罰しないという法の原則だ。これがなければ、為政者が気に入らん事物を見つける都度、後付けの法律で好きなように司法権を行使できてしまうため、民主国家には必ずあるべき概念だ。その一方で、前例のない先進的技術を用いた犯罪などの処罰に、後れを取るデメリットも存在するがな」

「えーと……じゃあ、日本で捕れた世界初の希少な野生動物ってことにしちゃえば、アリエルちゃんは法的に保証された自由を得られる？」

「いや。検討したが、その方向性ではだめだ」

「どうして？」

「研究動物のように扱われるのをを防ぐため、俺が保護したんだ。俺の所有物としてでも、動物として世に出しては、本末転倒じゃないか」

「……まあ、ねえ」

「第一、それをやるならば、最初から異世界エルフとして世間に公表し、同情と庇護《ひご》を誘えるチャンスに賭《か》けたほうがいくらかマシだ。俺の中では、到底選べん話だがな」

「振り出しに戻っちゃったね」

「ああ」

交わした言葉が空虚な誤魔化しであることを、忍《しのぶ》も義光《よしみつ》も十分に理解していた。

振り出しになど、戻ってはいない。

底の見えぬ断崖を前に、他の逃げ道がすべて塞《ふさ》がっていると、思い知らされたのだ。

◇◆◇◆◇◆◇

互いに交わす言葉もなくなり、カップも空になろうかという頃《ころ》。

義光が、俯《うつむ》いたままで呟《つぶや》く。

「ねえ、忍」

「どうした」

「今のままじゃ、辛《つら》い？」

「辛いというのは、生活のことか」

「言葉も何も通じない、好きでもない異性の衣食住を世話して、今後のことも考えてあげて、自分自身も捕まるリスクを抱《かか》えて、嫌々同衾《いやいやどうきん》までして、見返りは何もないわけでしょ」

「アリエルとの生活は、それなりに楽しんでいるつもりだ。色々な発見もあるし、仕事の時間を整理したお陰で、早起きが習慣付き、三食食べるようになり、健康になったとすら感じる」

「……だったら」

「ああ」

「だったら、今のままでいるのは、そんなにいけないこと、なのかな」

「駄目だ」

確かな口調で、消え入りそうに呟く、忍。

その様子に義光はかっとなり、思わず大声を上げてしまう。

「分かんないなぁ！」

「何がだ」

「忍《しのぶ》のこと。僕は忍の真面目《まじめ》なところ、尊敬してるし好きだけど、行き過ぎるのはどうだろう」

「……」

「忍はアリエルちゃんのこと、今すぐ警察に突き出したり、放り出したりするつもりはないんでしょ。確かに病気にかかった時とかのことを考えれば、ちゃんとした身分をあげたいっていう忍の考えも分かるよ。だけど、そのせいで忍が辛《つら》い思いをしたり、今の生活に無理が生じる可能性があるっていうなら、先送りにしたっていいじゃないか」

「……」

「今の生活を楽しんで、アリエルちゃんが言葉を覚えて、話ができるようになって、それから一緒に考えても遅くないことだと、僕は思うんだけど」

普段ならばすぐに言葉を投げ返す忍が黙り、普段ならば聞き上手の義光《よしみつ》がまくし立てるので、会話に切れ目が生まれない。

「別に、僕が意見を言ったせいで、忍がアリエルちゃんを抱《かか》え込むことになったからって、責任を感じてるからこんなことを言うんじゃないんだ」

「……」

「僕は心配なんだよ。忍のことも、アリエルちゃんのことも。忍は信頼できる人間だし、アリエルちゃんともなんとか上手《うま》くやってるって聞いてるし、安心してるよ。それは分かってる。だけど、無理をして欲しいわけじゃないんだ。先を見据えて生きることも大事だけど、今を楽しく生きることも大事だって、そういう考え方だって、あっていいと思うんだけど、どうかな」

義光が言葉を吐き切り、店内には静寂が訪れる。

幸い、他の客はすべて退店しており、愛想の悪かったカフェエプロンの女性従業員が、大声をたしなめる代わりに、そっとお冷を注ぎ足しに来てくれた。

義光は礼も言わず、そのグラスを手に取って、一気に呷《あお》り。

そのグラスが、力強く卓上に置かれたところで。

忍が一言、呟《つぶや》いた。


「俺が死んだらどうする」


「……え？」

義光は最初、忍が何を言ったのか、さっぱり理解できなかった。

言葉の中身を耳で受け、頭の中で噛《か》み砕き、整理した後で、ようやく意味だけは理解できたが、それでもなお、忍の言いたいことが分からない。

「忍、死ぬ予定でもあるの？」

「いや」

「持病があったり、死にたいほど悩んでるとか、命を狙われているとか？」

「幸いなことに、心当たりはないな」

「じゃあ、どうして」

忍《しのぶ》が目線を上げ、義光《よしみつ》に向かい合う。

今まで義光に向けたことのないような、色のない視線。

「義光、ヒトは死ぬんだ。なんのドラマもなく、ある日突然死ぬ、弱い生き物なんだよ」

「……忍は、生活保護業務の経験から、そう感じているってこと？」

「そんなものを持ち出すまでもない。死は俺たちヒトの周りに、あまりにもありふれている。葬儀社は毎日のように告別式の看板を掲げているし、ネットニュースを少し探せば、死因こそ様々だろうが、俺と同じ年代のヒトが死んだ話など、すぐ見つけられるはずだ」

「……」

「古代ローマの将軍は使用人に〝死は常に傍に在る《メメント・モリ》〟と警告させ、自らを律した。俺は異世界エルフを預かるヒトの代表として、自らの死の先すら見据え、日々を生きねばならない」

「だからって！」

「義光」

「……っ」

「俺もいつか死ぬ。そのとき誰が、アリエルのことを助けてやれる」

即座に反論しようとした義光だったが、すぐに自分の言葉が薄っぺらで、無意味なものだと痛感し、声には出せない。

たった今、話したばかりである。

異世界エルフを秘密裏に保護することは、自らの社会的生命を揺るがすほどの危険が伴う。

あるいは、異世界存在を手元に置き続けることで、得体のしれない何かに生活を脅かされる危険性は、安易に否定できないレベルで、確かに存在する。

規格外のリスクと、恐らく永遠に解消されないストレスをすべて呑《の》んだ上で、健康的な生活ができて良かったぐらいの話ができてしまうのは、彼が中田《なかた》忍であるが故《ゆえ》のことなのだ。

義光や由奈《ゆな》に、果たして同じことができるか。

また、それを強《し》いる権利が、忍やアリエルにあると言えるか。

忍は、どちらにもＮＯと判断を下した。

だから無理を承知で、アリエルの社会的地位に固執したのだ。

万一のとき、忍亡き後も、アリエルが自らの尊厳を守りつつ、この地球で生きられるように。

「義光には感謝しているよ。俺が困っているときは、いつでも助けてくれる。だが今回ばかりは、軽々しく後を頼むとは言えない。アリエル自身に依《よ》る生活基盤を一日も早く作ってやることと、生きていくための力を与えてやることは、俺自身が急ぎ果たすべき命題なんだ」

誰が想像し得ただろう。

いや、直樹義光《なおきよしみつ》には、想像できたはずなのだ。

中田忍《なかたしのぶ》は、一度やると言ったことを、必ず最後までやり遂げる男なのだと。

だが義光にも、ここまでは想像できなかった。

中田忍の覚悟が、こうも深く重く、悲壮だったことなど。


しかし。


「忍」

「なんだろうか」

「〝メメント・モリ〟にはもうひとつ、旧《ふる》い解釈があるんだけど、知っているかな」

「……」

「〝今夜の享楽に染まれ《メメント・モリ》〟。本当は知ってるんでしょ」

「……まあな」

こんなときでも、忍は義光に嘘《うそ》を吐《つ》けない。

思わず微笑《ほほえ》みたくなる衝動を噛《か》み殺し、義光は忍へと向かい合う。

「僕は忍に、変わって欲しいと思う。色んなことを真面目《まじめ》に考え過ぎる忍が、もう少し自分に優しくなってくれればいいと思う。アリエルちゃんのことを心配するのも大事だけど、忍が守る幸せの中に、忍自身の幸せも含めて欲しいと思う。それは僕の喜びでもあるし、アリエルちゃんにとっても、忍自身にとっての喜びにも繋《つな》がるだろうって、僕は信じてる」

先を見据えることを止《や》め、今の幸せに溺《おぼ》れろという諫言《かんげん》は、あるいは無責任にも映るだろう。

しかし、これを忍に伝えているのは、〝あの〟中田忍の親友、直樹義光である。

掛けた言葉の分だけ、むしろそれ以上に忍とアリエルへ寄り添い、その責任を取るつもりであろう意志を、忍は確かに感じ取っていた。

だが、忍の口を突いて出た言葉は。

「……義光は、俺に変われと言うんだな」

「そうだね。僕は忍に、変わって欲しいと思ってる」

「そうか」

それきり、言葉はなく。

洋菓子店の列から漏《も》れる窓越しの喧騒《けんそう》が、客のいない喫茶店に響き続けた。

第九話　エルフと第三の男

喫茶店でのひと幕から六日後、十二月十五日金曜日、昼休み。

福祉生活課支援第一係長中田忍《なかたしのぶ》は、区役所の屋上にあるベンチで、ひとり昼食を摂《と》っていた。

区役所の屋上は、職員の休憩場所として一部開放されているが、役所の近くにはお洒落《しやれ》な喫茶店や飲食店がいくつもあるし、ほんの少し歩けば、敷地内に球場を擁するほどの大きな公園もあるので、わざわざ殺風景な屋上へ足を運ぶ職員は殆《ほとん》どいない。

ましてや、本年の冬至まであと一週間と迫るこのクソ寒い曇天の下、わざわざ屋上で昼休みを過ごしたがる者など、早退対策のためなるべく庁舎から離れず、なおかつ誰にも覗《のぞ》かれずにウェブカメラから異世界エルフの様子を確認したい、中田忍くらいのものであった。

「……」

忍は膝《ひざ》の上の弁当箱から、耳付きのまま半分に切ったタマゴサンドを掴《つか》み、黙々と齧《かじ》る。

由奈《ゆな》が購入したホームベーカリーで焼いた、安全安心の自家製食パンを使った、意欲作だ。

「……」

スマートフォンのウェブカメラアプリを開き、各室の状況を確認する。

リビングダイニングのカメラを見れば、由奈の協力で買い揃《そろ》えた、パステルカラーでもこもこふわふわ、ジェラートで仕立てたようなパジャマを着たアリエルが目に入った。

かわいい。

アリエルはダイニングテーブルに着き、皿にラップを掛けて置かれた、弁当用のものと同じタマゴサンドを口にせんと、ニコニコ笑顔になっていた。

アリエルをキッチンへと進入させ、何かの手違いでキッチンごとマンションが爆発する危険性を考えれば、危険を承知で冷蔵庫へ保管するよりも、冬のリビングダイニングに置いておいたほうが、いくらか安全だろう。

ただ、この時この瞬間ばかりは、忍も緊張せずにはいられない。

様子を見ることしかできない今、突発的な非常事態が発生したら、果たして忍は間に合うか。

例えば、アリエルには食べられないときっちり教え、普段から徒《いたずら》に手を付けようともしない食品用ラップへ突然の興味を示し、万一喉《のど》に詰まらせれば、早退しても間に合わない。

ウェブカメラの監視は、万全を期しているようでいて、その実無事を見届けたいだけの、弱い祈りの時間でしかないことを、忍は苦々しく悟っていた。

『……、……、……』

果たしてアリエルは、楽しげに何かを呟《つぶや》きながらラップを剝《は》がし終わったものの、剝がした後のラップを目の高さに持ち上げ、じっと見つめている。

見ればラップの中央に、サンドイッチのタマゴフィリングが、べったりと張り付いていた。

——食べてしまうかもしれない。

——完璧《かんぺき》に教えたはずだが。

——しかし、このままでは……

忍《しのぶ》が知恵の歯車を回し始める直前、アリエルはラップをテーブルの上に広げ、ゆっくり顔を近づけて、そのまま動かなくなった。

多分、舐《な》めているのだろう。

「……」

ペースト状のフィリングをこそぎ取るのに指先を使うことを避けたか、単に意地汚いだけか。

どちらにせよ、見られて気持ちの良い場面ではないだろうし、差し当たりラップを喉《のど》に詰まらせる事態は避けられたようなので、忍は溜息《ためいき》を吐《つ》き、ただ安堵《あんど》した。

ラップを飲み込んでいないことに安堵する機会など、大自然ドキュメントか何かで北極のアザラシが浮遊しているビニール袋を食べなくてよかったね、みたいな話をしているときか、異世界エルフの昼食を心配するときぐらいなので、これは結構貴重な体験であろう。

そして忍自身も、食べかけのサンドイッチを口内に押し込んで、曇天へと目を向ける。

脳になんの情報も伝えない、風に流れる薄雲を眺める時間は、どこか心地よかった。

今日は十二月十五日、金曜日。

社会に船出して十年、忍が初めて欠席する、トビケンの冬会が行われる日だ。

「……」

忍の胸中を巡る、郷愁と感傷。

それらを生み出しているのが、己の迷いであることを、忍は正しく認識していた。

──俺は、変わっているのだろうか。

──あるいは、変わっていないのだろうか。

──ならば。

──俺の為《な》すべきは、何処《どこ》に在《あ》るのか。

「ご機嫌ナナメっぽいですね、忍センパイ」

不意の声に視線を向ければ、弁当箱から攫《さら》われるタマゴサンドが見えた。

簒奪《さんだつ》者の名は、一ノ瀬由奈《いちのせゆな》。

「珍しいじゃないか」

「何がです」

「君が昼間の職場で、その態度を見せて俺に話し掛けることだ」

「こんなアホみたいに北風吹いてる屋上、忍センパイくらいしか寄りつきませんからね」

「それも含めての感想だ。仮にそんなときですら、滅多に本性を現さないこともな」

「本性って言い方ひどくないですか。いやらしい」

「いやらしくはないだろう」

「性的な意味じゃなくて、ねちねちしてるって意味ですよ。ああ、いやらしい上にいやらしい」

「俺の機嫌が悪そうだというが、君は随分と機嫌が良さそうだ」

「ご明察です。熱いんでお気をつけて」

差し出された缶を受け取れば、指先がひりつくほどに熱い。

ラベルを見ればコーヒーではなく、濃厚さがウリのロイヤルミルクティーであった。

「サンドイッチのお代金ですよ。私が買ってきたホームベーカリーの産物とはいえ、頂くばかりじゃ流石《さすが》に悪いかと思いまして」

「君には今日の弁当どころか、ホームベーカリーの利用状況すら伝えていないはずだが」

「可食性テストを済ませつつ、まずは自分用のパンを焼きがてら動作確認。忍《しのぶ》センパイが在宅してる夕食どきに食べさせて、上手《うま》くいったら朝食、休日の昼食でテストを進め、実用レベルに持って来るまで十日くらい。そこからパンを使ったメニュー自体の検討を始めて、今日の最終テストが上手くいったら初めて私に報告、って感じかなと思いまして」

「……」

完全に当たっていた。

「君の洞察力には、ほとほと舌を巻くばかりだ」

「忍センパイが、分かり易過ぎるんですよ」

「そういうものか」

「ええ」

由奈《ゆな》が忍の隣に腰掛け、二つ目のサンドイッチを手に取ったので、弁当箱は空になった。

「……」

「アリエル、今は何してるんですか？」

サンドイッチを頬張《ほおば》る由奈に、悪びれた様子などもちろんない。

ロイヤルミルクティーで午後を乗り切る決意を固め、忍はウェブカメラアプリを確認する。

「昼食を食べ終え、寿司《すし》図鑑を読み耽《ふけ》っているようだ」

「は？」

「【実物大図鑑シリーズ８・寿司の真実】だ。他の図鑑や児童向けの絵本も買い揃《そろ》えてやったが、ここ四日は寿司ばかり眺めているな」

「どうしてですか」

「異世界エルフの感性など、詳しいところは俺にも分からん」

「そうじゃなくて。どうして異世界エルフに寿司図鑑なんて与えたんですか」

「昆虫図鑑の中でも、イモムシをよく見ていたのでな。似たジャンルの物を与えた」

「また関係業界を敵に回しましたね。寿司職人に握り殺されても知りませんよ」

「解《げ》せんな。何をどう握られたら俺が死ぬんだ」

「弱味」

「……心に留めておこう」

嘆息する忍《しのぶ》、首肯《しゅこう》する由奈《ゆな》。

別に寿司《すし》職人でなくても弱味は握るだろうが、当人同士が納得したのでどうでもよかった。

なお、イモムシと寿司に相関性を見出《みいだ》した正確な経緯は中田《なかた》忍当人にしか理解不能であろうところ、一応海外には〝キャタピラー・ロール〟という、アボカドを使った飾り巻き寿司が存在するので、一切無関係というわけではないのかもしれなかった。

「あ、そうだ。ホームベーカリーのお礼ってことで、今度お寿司作ってくださいよ」

「ちらし寿司か。いいだろう」

「いえ。忍センパイの握ったお寿司がいいです」

虚を突かれた表情で固まる忍。

「無茶を言うな。修業に何年掛かると思っている」

「店の前の掃き掃除から始めて、お店を持つまでには二十年くらい掛かるとも聞きますが、そこまでさせる気はありませんよ」

「君ならさせると思った」

「してくれるなら、お願いします」

「君が係長を代わってくれると言うなら、検討しよう」

「拒否ですね。管理職なんて壊れる胃のないＡＩか、忍センパイみたいなのにお任せします」

「ではちらし寿司か、せめて手巻き寿司で妥協しては貰《もら》えないか。君なりの気遣いなのだろうが、もっと即物的な要求をしてくれたほうが、むしろ有難い」

「気遣いじゃありません。私は欲しいものを欲しいだけ、忍センパイに要求してるだけです」

「それが、俺の握る寿司だと？」

「ええ。お金で買えるものなら私も買えますけど、とっても忙しい忍センパイの時間を、わざわざ私のために使わせられるなんて、至上かつ唯一の贅沢《ぜいたく》だと思いません？」

「実に君らしい論調だ。納得せざるを得ないな」

「光栄です」

にんまりと笑《え》みを浮かべ、腰回りを払い立ち上がる由奈。

「それじゃ、失礼しますね。昼に忍センパイと会ってたとか思われると辱《はずかし》めなんで」

そのまま、振り返りもせず歩み出す。

時計を確認すれば、時刻は午後〇時三十二分を回っていた。

——今日の帰りにでも、例の鮮魚売り場へ寄ってみるか。

考えようによっては、貴重な昼食と昼休憩を実のない雑談で奪われた挙句、菓子折りを包むより余程面倒な課題を与えられたはずの忍は、何故《なぜ》か結構乗り気で、さっそく家庭でできる握り寿司のレシピを検索し始めていた。

それが忍なりの現実逃避なのか、由奈なりの気遣いの成果だったのかは、定かでない。

◇◆◇◆◇◆◇

午後四時も半ばを回り、福祉生活課課室のデスクは、ほぼ職員で埋まっていた。

何しろ今日は十二月十五日、金曜日である。

何かと現金の動く週末に、企業の各種納期や給与の支給が当てられやすい五十日《ごとおび》が重なる上、ふた月に一度の年金受給日でもあるため、保護受給者《ケース》と面談の約束が取り付けづらく、片付けるべき事務仕事も増えるので、外回りのケースワーカーも早めに引き上げているのだ。

無論そんな最中であろうが、より優先すべき目的がある以上、帰宅するのが中田忍《なかたしのぶ》である。

業務の引継ぎ事項をまとめ終え、一時間くらいで終わりそうな作業に手を付けたところで。

「中田君、少しいいかな」

めったに席を立たない福祉生活課長が、忍の横まで歩み寄り、声をかけた。

「はい」

何事もない様子で答え、ゆっくりと立ち上がった忍は、当然に違和感を覚えている。

課長は普段から、業務中はなおさら、忍に直接声をかけようとはしない。

忍は朝と昼休憩前、昼休憩後と退勤前に、必ず課長へ示達事項の確認を行っている。

必要な連絡があればそのとき伝えるし、どうしても業務中に用件があるときは、手近にいる若手職員など、別の人間を挟んで忍を呼びに行かせるのが通例だった。

そして先ほど確認した通り、課室にはほぼすべての職員がおり、デスクで業務を進めている。

「悪いね」

課長はそれだけ告げて、くるりと背を向け、会議室のほうへ歩み出す。

——愉快な話ではなさそうだ。

忍は密《ひそ》かに知恵を回転させつつ、課長の後に付き従い、進む。

他に人の目がない、二人だけの話ができる、会議室へ。


市民に応対する窓口から真逆の位置にある、十数人程度が収まれそうな会議室の片隅で、課長と忍はテーブル越しに向かい合っていた。

「中田君」

「はい」

できる限りの平静を装いながら、忍は課長の佇《たたず》まいを観察する。

年の頃《ころ》は忍よりも十くらい上、小柄で痩《や》せぎす、柔らかで丁寧な所作、物腰。

さらに優しげな雰囲気と、年齢不相応に深く刻まれた笑い皺《じわ》が、忍の心に油断を抱かせない。

当然であろう。

土壇場で誰かを刺せるのは、怒気を隠せぬ粗暴者ではなく、敵意を隠して微笑《ほほえ》む善人だと、福祉生活課支援第一係長たる中田忍《なかたしのぶ》は、よく知っているのだ。

だが、課長の放った次の言葉は、あまりにも忍の予想を飛び越えていた。

「君には、娘がいるのかね」

「いえ」

とっさの早口で否定したが、忍は内心で動揺を隠せない。

――娘。

――課長は今、娘と言ったか。

「本当に？」

「はい。身上報告書においてもお伝えしていますが、暫《しばら》く前に交際していた女性と別れて以来、子供が生まれるような行為は一切しておりません。そしてその女性を含め、子供ができた、あるいはできたかもしれないという話すら、一切認識しておりません」

「そ……そうか」

そこまで聞きたくなかったのか、課長は少し引いていた。

一方忍も、知恵の歯車を高速回転させ、状況の把握を急いでいる。

異世界エルフの性区別につき断定するのはまだ早計であろうところ、一般的なヒトの分類に当てはめれば、アリエルは女性と見做《みな》されるであろう。

年齢も、忍は二十歳前後と断じたものの、人によっては十代に見えるのかもしれない。

だがどちらにせよ、課長に異世界エルフの情報が洩《も》れるような心当たりはない。
義光《よしみつ》や由奈《ゆな》から、その存在が洩らされたとも考え難い。
インターネット通信が監視されていた？
一枚だけ撮影された画像が、なんらかの経緯を辿《たど》って流出した？
さまざまな可能性が心中をよぎり、忍は焦る。
なぜなら忍は、嘘《うそ》が苦手だ。
「……」
課長は何も言わず、動かない。
忍は無言のまま、考える。
課長の意図を汲《く》み、この場を逃れるための手段を、考える。
考える。
考え――

バタン!!

「あ、こらダメでしょ、今大切なお話し中なんだから」
突然会議室のドアが開き、続いて由奈の声が聞こえてくる。

思考の沼に沈み込んでいた忍《しのぶ》が、一瞬遅れて反応し、顔を上げたところに。

「ぱぱー!!」

小さな影が、忍の足元に飛び込んでくる。

反射的に抱きとめてしまう、忍。

「……お前は誰だ」

「はじめまして、ぱぱ!!」

飛び込んできたのは、四、五歳くらいの幼女であった。

ちなみに、人間の。

◇◆◇◆◇◆◇

時刻は、午後四時半を少し回ったところ。

先程と同じ、十数人程度が収まれそうな会議室には、忍と課長に加え、飛び込んできた幼女と、その面倒を見ていたと思《おぼ》しき由奈《ゆな》が座っている。

ついでに言うと、実は会議室の外には、野次馬に来た数人の職員たちがたむろしている。

ただ、それは忍の与《あずか》り知らぬことであるし、由奈としても黙っていたほうが面白いと考えているようなので、忍自身が扉を開けるまで、その事実に気付くことはないだろう。

「いやすまなかった、中田《なかた》君」

「謝罪の前に経緯です。お話しくださるという理解で構いませんか」

アリエルの件がばれたのではないと分かるや否《いな》や、さっそく課長に噛《か》みつく忍《しのぶ》。

「ああ、だが経緯も何もないんだ。この女の子が突然、一階の案内窓口にやってきて、父親の君を出せと言うものだから、まず私に話が来たという、ただそれだけの話でね」

「申し訳ありません、課長、一点よろしいでしょうか」

「なんだろうか」

「事態がお話しの通りであれば、はっきり申し上げて、職員の情報保秘にかかるコンプライアンスが甘過ぎるのではありませんか」

皆の前で話をせず、気を使って別室を用意してくれた課長に対し、この狂犬ぶりである。

やはり、中田忍は恐ろしい。

「私はこの幼女に見覚えがありませんし、そもそも娘と言うのも眉唾《まゆつば》でしょう。それ以前に、私の名前を出されたからといって、こうして奥に通すことで、組織は私の存在自体を暗に示唆しています。また、この幼女の来訪を伏せたまま、私の身上事項について詰問なさる姿勢は、組織から職員に対しての不誠実と捉《とら》えざるを得ませんが、如何《いかが》お考えですか」

普段通りの仏頂面《ぶっちょうづら》と慇懃《いんぎん》無礼な態度を崩さず、忍は生来の凄《すご》みで課長を圧迫する。

無用の隠蔽《いんぺい》工作をすることになりかねなかった忍の胸中を考えれば、怒るのも無理はない。

その原因が、そもそも自業自得であったとしても、中田忍には関係ないのだ。

「重ねて、すまない。君の言う通りではあるんだが、私にも考えがあり、この形を取った」

「伺いましょう」

「一ノ瀬《いちのせ》君、頼めるかな」

「はい」

課長に促され、由奈《ゆな》は幼女が座る椅子《いす》の傍《かたわ》らに膝《ひざ》をつく。

柔らかそうな栗毛《くりげ》に利発そうな顔立ち、ピンク色のもこもこコートにふわふわスカート。

どれだけ記憶を浚《さら》っても、やはり忍に見覚えはなかった。

「あなたのパパの名前は？」

「そのひと」

幼女は迷わず、忍を指差す。

「うん、その人なのは分かったよ。パパのお名前を聞いてもいいかな？」

「えっとね、くやくしょの、ふくしせーかっかの、かかりちょーの、なかたしのぶ」

「お母さんは？」

「いない」

「どうして、ここに来たの？」

「ぱぱは、ここでおしごとしているんだよ、って、お父さんがおしえてくれた」

「お父さんが教えてくれたの?」

「そう。あ、まちがえちゃった。お母さんがおしえてくれたの」

「お母さんはどこにいるの?」

「いない」

「そっか。ところで、あなたの名前は?」

「わかんない」

「どこに住んでいるのかな?」

「おうち」

「おうちはどこにあるの?」

「わかんない」

「今日はどうやってここに来たの?」

「でんしゃ」

「どの駅から?」

「いっぱいのったから、わかんない」

「どうしてここが、パパのお仕事先がある駅だって分かったの?」

「かん」

「そう。勘なのね」

「うん!!」

話が一段落ついたところで、課長が忍《しのぶ》に目線を向ける。

「……失礼しました。課長が懸念なされるのも、無理からぬことです」

「結果的に杞憂《きゆう》だったのなら、構わないよ。試すような真似《まね》をして、本当にすまなかった」

「とんでもありません。有難うございます」

決して社交辞令には留まらない、心からの謝辞を述べ、忍は幼女に相対する。

――この子は俺の関係者だ。

それが、忍の回転が導き出した結論である。

この幼女自身の才能なのか、誰かの手引きかは分からないが、幼女の話術は大したものだ。

聞かれたことはなんでも正直に答え、分からないことは無理のない範囲ではぐらかす。

しかしその実、明かされる情報に、幼女の正体を辿《たど》れる話はひとつもない。

それでいて正確かつ強引に、中田《なかた》忍個人を自身の保護者として引きずり出せる程度に情報をちらつかせ、区役所側が幼女を無視できない形で接触を図っている。

……とは忍の考えであり、この方向性で行くと幼女はそれらしき界隈《かいわい》で育成された凄腕《すご》の潜入専門スパイ、あるいはその手の組織から派遣された危険な工作員だとでもいうことになってしまうが、断じてそんな事実はない。

はずである。

ただ、途中の経緯を端折《はしょ》って残った結論は、なぜか限りなく真実に近いというのも、中田《なかた》忍《しのぶ》の恐ろしいところなのであった。

「この子は少なくとも君の関係者、最も遠い所でも、君が業務上接触したことのある人間、もしくはその血縁者だと私は考えた。あるいは、これだけ頭が良く回るのだから、君自身の血縁かもしれないとは、少し疑ったところもある」

「悪い冗談です」

「そうだね。それで、どうしようか」

つまるところ、課長はこの幼女を忍の関係者だと判断した上で、忍がこの問題を忍自身のさじ加減で内密に処理できるよう、とっとと裏に引きずり込んでくれたのだ。

忍を信用するが故《ゆえ》の、課長からの細やかな気配り。

そして、事情を理解した忍の答えは、当然決まっている。

「警察に引き渡しましょう」

「「えっ」」

予想外のところで気配りをブッ飛ばされ、唖然《あぜん》とする課長。

予想外の展開だったのか、唖然とする幼女。

「……それでいいのかい、中田君」

「良いも悪いもありません。単なる身元不明の女児は、福祉生活課員が公務として取り扱う対象に当たらないでしょう。この子が俺の知人の子であろうとなかろうと、俺が私人として親権者の同意を得ずその身柄を預かれば、刑法第二百二十四条、未成年者略取の誹《そし》りを免れますまい。ならば警察に引き渡す以外、適切な取扱手段はないと考えますが」

たとえ幼女であろうが、地球人類相手にはどこまでも厳しい、中田忍。

そして、中田忍をよく知る一ノ瀬由奈《いちのせゆな》は、この程度の横暴に驚きはしないのであった。

◇◆◇◆◇◆◇

最寄りの警察署は、区役所から歩いて三分程度の距離にある。

ただ、今回の迎えは歩きではなく、パトランプを積んでいないミニバンが来てくれた。

忍たちは業務中に何度も来たことがあり、普段なら二階の取調室などへ通されるところ、今回通されたのは、一階の応接スペースのような場所であった。

四人掛けのローテーブルの奥に忍、そして幼女を抱いた由奈が掛けている。

忍の向かい側には、やたら体格の良い不愛想な私服刑事が、ノートにペンを走らせていた。

「では、中田さんはこのお子さんに全く面識がないと、そういうことで宜《よろ》しいんですね？」

「その通りです」

「中田さん、若干失礼なことを伺いますが、捜査方針にも関わりますので、ご容赦ください」

「はい」

「こんな小さな女の子が区役所を訪れて、しかもわざわざ中田《なかた》さんを指名した状況について。常識的に考えれば、誰か大人の思惑《おもわく》が関与している可能性を、警察は捨て切れません」

「おねえちゃん、わたしぱぱにだっこされたい」

「ごめんね、あなたのパパは大事な話をしているの。もう少し大人しくしていてね」

「わたしのこと、うたがってるんでしょう。ぱぱ、わたしもうかえりたいよー」

「……彼女もこう言っています。もし、何か少しでも心当たりをお持ちなら、あるいは心当たりをお持ちなのに黙っているなら、早急に教えてください。今後の手続きについては、中田さんもよくご存じだと考えて、敢《あ》えてここまで言わせて頂きます」

そう。

福祉生活課に勤める忍《しのぶ》と由奈《ゆな》は、今後幼女がどうなるか、十分過ぎるほどに知っている。

警察が保護した児童に適切な保護者を見つけられない場合、担当行政機関への保護の要請、すなわち児童相談所への身柄引き渡しを行い、中長期的にその保護下へ置くこととなる。

早ければ数日、長ければ数年。

場合によっては、引き取られた児童養護施設で、そのまま成人を迎える可能性すらあるのだ。

「結論を出す前に、この子と少しだけ、話をさせて頂いてもよろしいですか」

「はい。ただ、警察側の担当者として、私も同席して構いませんか？」

「ええ。良ければ、一ノ瀬《いちのせ》君も残ってくれるか」

「分かりました」

忍は一旦《いったん》椅子《いす》から立ち上がり、由奈に抱かれた幼女へ目線を合わせる形で、しゃがむ。

幼女は動揺した様子もなく、じっと忍の目を見据えている。

『肝の据わった子だ』で済ませてしまうのは、一般人の感覚である。

既《すで》に忍も由奈も、ここに残った刑事もまた、その落ち着きぶりに不自然を感じていた。

「君のパパの名前は」

「えっとね、くやくしょの、ふくしせーかっかの、かかりちょーの、なかたしのぶ」

「そうか。だが君と会うのは、今日が初めてだったな」

「うん」

「お母さんはどこにいる」

「いない」

「では、お母さんの名前は」

「わかんない」

「君のパパの名前は」

「くやくしょの、ふくしせーかっかの、かかりちょーの、なかたしのぶ」

「俺の名前が分かっていて、お母さんの名前が分からないというのはおかしいな」

「だって、わかんないんだもん」

「では、昨日の晩御飯は、誰が作ったんだ」

「ばんごはんってなーに？」

「夜のごはんだ」

「お母さん」

「そうか。何を食べたんだ」

「しちゅー」

「良かったな。誰と食べたんだ」

「お母さんとお父さん」

「そうか。君のお父さんとお母さんは、昨日はいたけれど、今日はいないのか」

「あっ」

福祉生活課支援第一係長中田忍《なかたしのぶ》、幼女相手に本気の誘導尋問である。

刑事が感心半分、呆《あき》れ半分で忍を見ているのを、由奈《ゆな》は見逃さなかった。

「ほんとだもん。お母さんもお父さんもいないんだもん」

「今さら遅い。君は俺のことを〝パパ〟と呼んだ一方、俺が役所で仕事をしていることは〝お父さん〟に聞いたと説明していたな」

「お、お母さんだもん」

「いや、君は確かに区役所で、『ぱぱは、ここでおしごとしているんだよ、って、お父さんがおしえてくれた』と発言している。大人の記憶力を舐《な》めるなよ」

忍は本気である。

仕方あるまい。

たとえ相手が幼女であろうと、一切妥協を許さないのが、中田忍という生き方なのだ。

「正直に言ってくれ。どうしてこんな真似《まね》をした」

「……」

「事情によっては、君のパパを演じてやってもいいんだぞ」

「私のぱぱは、くやくしょの、ふくしせーかっかのかかりちょーの、なかたしのぶだもん」

「俺がパパだと言うなら、君は俺のことが好きなのか」

「うん」

「嘘《うそ》だな。子供は好きな相手をフルネームで、ましてや役職を付けて呼んだりはしない」

「ひゃ」

忍は無表情のまま立ち上がり、幼女の脇《わき》に手を添え、抱き上げる。

ばたつく幼女だが、忍の仏頂面《ぶっちょうづら》に抵抗は無駄だと悟ったのか、すぐに大人しくなった。

「俺も福祉生活課の人間だ。困っている子供を見捨てるのは主義に反する。事情を話してくれ」

「……」

「話さないなら、今さら警察を通すまでもない。このまま児童相談所に引き渡す」

刑事の感情が呆《あき》れ全部になったのを、やはり由奈《ゆな》は見逃さなかった。


「……それでね、お父さんとお母さんが、けんかしたの」

幼女がぽつりぽつりと話し始めたのは、日が落ちて、しばらくしてからのこと。

刑事は幼女からの聴取を忍《しのぶ》たちに任せ、行方不明者等の手配状況から身元を確認すると言い残して、一旦《いったん》席を離れている。

「穏やかじゃないですね」

一般人に、いや中田《なかた》忍に幼女の聴取など任せていいのかと由奈は当然思っていたが、そのほうがこちらにとっては都合がいいので、敢《あ》えて口には出さなかった。

「叩《たた》いたり、蹴《け》ったりしたのか」

「ううん。お父さんもお母さんも、たたいたりはしないの」

「そっか。それなら安心、かな？」

「ううん。たたいたりはしないけど、ことばのぼうりょくがお父さんをおそうの」

「その言葉遣いは誰に習ったんだ」

「アニメ」

「アニメか」

「うん」

「最近のアニメは物騒だな」

「ぶっそうってなあに?」

「痛そうで、怖そうな感じという意味だ」

「あー、そしたら、お母さんはぶっそうかも」

「……」

忍と由奈の視線が、ひそかに交錯する。

この幼女に見られるような、変に大人びた部分と、子供らしい部分が混在した振る舞いは、心理的虐待を受けた児童に比較的多く見られる傾向である。

ただ、一方で幼女には、被虐待児童特有の卑屈さや、大人に対して怯《おび》える様子が一切ない。

忍が由奈にそれとなく服の下を調べさせた結果、打ち身や擦り傷の跡は確認できなかった。

「お母さんのこと、怖くないの?」

「うん。わたしにはやさしいから、こわくないよ」

「何故《なぜ》、お父さんには怖いんだ」

「うーん。お父さんがばかだからだとおもう」

「君のお父さんは馬鹿《ばか》なのか」

「ばかだよぉ。しのぶおじちゃんのほうが、ぜったいあたまいいとおもう」

「どうしてそう思うの？」

「だって、お父さんはわたしのいうこと、なんでもしんじちゃうんだよ」

「君、それは違うな」

「ちがうの？」

「本当に娘が好きなお父さんは、娘の言葉を疑ったりしない。なんでも信じてくれるからと言って、馬鹿《ばか》にするのは許されんことだ」

「でもすぐに、だまされちゃうんだよ」

「騙《だま》されても構わないから、言うことを聞いてやろうと考えているんじゃないか」

「へんなの。しのぶおじちゃん、わたしのお父さんのこと、しらないんでしょう？」

「ああ。でも、君はお父さんが好きなんだろう」

「うん、だいすき!!」

「ならば、馬鹿にするのも程々にすべきだ。あまりやり過ぎて、お父さんが許してくれなくなったら、どうする」

「そんなことないもん」

「ないだろうな。だが嫌われなかろうと、やり過ぎて良い理屈はない」

「はぁい」

若干拗《す》ねたような、甘えたような口ぶりで、それでも幼女は忍《しのぶ》の言葉に頷《うなず》きを返し、由奈《ゆな》の豊満な胸元にもたれかかった。

「……普通の子供相手だったら、今の理屈じゃ絶対納得しませんからね？」

「そうだろうな」

幼女相手ならば……というか、思春期ぐらいの子供でさえ、今の言いぶりではちゃんと話を聞いて貰《もら》えるか、怪しいところだ。

課長が忍の隠し子かもしれないと疑ったのは、無理からぬ話と見るべきか。

そこで忍は、はたと気付く。

「ところで、君の名前を聞いていなかったな」

「きかれても、おしえなかったよ、わたし」

「どうしてかな？」

「しらないひとに、なまえ、じゅうしょ、でんわばんごう、おしえません」

論理が破綻していた。

「俺は君のパパじゃなかったのか」

「あー。じゃあ、なまえはおしえてあげるね。わたしはてぃあらちゃんだよ」

「てぃあらか」

「ティアラですか」

忍も由奈も区役所の人間で、今は担当外の部署にいるとはいえ、ここ最近の新生児のキラキラした名付けの傾向には、やや辟易《へきえき》しているところだが。

ティアラとはまた、その中でも群を抜いて面妖《めんよう》である。

幼女は可愛《かわい》らしい容姿をしているものの、どこからどう見たって日本人。

加えて、恐らくではあるが、英語圏においてもティアラなどという名は、なかなか使われないのではなかろうか。

どんな漢字を書くのか興味の湧《わ》いた忍《しのぶ》だが、流石《さすが》にティアラが理解しているとは思えない。

「てぃあらは何歳だ」

「よんさい」

「歳《とし》の割に、しっかりしているな」

「えへへ」

「どこか保育園とか、幼稚園に通ってるの?」

「それはこじんじょうほうだから、おしえられません」

「ならば、住所は教えてくれるな。俺は知っている人なんだろう」

「うーん……やっぱり、だめー」

「そうか」

いくら融通が利かない石頭の朴念仁《ぼくねんじん》である忍でも、食い下がるばかりでは他人から話を聞けないことぐらい、理屈として理解していた。

ましてや、虐待を受けている可能性のある、謎《なぞ》の幼女。

尚更《なおさら》こんなところで、むやみに心を閉ざさせる訳にはいかない。

だからといって、このまま手をこまねいているのも、決して良い選択ではない。

時刻は既《すで》に、午後七時を回らんとしているのだ。

アリエルが忍の部屋に現れてから、忍は残業を止《や》めたので、最近は遅くとも午後七時頃《ごろ》には家に帰り着いているし、午後十時にはアリエルと（不本意ながら）同衾《どうきん》し、寝かしつけている。

その生活リズムが崩れた場合の対策を、忍は未《いま》だ立て切れていなかった。

密《ひそ》かにウェブカメラで家の中を見ると、リビングダイニングから玄関までの間をうろうろし、落ち着かない様子のアリエルが映っている。

「お家《うち》のほう、大丈夫なんですか」

状況を察した由奈《ゆな》の、平静を装った問いかけに、忍は仏頂面《ぶっちょうづら》で応じた。

「それはそれ、これはこれだ。警察に届けたとはいえ、顛末《てんまつ》も見届けずに帰れるものか」

「地球人類ぜんぶと、天秤《てんびん》に掛けてるんじゃなかったんですか？」

「そう簡単には揺らがんよう、日々教育を重ねているつもりだ」

忍とて、できるなら一刻も早く帰りたい。

一方、このますべてを投げ出して帰ることも、中田《なかた》忍の信義に反する行為である。

何しろティアラは、たったひとりで区役所を訪れ、公務員としての中田忍を指名したのだ。

心当たりがなかろうと、舞台裏には何かしらの形で、忍《しのぶ》が絡んでいるのだろう。

突然遅くまでひとりにされたアリエルは寂しがるだろうし、不安な思いを抱くはずだ。

しかしそればかりは、我慢して貰《もら》うしかない。

信義を抱くからこそ、忍は異世界エルフの尊厳を護《まも》るため、悪徳へ身を投じたのだから。

「……しのぶおじちゃん、おうちかえるの？」

「いや。君に帰る家が見つかるまでは、付き合ってやるつもりだ」

「良かったね、ティアラちゃん」

気遣っているようで、その実強い悪意が滲《にじ》む由奈《ゆな》の言葉へ、ティアラが敏感に反応した。

「しのぶおじちゃん、つかれちゃったの？」

「君が気にするようなことではない。安心しなさい」

「でもわたしのせいで、しのぶおじちゃんは、かえれないいんでしょう？」

「まあ、それはそうね」

「おい、一ノ瀬《いちのせ》君」

「なんでしょう」

「相手は子供だろう。殊更《ことさら》に追い詰めるような嫌味《いやみ》を言うんじゃない」

「それ、忍センパイが言います？」

「……」

「ゆなおねえちゃん、わたし、めいわくかけてる？」

「ええ」

「……ごめんなさい」

「でも、大人に迷惑をかけていいのは、子供に許された最強の権利だから、存分に使いなさい。忍おじちゃんはそういうの、大好きみたいだし」

「そうなの？」

「ええ。私もよく遊んで貰ってるの」

「しのぶおじちゃん、へんなの」

一度は泣き出しかけていたティアラが、再び笑顔を見せる。

微笑《ほほえ》ましい光景のはずなのだが、何故《なぜ》か忍の胸中には、あまり良くない焦燥感が湧《わ》いた。

「ね。忍おじちゃんはこれからも、いつだってあなたと遊んでくれるはずだよ。だから今日はお父さんとお母さんのところに帰って、遊ぶのはまたの機会にしたらどう？」

「……それは、だめなの」

「そっか。どうしてなのか、教えてくれるかな？」

「……あのね」

「うん」

「はちじまででいいから、いっしょにいてほしいの。そしたらわたし、おうちにかえるよ」

「どうして八時なの？」

「それは、いっちゃだめなの」

「そうなのね。分かった」

それだけ言って、由奈《ゆな》は忍《しのぶ》へと視線を戻す。

「私とティアラちゃんからは以上です、忍センパイ。後は勝手に考えてください」

「厳しいな、一ノ瀬《いちのせ》君は」

「言いませんでしたっけ。私、忍センパイの困った顔見るの、結構好きなんです」

「わたしも！　わたしもしのぶせんぱいのこまったかお、すきかも！」

「ちょ、ちょっと、ちゃんと忍おじちゃんって呼びなさい」

「やだー。わたしもしのぶせんぱいがいいー」

「ダメ。怒るよ」

「わー、ゆなおねえちゃん、ぶっそう、ぶっそう！」

「がおー」

遊び始める由奈とティアラを傍目《はため》に、忍は知恵の歯車を回転させ始めていた。

既《すで》に、必要な情報は揃《そろ》っているような気もする。

――謎《なぞ》の幼女。

──苗字《みようじ》不明、下の名前はティアラ、自称四歳。

──俺自身か、俺の知り合い、業務中に関係した相手、またはその近縁者の〝子供〟。

──理由は分からないが、八時まで俺のそばにいたいと言う。


──八時。


「一ノ瀬君」

「はい」

「今日は何月何日で、何曜日だったか」

「十二月十五日、金曜日です」

「……そうだったな」

「何か分かったんですか？」

「ご都合主義の過ぎる不確かな予想だが、調べる価値はあるだろう」

「あう──……」

年端の行かないティアラにも、忍が何かを掴《つか》んだ感触は伝わったらしい。

それは同時に、ティアラの目論見《もくろみ》が阻《はば》まれる、あるいは完全に崩壊したことを意味する。

「大丈夫だよ。忍おじちゃんに任せておけば、きっといいようにしてくれるから」

「……しのぶせんぱい、ほんと？」

「ああ、だから俺を忍《しのぶ》センパイと呼ぶのは止《や》めてくれ」

「だめ？」

「駄目だ。お姉さん……お姉さんにも注意されただろう」

「ふーん。わかったー」

幼女の行方と異世界エルフの安否に加え、由奈《ゆな》の機嫌にも配慮する、中田《なかた》忍であった。


由奈とティアラの真向かいに座った忍は、スマートフォンを取り出して、電話を掛ける。

プルルルッ　プルルルッ　プルルルッ　プルルルッ　プッ
「義光《よしみつ》。俺だ」

『あれ、どうしたの忍。やっぱり来る気になった？』

「いや。それより確認したい話がいくつかある。急ぎだ」

『おっけおっけ。あ、ちょっとだけ待ってね………大丈夫だよ』

「まずひとつ目。今日の冬会は何処《どこ》で、何時までやる予定だ？」

『え？　えっと……場所はいつものトコで、一次会は六時開始の二時間席だね。役所から電車で来るんなら……急げば中締めに間に合う、かも？』

「ということは、冬会自体の終わりは、八時丁度でいいんだな」

『まあ、そうだね。でもどうして』

「すまんが次だ。徹平《てっぺい》の娘の名前はなんと言った」

『え、えぇ？　えっと……星のお姫様がなんとか、って』

「それは徹平の自慢話だろう。俺が知りたいのは名前なんだが」

『いやこれ、名前の話なんだって。インパクト凄《すご》過ぎて、逆に内容忘れちゃったんだけど』

「……そうか。なんと読むかまでは、分からないか」

『ん、ちょっと待ってね。ねえ、皆、ちょっと……』

「……」

『……分かったよ。夜空の星に、ラブの愛とプリンセスの姫を繋《つな》げて〝星愛姫《ティアラ》〟だってさ』

忍の目が確信に見開かれ、由奈がちょっとだけ肩をすくめ、ティアラは何かを感じ取り、がっくりとうなだれた。

「ありがとう。次で最後の確認だ。そこに徹平か早織《さおり》はいるか？」

『あー、それなんだけどさぁ』

「どうなんだ」

『いや、それが、徹平がひとりで来たんだよ』

「ひとりで？」

『うん。家の話はあんまりしてなかったからさ、僕たちもちょっと話題が振りづらくって』

「それで、今はどうしている」

『帰ったよ』

「帰っただと!?」

『え、何、やっぱり会いたかったの？』

「まあ……いや、しかし、まだ八時前だろう」

『あぁ、驚くよね。あの飲み好きの徹平《てっぺい》が途中で帰っちゃうんだもん』

「そうじゃない、事態は余計深刻になった。話を要約してくれ」

『……後で事情、話してよね。まだ七時前くらいだったかな、徹平は電話掛かってきて外に出たかと思ったら、血相変えて戻ってきて、五千円札ドンと置いて、さっさと帰っちゃったんだ』

「どこかに行くとか、何か話していたとかはないか」

『全然。聞ける雰囲気でもなかった』

「分かった、十分だ。ありがとう」

『うん。今僕にできることはある？』

「ない。いざとなったら、頼りにしている」

『ありがとう。見通し付いたら、いつでも連絡してね』

「ああ」

　ツーッ　ツーッ　ツーッ　ツーッ　ツーッ

「……しのぶおじちゃん」

「どうした、ティアラ。いや……若月星愛姫《わかつきティアラ》」

びくりと身体《からだ》をすくめる、若月徹平と若月早織《さおり》の愛娘《まなむすめ》、若月星愛姫。

「ごめんなさい、しのぶおじちゃん」

「怯《おび》えなくていい」

「ごめんなさい、ごめんなさい」

星愛姫は歳《とし》相応の表情で、ぽろぽろぽろぽろと涙を流す。

そんな星愛姫を、由奈《ゆな》はからかうでも叱《しか》るでもなく、ただ抱きしめ、頭を撫《な》でてやっていた。

「結局、お知り合いの娘さんだったんですか？」

「ああ。大学時代の友人夫婦の娘だ」

「忍《しのぶ》センパイ、義光《よしみつ》サン以外にもお友達いらしたんですね」

「一応な。俺のような者にも良くしてくれる、いい奴《やつ》らだった。間違ってもこのような仕方で、自分の娘を放り出す人間ではないはずなんだが」

「なら、どうして？」

「連絡を取り、真意を問いたい。悪いが一ノ瀬《いちのせ》君は、星愛姫を見ていてくれないか」

「ええ。この子の親御さんに会うとき、私を立ち会わせてくださるなら、大丈夫ですよ」

「これは俺の友人が絡む、公務所に全く関係のない私事だとはっきりしたところだ。こんな時間まで付き合わせて今さらだが、これ以上君に迷惑を掛けたくない」

「ここまで関わって、途中で放り出されるほうが、よっぽど迷惑です」

「俺に気を遣うのは止《や》めろ」

「嫌《いや》です」

「……」

「忍《しのぶ》センパイ」

「……考えておこう」

「はい。宜《よろ》しくお願いします」


刑事に声をかけ、署の裏庭でひとり、スマートフォンを操作する忍。

掛ける相手の電話番号を、忍はもちろん暗記していた。

若月徹平《わかつきてっぺい》。

地球上においても数少ない、中田《なかた》忍が友と認めた存在のひとり。

プルルッ

『も、もしもしっ』

「徹平か」

『え……あ、ああ、俺だ、俺俺おれ!!』

「騒ぐな。今どこで何をしている」

『いや、あの、俺もそっちに電話しようとしてたんだけどさ……』

「……俺に電話を?」

『そーだよ!!』

微《かす》かな違和感。

知恵の歯車が、不気味に軋《きし》む。

「なぜ、俺に電話を掛けようとした」

『だーから！　今お前んちに来ててさぁ!!』

「……うん?」

『今お前んちの前で、玄関の扉が開いたところで！』

「なっ……おま、徹平、」

『なんか綺麗《きれい》な金髪の女の子が、すげー恥ずかしそうに服まくっておっぱい見せようとしてんだけど、俺ぁ一体どうすりゃいいの!?』

断章・若月徹平《わかつきてっぺい》の誤算

そもそも、何がきっかけだったのか。

俺にゃあ、やっぱり分かんねぇよ。

ともかく俺はノブやヨッシーとかと適当に肩組んで、楽しい大学生活を送ってきた。

青臭せぇコトもアホ臭せぇコトも散々やった、輝かしい青春の思い出ってヤツだ。

将来の目標なんざ特になかったけど、サークル活動中に通っていたホームセンターが何かワクワクしたんで、面接に行ったらスッと通ってしまった。

早織《さおり》には在学中に告白して付き合って、収入も安定してきたしそろそろ結婚とかしちゃおっかなー、とか思った頃《ころ》に星愛姫《ティアラ》を授かって。

人生、順風満帆に進んでいたはずなのに。

何かのきっかけで、俺は幸せいっぱいの人生航路を、ちょっとだけ脇《わき》に逸《そ》れてしまったのだ。

◇◆◇◆◇◆◇

「だからプラゴミは青いゴミ箱に捨ててって、何度も何度も言ってるじゃないの!!」

「だから、カップ麺《めん》の容器は燃えるゴミだろ」

「ちゃんとパッケージ見なさいよ！　これはプラって書いてあるでしょうが!!」

「あ……あー、ごめん」

「ごめんじゃないわよ何考えてるのよもーもーもーもーもー!!　ご近所のゴミチェック大好きオバサンに頭下げさせられるの、私なんだからね!!」

「ごめんて」

また怒らせてしまった。

昔のことはいざ知らず、ここ数年はこんな感じに、ぺこぺこ頭を下げてばっかの俺だ。

早織は就職したアパレルメーカーで順調に頭角を現し、いよいよ店舗を任せられるか否《いな》か、というところで星愛姫を身ごもり、そのまま産休に入り、結局退社して現在に至る。

デキやすい日だからとためらう早織に、まあまあ、たまにはいいじゃねぇのとグイグイ迫った俺が悪いと、妊娠期間中はさんざん責められたものだ。

だが言わせて貰《もら》えば、その数日前には『そろそろ家庭に入って子供を育てたい。二十代はあと少ししかないのに、働くことしか知らない自分が辛《つら》い』と愚痴っていた早織にも責任はあると思うし、そのことを指摘すると『本気じゃなかった』とか言って逆上し、ものを投げてくる早織にはかなりの問題があると思う。

どのみち、こんな家庭の惨状、トビケンのみんなには見せられないよなー。

結婚式のことを思い出す。

早織《さおり》はトビケンのマドンナみたいな女だったから、皆本気かどうかは知らないけれど、まあ随分と嫉妬《しっと》されたもんだった。

当時の早織はこんなにギャンギャン喚くタイプの女じゃなかったし、飲み会にも嫌《いや》な顔せず来るし、パンツ畳んでくれたし、気立ても良かったし、おっぱい小さかったけど可愛《かわい》かったし。

いや好きだったなー。

今も好きだけどさ。

式の最中は、あのノブやヨッシーまでべろんべろんになって俺に絡んでいたけど、あれは早織を取られた嫉妬なんかじゃ当然なく、純粋に俺の結婚を祝福してくれてたんだと思う。

……いや、べろんべろんは酔っぱらった俺の見た幻想かもしれない。

俺はシラフでも怪しい俺自身の記憶より、いつもブレないノブとヨッシーのほうを信じるぜ。

ノブとヨッシー？

そんなん、中田忍《なかたしノブ》と直樹義光《なおきヨシみつ》に決まってんだろ。

あのふたりにゃあ、特に迷惑かけたからな。

……ノブのほうは、どっこいどっこいって気がしなくもないけど、まあいいや。

できればもうちょい早織を安定させて、俺の可愛い星愛姫《ティアラ》を心ゆくまで自慢してやりたい。

そうしたら、アイツらだって、少しは俺を認めてくれるに違いないぜ。

◇◆◇◆◇◆◇

隙《すき》あらばヒステリーに走るタイプの早織だけど、年がら年中荒れっぱなしという訳でもない。静かな時期には親子三人、外にお出かけすることもある。

今日は電車で街に出て、海の見える公園までお散歩する、ちょっとしたピクニックだ。

「お母さん、あの建物なーに？」

「えーとね、あれは区役所かな」

「おっきいねー、お父さん」

「ああ、おっきいな」

「くやくしょってなーに、お父さん」

「いや、俺にもよく分からん。何なんだろうな」

「てつがくてきなの？」

「ああ。そんな感じだ」

「もう、適当なこと教えないでよ。中田君の勤め先でしょ」

「ああ、そういえばノブ、公務員になったんだよな」

「こーむいん？」

「そ。お給料がたくさん貰《もら》えて、休みもいっぱい貰える、夢のような仕事なの」

「すごいねー」

「凄《すご》いよな。でもお父さんだって、フォークでパレット積ませたら結構凄いんだぞ」

「わー、またてんじょうまであがりたーい！」

「ちょ、て、徹平《てっぺい》君、星愛姫《ティアラ》に何させたの!?」

「わーわー、わーわーっ！」

「あはははははは！」

◇◆◇◆◇◆◇

で、また別の日、俺んち。

「ねえ、徹平君。最近中田《なかた》君と連絡取ってる？」

「いや。結婚式以来、メッセージもやってない」

「そっかー」

星愛姫が言葉を喋《しゃべ》るぐらいの頃《ころ》までは、それどころじゃなかったし。

今はお前のことを誤魔化すのが厳しいから、連絡なんてしてらんねぇとは、俺でも言えない。

「なんかあったん？」

「結婚目前みたいな話だったけど、別れちゃったらしいよ」

「へぇー」

そう言えば、招待状の住所確認で連絡したときに聞いた気がする。

結婚前提で付き合ってる相手がいて、そろそろ同棲《どうせい》するところだって。

「いつ？」

「四、五年くらい前って言ってたから、私たちの式の後、すぐくらいかな」

「なんだ、教えてくれたら慰めてやったのに」

「普通に気を遣ってくれたんでしょ。こっちは新婚だったんだし」

「あー、ノブならそれくらい考えるよなぁ」

ノブはロボットみたいな性格してるくせに、結構ちゃんとしてるんだよな。

空気は読めないけど、ルールはよく分かってる、みたいな。

俺は空気に任せてルールを忘れっちまうから、ノブのそういうとこは結構憧《あこが》れる。

まあ、だからって、ノブみたいな人生歩みたいかって聞かれたら、絶対イヤなんだけど。

「でもなんで、早織《さおり》がそんなこと知ってんの？」

「女の情報網」

「すっげ」

「久しぶりにむーちゃんとランチしたとき、聞いたの。みんなの中ではもう常識だって」

「へー」

トビケンのメンバーどころか、学生時代のダチとは全然連絡取ってないから、むーちゃんが誰なんだかイマイチ分からんけど、下手《へた》なこと聞くと機嫌損ねそうだし、どうでもいいや。

「見てよ、中田《なかた》君の名刺。むーちゃんから貰《もら》っちゃった」

「いいのかよ、他人の名刺貰ってきて」

「次の冬会でもう一枚貰うから、別にいいってさ」

図々しいな、むーちゃん。

まあ、細かい話は横に置いて、俺は名刺を見せて貰う。

〝福祉生活課　支援第一係長　中田忍《しのぶ》〟

「ノブ、係長になったんだ」

「みたいだね。でもあの性格じゃあ、これ以上出世はムリでしょ」

「だろーなー。逆によく係長まで上がれたなって感じ」

「頭はいいもん。最初は役所もダマされちゃうんじゃない？」

「確かに」

気に入らないことがあったら、誰が相手でも噛《か》みつくのが、ノブの悪いとこだよな。

相手の非を見定めたときしか噛みつかないのは、やっぱ頭がいいからなんだろうけどさ。

「なんかちょっと、元気なさそうなんだって。やっぱり苦労してるのかな」

「そりゃそうだろ。トビケンのときだって、ヨッシーが部長でノブが副部長だから、上手《うま》く回ってたようなもんじゃんか」

「中田君は人当たり悪いからねー。慣れたら全然気にならないけど、それまでは大変そう」

「だなぁ」

「今度、一緒に遊んであげたら？　あんまり自分から誘ったりしないでしょ、中田君って」

「おう、行けたら行くよ」

　以前同じような話の流れになって、いざ遊びの連絡をしようとしたら『私がこんなに毎日毎日毎日忙しいのに徹平《てっぺい》君はなんっにも協力してくれない！！！！』と暴《あば》れ始めたことを思い出したので、俺はすんでのところで無難な返事を返したのでした。

◇◆◇◆◇◆◇

「それでねぇ、かけっこのはやいゆうくんがこくはくしてきたから、つきあうことにしたの」

「うんうん」

「だけどねぇ、けんくんもこくはくしてきたから、ゆうくんとけんくんがけんかしてね」

「そうなんだ」

「ゆうくん、ださいんだよ。けんくんにわんぱんでぶっとばされちゃったの」

「へぇ」

「やっぱりねぇ、たよりがいのあるこがいいから、わたしはけんくんとつきあうことにしたの」

「そっかぁ」

「だけど、けんくんはすっごくあたまわるいから、わかれちゃったの」

「ありゃ」

「いまはねぇ、おえかきがとくいなひろくんといっしょにあそんでるんだよぉ」

「はぁー」

「もー。お父さんきいてるの？」

「うん、ちゃんと聞いてるよ」

まだ四歳だっていうのに、星愛姫《ティアラ》は随分早織《さおり》に似てきたなぁ。

適当に返事してたら怒り出すところなんて、そっくりだ。

「お父さんはねぇ、ちょっとばかだけどつよいから、どちらかといえばすきだよ」

「そうかぁ、案外評価低いなぁ俺」

「そうでもないよ。うえからかぞえたほうがはやいもん」

「せめて小学校入学くらいまでは、ナンバーワンでいたかったんだけど」

「じゃあもうすこし、べんきょうしましょうね。あと、お母さんにまけすぎ」

「仕方ないだろー。星愛姫のお母さん、強いんだから」

「しかたないから、わたしがめんどうみてあげてるんだよ？」

「なんだそれ」

「あのねぇ。もしふたりがりこんしたら、わたしはお父さんについてくんだよ。ないしょだよ」

「へえ。どうして」

「お母さんも、なんだかんだいってひとりでいきていけるおんなじゃないから、ほうっておくのはかわいそうなんだけど」

「……」

「わたしのしょうらいをかんがえると、おなじくらいたよりがいがなくても、おかねがしっかりしているお父さんについていきなさいって」

「誰かに教えて貰《もら》ったの？」

「うん、こーちのおばーちゃん。あっ！　これはないしょ！　ないしょなの！」

高知のおばあちゃんといえば、当然早織の母親のことなんだろうが。

四歳児に何を教えてんだよ、という呆《あき》れよりも先に、そこまで現実分かってんなら、もうちょっと早織の教育、頑張ってくれよって話だ……俺が言えた話でもないけど。

「あーあ。お父さんがたよりがいのあるおとこになったら、ぜんぶかいけつするのになぁ」

頼りがいかぁ。

確かに、俺には足りてないかもしれない。

だけど。

「星愛姫《ティアラ》」

「なあに？」

「男の価値は、その男ひとりだけじゃ、測ることはできないんだぞ」

「えー？」

「男の価値は、その男がどれだけ凄《すご》いかよりも、どれだけ凄い友達がいるかで決まるんだ」

「それはへんだよ。だってそれじゃ、すごいのはおともだちだもん」

「大人になったら、ひとりで解決できないような、大変なことがいっぱいある。困ったときに助けたり、逆に助けてくれる友達がいるってことは、自分が凄いのと同じくらい凄いんだよ」

「わかんない」

「ゆう君もけん君もひろ君も、それぞれ凄いところがあるけど、三人にそれぞれお願いごとのできる星愛姫が、実は一番凄いだろ？」

「あ、わかった、そうだね！」

いま俺は、とんでもない教育を施したのかもしれないが、父親の沽券《こけん》を守る為《ため》には仕方ない。

「お父さんには、すごいおともだちがいっぱいいるの？」

「おう、結構いるよ」

自慢にもなりはしないが、俺はどちらかといえば馬鹿《ばか》に近い、というか馬鹿なほうだ。

だけど馬鹿は馬鹿なりに、馬鹿を克服できるよう頑張ってきたつもりだし、そんな俺を助けてくれる、いい友達だけはいっぱいいる。

金のある奴《やつ》、ない奴。

性格いい奴、悪い奴。

頭のいい奴、悪い奴。

鍛えてる奴、華奢《きやしや》な奴。

話上手な奴、下手《へた》な奴。

みんな、一言頼みさえすれば、きっと力を貸してくれるだろう。

頼めれば、だけど。

「それじゃ、いちばんすごいおともだちはだーれ？」

「一番かぁ」

難しいな。

みんないい所もあるし、そりゃあ悪い所もちょっとはあるし。

凄いって言葉の定義も曖昧《あいまい》だ。

県庁所在地の駅前にビル持ってる奴がいるっつっても、星愛姫に凄さは分かんねぇだろうし。

そうして、俺はちょっとだけ悩んで、はたと正解に気づく。

「一番凄いのは、こいつだな」

俺は早織《さおり》が貰《もら》ってきたという、一枚の名刺を星愛姫《ティアラ》に見せてやった。

〝福祉生活課　支援第一係長　中田忍《なかたしのぶ》〟

「なんてかいてあるの？」

「ふくしせいかつか、しえんだいいちかかりちょう、なかたしのぶ」

「ふくしせーかっかの、かかりちょーの、なかたしのぶ？」

「そうだ。この前お母さんと三人で、大きな区役所の前を通っただろ？」

「うん」

「なかたしのぶは、あそこのけっこう偉い人なんだ」

「へー」

「お父さんが大学生の頃《ころ》、一緒に飛行機を作って遊んでいたときに、凄《すご》く世話になったんだ」

「お父さん、ひこーき作ってたの!?」

「うん。しかも、俺はパイロットだったんだぞ？」

「すごーい！　お父さん、そういうのはやくいってよー!!」

「でも、手作り飛行機だからな。すごいのはパイロットじゃなくて、飛行機を作ってくれたみんなだ。そのみんなの実質的なリーダーをしていたのが、なかたしのぶだ」

「じっしつてきってなあに？」

「黒幕っていうか、裏番っていうか、真のラスボスっていうか……そんな感じかな」

「すごい！　なかたしのぶすごい!!」

やはり俺は、とんでもない教育を施しているのだろうし、ノブがこれを知ったら多分怒る。

しかし、父親の沽券《こけん》を守る為《ため》には、やっぱり仕方ないのだ。

許せノブ。

「もし俺に何かあったり、誰にも相談できない困ったことがあったら、なかたしのぶを頼りなさい。なんだかんだうるさいことをぐちぐち言うだろうが、最終的には助けてくれるから」

「ぐちぐちって、お母さんよりはげしくいうの？」

「……まあ、お母さんほどではないかな」

「じゃあわたし、ほんとうにこまったら、なかたしのぶをたよるね！」

……四歳児に聞かせるような話じゃないってことは、俺もちゃんと分かってた。

けど、なんでだろうな。

話さずには、いられなかったんだよ。

いや、なんでだろうな、ってのも嘘《うそ》か。

俺にもちゃんと、分かっていたんだ。

本当に助けて欲しかったのは、俺自身だってことを、さ。

◇◆◇◆◇◆◇

それから暫《しばら》く経《た》った、ある日の夜。

早織《さおり》が機嫌良さそうに、冬会の時季だね、と言ったから。

星愛姫《テイアラ》も大きくなってきたし、そろそろ顔を出してみようか、と話を向けてみると。

いいね、皆に星愛姫のこと御披露目《おひろめ》しちゃおっか、とノリノリだったので。

俺は幹事のヨッシーに、久々に参加できる旨《むね》を伝えて、その日を待っていた。


そして、冬会当日の朝。

久々に、早織が大きく荒れた。


「ちょっと待てよ、いいねって言ったのは早織だろ」

「言うワケないでしょそんなこと！　あんた私に四歳児連れ回して飲み会に出ろって言うの!?」

「そんな言い方してないだろ。卒業から十年も経ってりゃ、みんな飲み方も大人しいだろうし」

「上品下品の問題じゃない！　何時まで飲み歩くと思ってんの!?」

「ヨッシーが気ぃ回してくれて、一次会は六時開始の八時締めにしてくれたんだってば。なんなら中締め前に抜けてくりゃ、普段と同じ時間に寝かせられるじゃん」

「……自覚が足りてない」

「足りてない？」

「父親としての自覚が足りてないって言ってんの!!」

　ガッシャーン!!!!!

　調味料用のアルミラックが吹っ飛んだ。

　棚の向こうに落ちたからよく分からんけど、多分食器が何個か割れてる。

「……ものを壊すのは止《や》めろって、何度も言ってるだろ」

「誰のせいだと思ってんの！？！？！？」

「俺にも悪いところがあんだろうけど、ものを壊すのは早織自身の責任だ」

「何よ何よ何よ何よ何よおおおおおぉぉおおお！！！！」

　ガチャ
「お父さん、お母さん」

「あ、星愛姫ちゃんおはよう」

　信じられない速度での変わり身。

　早織は何事もなかったかのように星愛姫を席に着かせ、いそいそと朝食の準備に戻った。

　幸か不幸か、吹っ飛んだ調味料棚も、散らかった諸々《もろもろ》もすべて、星愛姫からは死角だ。

「徹平君《てっぺい》も、早く席に着いて。お仕事遅れちゃうよ？」

……いやいや、無理あり過ぎだから。

あんだけでかい声と音で騒いどいてさ。

星愛姫《ティアラ》が何も感じてないわけ、ないだろ。

「お父さん、バターとってー」

「……おう」

けれど、俺には何も言えない。

星愛姫が、まるで何事もなかったかのように、日常を続けてくれているから。

俺には、早織《さおり》を怒鳴りつけるどころか、強く叱責《しっせき》することすらできない。

それがこの若月家《わかつき》をぶっ壊す、最後の一手になることくらいは、馬鹿《ばか》の俺でも分かるから。

「そうだ、徹平君」

「うん？」

「今日の飲み会、行ってきていいからね。私は星愛姫と一緒に、お留守番してますから」

「……おう」

普通に考えれば、こんな状況で飲み会行くぜとは言えないだろうし、俺も普段なら言わない。

だけど、何故《なぜ》か。

今日は無性に、昔の仲間に会いたかった。

◇◆◇◆◇◆◇

後ろめたい気分の中でも、久々にみんなと飲む酒は、やっぱり美味《うま》い。

ノブが来てないのは残念だったけど、いつか早織と星愛姫を連れて来れたときに会えれば、まあそっちはいいだろう。

不思議なもので、何年振りかに会う奴《やつ》らのはずなのに、まるで昨日まで一緒にいたかのような、変に浮かれた気持ちになる。

娘がどうだ、家庭がこうだ、仕事がなんだと悩まされている自分はどこか次元の彼方《かなた》に吹っ飛んで、俺はただの若月徹平に戻っていた。

そんな最中。

～♪　～♪　～♪　～♪　～♪

居酒屋の喧騒《けんそう》を上書きするように、着信音が響き渡る。

なんだか嫌《いや》な予感がして、俺はその場でスマホを取り出し、応答ボタンをスライドした。

「もしもし」

『ねえ！　徹平君!!　星愛姫一緒じゃない!?』

「お、おう。今ひとりで冬会来てるんだけど」

『なっ……ああ、じゃあもう結構、もう結構、もう結構！』

「ちょ、ちょっと待てよ」

声を落とし、皆のいる席から足早に移動しながら、なんとか電話を切らせないよう説得する。

早織《さおり》はパニック状態になるとこういう騒ぎ方をするが、今日はいつもより普通じゃない。

「切る前に教えてくれ。何があったんだよ」

『星愛姫《ティアラ》がいないの！　一緒にお昼寝してたはずなのに!!』

星愛姫が。

いない？

「お、落ち着けよ。何かないのか、置き手紙とか」

『あるわけないでしょそんなもの!!』

「いやあるかも分かんないだろ。ちゃんと見ろよ」

『だって、だって、そんな、えっと、あっ、あった』

「……内容教えて」

『今呆《あき》れだでじょおおおぉぉぉ!!!!!!』

「呆れてないから。教えて」

『やーだぁ！　もうなんだのよぉ！　なんだのよぉもおぉー!!!!!!』

「ガタガタ言ってんじゃねえよ！」


『ひうっ』

店の外まで移動し終え、思わず大声を出してしまった。

早織はいくらか落ち着いたのか、怯《おび》えたのか、とにかく騒ぐのは止《や》めたらしい。

……いや、これ、安心してる場合じゃねえよな。

どう考えても非常事態。

早織に気ぃ遣ってる余裕も、遣ってやる余裕も、今だけはちょっと、ねぇわ。

「とにかく状況説明しろ。泣いてるだけじゃ何も分かんねーだろがよ」

『あぅ、あ、あのね、幼稚園が終わってから、星愛姫と一緒にお昼寝したの』

「何時頃《ごろ》から」

『さ、三時……多分そのくらい』

「それで？」

『六時前くらいに起きたんだけど、星愛姫はもう布団にいなかったから、お、奥の部屋で遊んでるのかと思って、ごはんの用意始めて……ごはんができて、家中さがしたんだけど、星愛姫が、どこにも、いなくでっ』

「玄関の鍵と靴は」

『わがんない』

「分かんなかったら今見ろよ」

『……鍵は掛かってる。あと、星愛姫《テイアラ》のお気に入りの靴が一足ない』

「キーフックの玄関鍵と、コートは？」

『……どっぢもないぃ』

「じゃあ、少なくとも自分の意思で出かけたってことだな」

『なんでぇ』

「誘拐犯が、わざわざ玄関の鍵掛けて出ていくわけねーだろ」

『強い言い方しないでよぉ！』

「うるっせーな余計な茶々入れるんじゃねぇーよ！　こっちは今真剣なんだよ!!」

『ううぅ、うううー』

何しろ星愛姫は、とにかく聡《さと》い子だからな。

理由はよく分かんねえけど、ひとりで外出るなら、鍵くらい掛けて出るだろう。

「書き置きにはなんて書いてある？」

『えっと……汚くて読めない』

「そこは頑張れ」

『……ジェイ？』

「じぇい？」

『うん、アルファベットのJ……Jのう、おい、えあーもうわがんないいぃいぃい』

「画像で送ってくれ」

『わがっだ』

「……」

送られてきた画像を見て、俺は暫《しばら》し考え込んでしまう。

Jは多分〝し〟の書き間違い。

『の』は素直に〝の〟でいいんかな……『う、』は……なんだこれ……〝ぶ〟か？


……ちょっと待て。


〝し〟、〝の〟、〝ぶ〟。

そして思い出す、今朝の喧嘩《けんか》。

……あー。

いやー。

そうなっちゃうのかよ。

「多分星愛姫《ティアラ》は、ノブのところに行ったんだと思う」

『ええ、なんでぇ』

「ワケは後で話すから、早織《さおり》は結婚式の招待状でもなんでもひっくり返して、新しいノブの住所調べてこっちに送れ。んで、身支度整えて、区役所のほう捜しに行ってくれっか」

『だからなんでぇ』

「何も聞くな。俺を信じろ」

『……うん』

事情を説明する時間が惜しい……なんて、俺に都合のいい言い訳だ。

それでも俺は、ヨッシーに会費を叩《たた》きつけて、逃げるように駅へと走り出す。

スマホを取り出すと、ちょうど早織からのメッセージが届いた。

記載されていた住所は、俺に馴染《なじ》みがないもので。

多分、例の彼女と住むはずだった部屋なのだろう。

破局した後引っ越してる可能性も十分あるが、今はそこまで考えていられない。

俺は電話帳からノブの番号を呼び出して、当然電話を掛けようとして――

「……」

掛けられなかった。

家に行けば会えるんだから、わざわざ電話を掛ける必要なんてないと思った。

ノブのところに押しかけて、黙って頭下げて星愛姫を連れ帰れば、全部丸く収まると思った。

馬鹿《ばか》だよな。

全然、理屈に合ってねぇよな。

でも、このときの俺は、そんな風に考えられなかった。

俺が馬鹿なこと、教えちまったから。

俺が馬鹿過ぎるせいで、星愛姫を追い詰めちまったから。

それなのに。

それでもまだ、俺は。


昔の仲間に、カッコ悪いままの自分を、知られたくなかったのだ。

◇◆◇◆◇◆◇

ノブんちの前に辿《たど》り着いたのは、七時も半ばを回ろうかというところ。

「ここ、だよな」

何度も早織からのメッセージを見直して確認したので、間違いないはずなのだが。

ノブんちは、インターホンに電気が通じていないのか、ランプが点灯していなかった。

でもまあ、とりあえず、インターホンを押してみる。

カスッ　カスッ

案の定、無反応。

ってか、そもそもボタンを何度押しても、音が鳴らない。

電気が通じていないいんだろう、という予想は正しかったらしい。

じゃあ鍵とか開いてねえかな、と思い、ドアノブをガチャガチャしてみる。

ガチャガチャ　ガチャガチャ

施錠はばっちり。

コン　コン　コン　コン　コン　コン

ノックにも、反応なし。

もしかしたら残業でもしているのかもと思ったが、すぐにその考えは打ち消した。

何故《なぜ》かって、公務員といえば、午後五時十五分きっかりに定時退庁できるのが当たり前だ。

だったらやっぱり、冬会欠席するレベルの、何かスゲー重大な用事があったんだろうな……

「……っあー」

そうだよ。

ノブは今日、トビケンの冬会を、欠席してんだよ。

いるわけないじゃん、家に。

っとにどーしようもねぇ事情があって、欠席するしかなかったに、決まっててんじゃん。

何故なら、あいつは。

あの、中田忍《なかたしのぶ》なんだから。

「……馬鹿《ばか》だなぁ、俺」

一気に力が抜けて、その場にどっとへたり込んでしまう。

仕方ないだろ。

もうガキみてぇな威勢と、根拠のねぇ自信だけで生きてるだけじゃねぇんだぞって。

ノブやヨッシー、昔の仲間と連絡を断って五年間、頑張り続けてきたつもりだったのにさ。

結局何ひとつ、成し遂げられちゃあいなかった。

『立派な大人』の逃げ口上を振りかざして、何も成長しちゃぁいなかった。

だから今、こうなってる。

愛娘《まなむすめ》の最大のピンチに、自分でもワケわかんなくなっちまって、ひとりで縮こまって。

自分ひとりじゃ何もできねぇ人間だって、今さら思い知らされて。


なぁ、ノブよぉ。

お前が今の俺を見たら、どんな風にブッ叩《たた》いてくれるんだろうな。

俺の知らない言葉並べて、俺のことさんざん罵倒《ばとう》しまくってさ。

意味分かんねえっつったら、俺にも分かる言い回しで、改めて俺のこと馬鹿《ばか》にしくさってさ。

それでも結局、誰より本気で、最後は俺のこと、助けてくれるんだよな。

お前なら、きっと、いつだって。


俺は、震える手でスマホを取り出し、中田忍《なかたしのぶ》の電話帳を呼び出す。

選択するのは電話番号でなく、あのころ、十年前に使っていたメールアドレス。

〝To：中田忍〟
〝Subject：徹平《てっぺい》だけど〟
〝わりぃ、またドジった。助けてくれ〟

俺は馬鹿だけど、流石《さすが》にこんなメールで返信が来るなんて思っちゃいない。

俺自身、ここ数年はメッセージばっか使って、メールなんて未読三千件くらい溜《た》まってるし。

普通に考えて、読んでくれるワケがない。

だから、これは俺の独りよがりというか、悪足掻《わるあが》きというか、とにかく非合理的で個人的で、どうしようもない願掛けだった。

そうすればなんとなく、あの頃《ころ》のように、ノブが俺のことを助けてくれるような。

そんな気が、したから。

「……」

俺はメールを送信して、ノブの家の玄関扉に縋《すが》った。

それ以上のことは、何もできなかった。

今さら自力で、何かを為《な》せるなんて、考えられなかった。

『メールヲ……シマシタ……ルヲジュシン……シマシタ……メールヲ……』

何処《どこ》からか、あの特徴的な、ノブのケータイのメール受信音が聞こえた気がする。

幻聴かな。

……幻聴だろうな。

そもそも本人がいないのに、なんでメール受信音だけ聞こえるんだよ。

あーあ。

俺の中であいつは、こんなに大きな存在だったんだ。

じゃあ、きっとバチが当たったんだな。

星愛姫《ティアラ》がどうとか、早織《さおり》がどうとか、俺を認めてくれるのがどうとか、そんな子供っぽい理由で、五年近くもあいつのことをないがしろにして。

それでいて、こんなときばっかり、急に頼ろうとして。

……そう、だよな。

最初から、きっと、そうだったんだよな。

俺は。

もう一度、あいつと――


そのときだった。

　ガチャガチャ　カチャカチャ　ガチャッ

「……え？」

突然、ノブの部屋の玄関ドアが開いて。

「シノブ！！！」

突然、金色と白色のナニカが、俺に飛び掛かってこようとして。

「……シノブ？」

寸前で、その動きを止めた。

「……なんだお前」

反射的に口を突いて出る、悪態。

金色と白色のナニカは、一言で言えばマブいパツキン巨乳の姉ちゃんだった。

あと、耳がやたらに長いような気もするが、白人系って結構こんなもんなのかなあ、と思ってしまえば、そこまでは気にならない。

もこふわの可愛《かわい》いパジャマを身にまとい、さらっさらした金髪を振り乱しながら、どうやら俺に抱き着こうとしていたらしい。

一体こいつは、ノブのなんなんだろう。

シノブ、と叫んで飛びついてきたからには、こいつもノブの知り合いなんだろうけど。

とか何とか考えているうち、さらに俺は気付いてしまった。

家の中のそこら中に、何かの文字が書かれた、大小さまざまな紙が貼《は》り付けられている。

ありゃなんだ。

〝止〟?

止めるの〝止〟って書いてんのか?

まるで悪魔の館か、霊が出るホテルみたいだな。

気持ち悪。

……っと。

とりあえず、その辺の疑問は脇《わき》に置いといて。

「あー、その、悪りぃ。俺、ノブの昔のダチなんだけどさ。ノブ、中田忍《なかたしのぶ》いるかな」

一瞬後に、外人だったら言葉通じねーなと気付き、ちょっと恥ずかしくなる。

だが、そんなことを考えて、もたもたしているわけにはいかない。

俺は、星愛姫《ティアラ》を迎えに来たんだから。

しかし。

パッキン巨乳の行動は、俺の想像して対応できうる現実を、はるかに超えていた。

「……」

パッキン巨乳は、物凄《ものすご》く恥ずかしそうに頬《ほほ》を染め、少しずつ後ずさって行った。

そして。

上からひとつずつ、パジャマのボタンを外し始めていた。

「お、おい、おい、おま、お前一体何を」

じわじわと見え隠れする、首元がでろんでろんになったシャツからは、それはそれはご立派な谷間が覗《のぞ》いている。

「……」

さらにパッキン巨乳は、パジャマのボタンをはずし切るや否《いな》や、

「……いや、おい、あんた……」

シャツの裾《すそ》に手を掛け、秒速5ミリメートルくらいの速度で、そっと持ち上げ始めたのだ。

でもよく見ると、時々何センチか下に戻ったりしているので、上がり切るのは暫《しばら》く先だろう。

……真面目《まじめ》に比べたことはないけど、俺はどちらかといえば性欲が強いほうだと思っている。

だが人間、本当に訳の分からない状況になれば、エッチな気分になんてなりゃしないんだと、俺は今日このとき、初めて実感した。

そして、今まで何を悩んでいたのか、今から何をどうするべきなのか、小難しい思考がまとめて遥《はる》か彼方《かなた》へ吹っ飛んでいき、俺はえらく混乱してしまった。

なんなんだろう、この女は。

痴女か。

それとも、そういう趣味の人なのか。

あるいは、そういう仕事の人なのか。

どれにしても、こんなに恥ずかしがるんだったら、止《や》めりゃあいいんじゃないだろうか。

どうしてもやるなら、俺の知らないところでやるか、俺が安心できるところでやって欲しい。

そのとき。

～♪

鳴り始めたスマホに、俺は生まれてから一度も出したことのないようなスピードで応答する。

何故《なぜ》そう感じたのかは、分からないけれど。

この電話は、間違いなく俺のことを救ってくれる電話なのだと、謎《なぞ》めいた確信があったので、俺は縋《すが》る気持ちで電話を取ったのだ。

「も、もしもしっ」

『徹平《てっぺい》か』

そして、思った通り。

中田忍《なかたしのぶ》。

ノブの声だ！

俺は喜びを隠さず、電話口に向かって絶叫する。

「え……あ、ああ、俺だ、俺俺おれ!!」

『騒ぐな。今どこで何をしている』

「いや、あの、俺もそっちに電話しようとしてたんだけどさ……」

『……俺に電話を？』

「そーだよ!!」

『なぜ、俺に電話を掛けようとした』

もちろん電話を掛けたかったのは、星愛姫《ティアラ》の話を聞くためだ。

だが、ことここに至り、緊急で処理しなけりゃならない問題がもうひとつ、いや豊満なのがふたつ、目の前にある。

「だーから！　今お前んちに来ててさぁ!!」

『……うん？』

「今お前んちの前で、玄関の扉が開いたところで！」

『なっ……おま、徹平《てっぺい》』

「なんか綺麗《きれい》な金髪の女の子が、すげー恥ずかしそうに服まくっておっぱい見せようとしてんだけど、俺ぁ一体どうすりゃいいの!?」

『……徹平、状況は分かった。すぐに玄関ドアを閉めろ』

「オーケイ！」

バダンッ！

めくれてゆくシャツに名残惜《なごり》しさを感じつつ、俺はパツキン巨乳を部屋の中に押し込む勢いで、玄関扉を思いっきり閉める。

だって、ノブがそうしろと言うのだから。

そうすることが、俺にとってベストの行動に違いないのだ。

「閉めたぞ、次は？」

『玄関ドアにもたれかかり、中身が外に出ないよう、見張っていてくれ』

「分かった。そんでさ——」

『こちらはお前のお姫様と一緒だ。お前の友人として代わりに連れ帰るが、構わないか』

「ったりめーだろ!!」

『承知した。そちらもよろしく頼む』

それだけ言い残し、ノブは不愛想に電話を切った。

あいつのことだ。

最速でここまで戻れる手段を準備して、ぱぱっと帰ってきてしまうのだろう。

これでもう、ひと安心。

今度こそ緊張の糸が切れ、俺は玄関扉へもたれかかったまま、再びへたり込んでしまう。

とりあえずは封印に成功した、結局未《いま》だに正体不明のパッキン巨乳。

何かの呪《のろ》いのように貼《は》り付けられまくった〝止〟の文字。

ノブの行方。

そして、一緒にいるという俺のお姫様、若月星愛姫《わかつきティアラ》。

「一体、何がどうなってんだろな」

口にはしたものの、検討する気は一切なかった。

だって、これからノブがここに来るんだぜ。

あいつさえ頼れるなら、これ以上俺の馬鹿《ばか》な頭を使って考えることなんて、もうひとつも残っちゃいないんだ。

第十話　エルフと大人と子供とよその人

アリエルの生乳未遂事件から、実に数十分後。

最近急によく使われるようになった、中田忍《なかたしのぶ》邸のダイニングテーブルの椅子《いす》に、今日は三人の大人とひとりの幼女が座っていた。

ベランダ側には、徹平《てっぺい》と星愛姫《ティアラ》。

その向かい、カウンターキッチン側には、忍と由奈《ゆな》。

「では、星愛姫。どうしてこんなことをしたのか、改めて徹平の前で説明してくれ」

「……しなきゃだめ？」

「してやってくれ。でなければ徹平も反省できないし、俺と一ノ瀬《いちのせ》君の怒りも収まらない」

「……」

ちなみにアリエルは、パジャマこそ着直していたものの、何故《なぜ》か目を見開いた状態で、仰向《あおむ》けにベッドへ収まっているところを発見保護され、今はソファで寿司《すし》図鑑を読んでいる。

さぞかし憔悴《しょうすい》しているのかと思いきや、アリエルの中では感情を整理することができたのか、再度顔を合わせた徹平に怯《おび》えることも、再び生乳を見せようとすることもなく、至極落ち着いた様子であった。

普段は帰宅するや抱き付かれんとしてくるアリエルを相手にしない忍が、今日ばかりは抱き付かれるままになってやったことがその安心に繋《つな》がったのかは、定かでない。

「……あのね。わたし、お父さんとお母さんのおはなし、きいたの」

「……だよなぁ」

「それでね、お母さんは、わたしがいるとのみかいにいけないの。お父さんは、よるのはちじまでのね、のみかいにしようっていってたの」

「……」

「だからわたしは、よるのはちじまで、しのぶおじちゃんのところでまっていようかなっておもったんだけどね、くやくしょのひとが、わたしのこと、まいごっていうからね」

「……」

「お父さんとお母さんのことはなしたら、お、おどうさんと、おがあさん、にっ、め、めいわく、ががっちゃうっ、てっ」

「……もう、いい」

徹平が身体《からだ》をずらし、そのまま星愛姫を抱きしめる。

もちろん忍は、それを止めない。

「お、おどうさ、ごめ、ごめ、ごめんなざっ、ごめっ、うっ、うっ、ぶえぇぇぇぇぇ」

「ありがとな、ありがとうな、星愛姫。ごめんな、ごめんな」

顔中をぐしゃぐしゃにして、大声でしゃくり上げる星愛姫《ティアラ》には、忍《しのぶ》たちの前で見せた、小生意気なほどの大人っぽさは、既《すで》に一切見て取れない。

そして星愛姫と同じくらいに、ぼろぼろと涙を流しながら星愛姫を抱きしめる、徹平《てっぺい》。

そんな二人の様子を、水面の如《ごと》き静かな表情で見つめる由奈《ゆな》。

「……」

「一ノ瀬《いちのせ》君、止《や》めておけ」

「刑事訴訟法第二百三十九条第二項、公務を通じ知った犯罪の通報義務なんて、もう聞かされなくても分かるくらい暗記してるんですよ。虐待の罪からお友達を庇《かば》うんですか、中田係長」

「俺の公務は、星愛姫を警察に送り届けた時点で終わっている。そして私人たる俺は、親権者たる徹平に『友人として代わりに連れ帰る』ことの了承を電話で受け、星愛姫を徹平へと引き渡した。故《ゆえ》に今、俺が過ごす時間は私事だ。公務を通じ知った話など、ここには何ひとつない」

「下らない。一時しのぎのごまかし、茶番です。一度でも痛い目を見なければ、いえ、見たとしても、まともに反省してやり直すケースなんて、稀《まれ》の中の稀じゃないですか。よっぽど私なんかよりご存じだって、そこだけは曲げないだろうって、信じてたんですけど」

「……君の言にも一理あるが、それでも今はダメだ」

「何故《なぜ》ですか」

「星愛姫は大好きな父親を、大好きな母親が罵倒《ばとう》することで傷ついていた。君自身が新たな星愛姫の虐待者になるつもりなら、好きにすればいい」

「……失礼しました」

「気にするな。言いたいことは分かる」

「ありがとうございます」

忍と由奈の存在を意にも介さず、お互いを想《おも》いながら泣き続ける二人。

そこへ。

「シノブー」

「む」

アリエルがとてとて歩み寄り、涙でぐしゃぐしゃになった星愛姫の顔に手を添えようとした。

「ホァ……」

水の埃魔法《ほこりまほう》を使おうとしていると悟った忍が、とっさに手近なハンドタオルを由奈に渡し。

忍の意思を汲《く》み取った由奈が、すかさず星愛姫の顔にハンドタオルを載《の》せ。

その隙《すき》に忍がアリエルの手を取って、ハンドタオルの上に載せた。

「……ホ?」

アリエルは、え、何これ、ああでもまあ、これでもいいかといった感じで、埃魔法は使わずに、ハンドタオルを使って星愛姫の涙を拭《ふ》き始めた。

「うぶ、ぶぶー」

当の星愛姫《ティアラ》はといえば、ちょっとだけ苦しそうだが、何かが面白くなってしまったのか、少しずつ泣きじゃくるのを止《や》めていた。

「ぶ……ぷはー。あ、かわいいおねえちゃん。ありがとうございます」

「アリエル」

「おねえちゃん、アリエルっていうの？」

「……シノブ？」

「シノブはしのぶおじちゃんだよ」

「アリエル」

「やっぱり、アリエル。アリエルおねえちゃんは、にほんごだめなタイプ？」

「アリエル」

「そっかぁ」

アリエルは、初めて見る人類の子供に興味津々といった様子である。

涙を拭《ふ》いた後、なんとなく星愛姫の胸元に手をやっているように見えるのは、きっと抱き上げようとしているだけなのだと信じたい忍《しのぶ》である。

そして星愛姫のほうは、元々の物怖《ものお》じしない性格からか、やはりアリエルに興味津々だ。

「アリエル、星愛姫、せっかくだから、一ノ瀬《いちのせ》君に本でも読んで貰《もら》いなさい」

「ウー？」

「うー？」

「分かりました。さ、アリエル、星愛姫ちゃん、こっちにおいで」

「アリエル」

「はーい」

状況を察した由奈《ゆな》が、アリエルと星愛姫を連れ出してくれた。

もう時間も遅いし、由奈をこれ以上頼るのは憚《はばか》られたが、この際仕方がないだろう。

何故《なぜ》なら。

「……」

これから忍は、数奇な再会を果たした旧《ふる》い友人と、長い長い話をしなくてはならないからだ。

◇◆◇◆◇◆◇

徹平《てっぺい》は忍へ、すべてを包み隠さず話した。

一方的に抱いていたコンプレックスから昔の仲間と疎遠になるうち、家庭内不和が深刻となり、萎縮《いしゅく》して身動きが取れなくなった結果、生じた歪《ゆが》みで星愛姫を泣かせた、苦い現実を。

そして深々と頭を下げ、謝罪と謝意を忍へ伝えた。

故《ゆえ》に忍も、すべてを包み隠さず話した。

忍《しのぶ》自らの不手際で、異世界エルフへ生乳を揉《も》み揉まれる風習を覚えさせてしまったことや、法の体現者である忍が、独断で不法入国者たる異世界エルフを匿《かくま》っていることまで、すべて。

仕方あるまい。

不幸な偶然が幾重にも重なった結果とはいえ、若月徹平《わかつきてっぺい》は己の恥をすべて忍に晒《さら》した上、図らずも異世界エルフの秘密に関わり、危険に巻き込まれる可能性を抱《かか》えてしまったのだ。

ならばせめて、誠実に向き合うこと。

それだけが自分に示せる誠意だと、忍は考えた。

「ふーん……」

話を聞き終えた徹平は、所在無さげに辺りを見回している。

「悪いが灰皿の用意はない。吸うにしても、換気扇の下で頼めるか」

「いやタバコじゃねぇよ。心霊現象みてえな〝止〟の理由が分かって、安心してただけだって」

「そうか」

「ってか、星愛姫《ティアラ》デキたときやめたって、結婚式んとき言わなかったっけ?」

「いや、覚えはないが」

「あっそ。ノブがそーゆーんじゃ、そーなんだろーな。ハハハ」

最早《もはや》補足の必要ないほどに、徹平は馬鹿《ばか》である。

そして馬鹿ではあるものの、本当の馬鹿ではない。

「……異世界エルフだっけ？　正直まだよく分からんけど、ノブも大変だな」

「分からんのなら何度でも話そう。お前にとっても、もはや他人事《ひとごと》ではないんだぞ」

「いやいいって。大体は分かってる。警察《ポリ》にパクられたり謎《なぞ》の秘密結社に拉致《らち》られたりするかもしんねーから、マジでやべーって話だろ」

「そこまで理解が及んでいるなら、俺に言うべきことがあるだろう」

「巻き込みやがって、とか、責めたほうが良かった？」

「少なくとも、責められることをした自覚はある」

「じゃあなおさら、俺が責めることないじゃんな。正直今回の件は俺が悪いし、ノブのほうでも何が悪いか分かってんなら、大して事情知らない俺が、文句付ける筋合いないっしょ」

「……」

「ってか、俺とか他の男なら、ついでにもっとえっちなコトまでさせちゃったかも知んないしな。来たのがノブのトコでラッキーだったんじゃない、彼女」

　どこまで本気かはわからないが、と言うか、かなりのところまで本気なのだろうが、少なくとも徹平が忍を気遣おうとしていることぐらいは、忍にも理解できた。

「この件は、黙っていて欲しい」

「おっけ。ってかそんな状況じゃ、もっと人手要るだろ。俺で良ければ協力させてくれよ」

「いや、そこまでは求めない。黙っていてくれるだけでいい」

「……ノブ、俺から世間にバレると思ってたりする？」

「ああ」

包み隠さず、誠実に。

誠実を通り越してとっくに無礼な、それが中田忍《なかたしのぶ》という生き方なのである。

「心配すんなって。俺も漫画とかアニメとか結構見るけど、こういうのって大抵俺みたいなのが下手《へた》こいて全部台無しにしちゃうんだよな。よく知ってる」

「そこまで言ったつもりはないんだが」

「俺はそこまで思ってるし、やらかしそうな自覚もあるよ。だから人一倍気を付けるつもり」

「そんな自覚があるのなら、もう少し頑張って、やらかさない人間を目指したらどうだ」

「無理無理。俺は俺のＩＱ以上の行動はできないのだ」

特に誇れるわけではないことを、誇らしげに語る徹平《てっぺい》であった。

「ノブこそ、そんなにヤバいヤマ踏んでると思うなら、俺のことなんて適当にごまかしゃ良かったのに。簡単に騙《だま》されちゃうぜ、俺」

「それは不適切で、不誠実だ」

「言うと思った。ホント、ノブは相変わらずっつーか、全然変わんねえよなぁ」

「……そう感じるか」

「へ？」

存外深刻そうな忍の声色《こわいろ》に、流石《さすが》の徹平も若干動揺する。

仕方あるまい。

今の中田忍に、旧知の仲間から投げられるその一言は、決して軽くなかった。

「俺は変わっていないと思うか、徹平」

「いや……うん……ええと……全然変わってないってことはねぇんじゃねぇ……かな……？」

「では、変わっているのか」

「まあ……そう言われるとなぁ……どうなんだろうな。分かんねぇよ」

「……そうか」

「……けっこう、本気な質問？」

「そうなる。忌憚《きたん》のない意見が聞きたい」

「分かった」

徹平は一瞬、由奈《ゆな》たちのいる側をちらりと確認し、居住まいを正して忍と向き合う。

忍もまた、求めた答えに向き合うべく、ただでさえ垂直の背筋をさらに伸ばした。

「ノブよぉ」

「変わるとか変わんねえとか、どうでも良くねえ？」

「……徹平《てっぺい》」

「いや、マジな話」

「ふむ」

「俺は変わりたくて、変わった自分を誇りたくて、ノブやヨッシー、昔の仲間もみんな遠ざけて、俺なりの一番良い結果を目指して足掻《あが》いたけど、その結果がこの有様《ありさま》だよ。自分の馬鹿《ばか》を呑《の》み込んで縮こまって、俺は確かに〝変わった〟けど、それが良いこととはとても思えねえ」

「……」

「変わった、変わんねえなんて、後回しで良かったんだよ。本当に大事なことがなんなのか、最初っからしっかり見据えてさ。そのためならどんなにカッコ悪くてもダサくても辛《つら》くても、ブレねえで噛《か》みついて掴《つか》み取って、自分の中身の話なんて、その後でいいじゃんかよ」

「……だからこそ、どうでもいい、か」

「そーそ。ってか普段のノブなんて、正にそんな感じじゃんな」

「そうだろうか」

「そうだろ。目的のために手段を選んでるノブとか、変わる変わらない以前の怪奇現象だわ」

砕けた口調で言い放つ徹平は、どこか照れくさそうに、しっかりと忍《しのぶ》を見据えている。

返す言葉を探していた忍だが、やがて諦《あきら》めたように、肩の力を抜いた。

「一本取られたな」

「いや……いや、でも感心すんのは止《や》めろ。止めて欲しい」

急に俯《うつむ》き、尻《しり》込みする徹平。

「何故《なぜ》だ」

「半分以上は、俺自身への反省文だからよ。説教にしたら、ちょっと恥ずかし過ぎんだろ」

「知らんな。言葉を投げるのはお前の自由、受けた言葉をどう呑むかは俺の自由だ。旧友の貴重な諫言《かんげん》として、深く心に刻ませて貰《もら》う」

「相変わらず、ブン殴りたくなるくらいウゼェな」

「言葉が若いぞ。星愛姫《ティアラ》の教育に障るんじゃないか」

「うっせぇ、使い分けてるわ」

忍の胸を小突く徹平に、本気の怒りは見てとれない。

それは忍が嫌味《いやみ》や悪意なく、純粋に徹平を心配して余計な一言を挟むタイプの人間だと、徹平がよくよく理解しているからでもあるし、数年ぶりに会った忍に、徹平の知っているままの忍が残っていたことを、徹平が喜んでいるからでもある。

「ちなみに、ヨッシーはこの件知ってんの？」

「ああ。色々助けて貰っていたが、排泄《はいせつ》物の話をしているときに、アリエルの目の前で美味《うま》そうにかりんとうを食べて引かれた。以来アリエルが怖がるのでうちに来れない」

「あいつ馬っ鹿じゃねぇの」

徹平《てっぺい》が自分を棚に上げ、そして失礼なほどに爆笑した。

忍《しのぶ》が五年ぶりに見る、徹平が五年ぶりに見せる、それは会心の笑顔。

そんな徹平を見て、忍もまた、言いようのない喜びを抑えきれず、密《ひそ》かに微笑《ほほえ》むのであった。

◇◆◇◆◇◆◇

忍と徹平がおよそ五年ぶりの旧交を温めているところへ、由奈《ゆな》がそっと戻ってきた。

「話はついたよ。ありがとう、一ノ瀬《いちのせ》君」

「とんでもない。少しでも中田《なかた》係長のお力になれたなら、光栄です」

「なあなあノブ、彼女どういう関係なの？　カノジョ？　アリエルちゃんいるのに大丈夫なん？」

「いえ……私はただのいち部下ですので、その」

「一ノ瀬君」

「はい」

「徹平は俺の親友で、見ての通り馬鹿《ばか》だが、他人の粗《あら》や秘密を吹聴《ふいちょう》して楽しむタイプの馬鹿ではない。いつも通りで大丈夫だろう」

「そうですか」

作り笑いを消し去り、能面のような表情で徹平に向き直る、一ノ瀬由奈。

ひりつくほどの視線が刺さり、徹平の眼窩《がんか》は痛みを覚えた。

「現在進行形で自分の子供を泣かせておいて、そんな風にふざけられる人間性を、私は少しも信用できません。あんまり舐めた真似《まね》してると、たとえ忍センパイが許しても、社会があなたを裁くことになると思いますけど」

「……すみませんでした」

深々と頭を下げる徹平。

徹平は自分の非を認められるちゃんとした大人なので、初対面の女性にマジ泣きしているところを見られた照れ隠し行為を、正論でマジ怒られたからと言って見苦しい言い訳はせず、素直に謝るのだった。

「徹平は若干配慮の足りないところがあるが、求心力と行動力に優れる、頼りがいのある男だ。つきあい方さえ間違えなければ、心強い味方になってくれることと思う」

そして、それをフォローする忍は、別に徹平の微妙な心の機微を察したわけではなく、ただ自分が褒めたいように徹平を褒めただけである。

「……ですが」

「加えて言えば、たとえ道を踏み違えようと、自らの過ちを省みる度量のある男だと、俺が保証する。許せとは言わないが、理解してやってはくれないか」

「……忍センパイがそこまで言うなら、人間性が信用できない、までは言い過ぎだったかも知れません。取り消します」

「できれば俺に……いや、義光《よしみつ》に接するくらいで調整してくれると有難い」

「善処します」

徹平《てっぺい》としても言われっぱなしは癪《しゃく》なので、隙《すき》あらば何か言ってやろうと思っていたのだが、あの中田忍《なかたしのぶ》が手を焼く相手であると見るや、とりあえず黙ろうと即座に判断し、実際黙った。

この辺の鼻が利くところも、徹平の良いところだと言えよう。

「アリエルと星愛姫《ティアラ》は？」

「仲良く遊んでますよ。意外でしたけど、アリエルが星愛姫ちゃんに合わせてる感じですね」

「ふむ」

忍は暫《しば》し黙考し、徹平へと向き直る。

「徹平」

「おう」

「ここから何をするにも、準備の時間が要るだろう。泊まって行くなら構わんぞ」

「あー……気持ちはありがたいんだけど、その……」

「早織《さおり》か」

「星愛姫ちゃんのお母さんですか？」

一度は落ち着いた由奈《ゆな》が、再び剣呑《けんのん》な雰囲気を纏《まと》う。

「徹平サンのことは、忍センパイの保証付きですから、我慢しますけど。お母さんについては私個人としても、福祉生活課の人間としても、看過するつもりはありませんよ」

「……それなんだが、ひとつ徹平に確認したいことがある」

「え？」

由奈を落ち着かせるつもりで、とか、そういう細やかな気遣いでは絶対なく。

忍が徹平に、あるひとつの純粋な疑問を投げかけた。

「――――――――」

由奈はそれを聞いて、一瞬絶句し、次に口を挟もうとして、やっぱり止《や》めた。

今の徹平には、このデリカシーがまるで抜け落ちた的外れの指摘こそが、実は必要なのかもしれないと思い直したので。

「……」

「どうなんだ、徹平」

「……ノブよぉ」

「ああ」

「答えは後で、必ず返す。そのために、いくつか頼みを聞いて欲しいんだ」

「いいだろう」

「聞けよ、内容くらい」

「なんでも聞くと言うことだ」

「くっさ」

「放っておけ」

絶好の弄《いじ》りポイントを、果たして一ノ瀬由奈《いちのせゆな》は、敢《あ》えて無視して聞き流す。

驚いて反応が遅れたのだとしたら、無理もない。

あの中田忍《なかたしのぶ》に冗談を言わせられる人間など、恐らくこの世には、両手で数えられる程度にしかいないはずなので。

◇◆◇◆◇◆◇

ガチャ
「中田君、うちの人来てるでしょ！」

一時間も経《た》たないうちに、早織《さおり》がチャイムも鳴らさず、忍の家にずかずか上がり込んでくる。

家中に貼《は》り巡らされた〝止〟マークに目もくれず、またちっともビビっていないあたり、相当興奮しているのだろう。

リビングダイニングでは忍と由奈、そして徹平《てっぺい》が早織の来訪を待ち構えていた。

「……これ、どういうこと？」

あからさまに不機嫌な表情で、徹平を睨《にら》み付ける早織。

忍は動かない。

由奈もまた、何もしない。

徹平の頼みは三つ。

一つ目は、忍の家に早織を呼び、話し合いをさせて欲しいこと。

二つ目は、その結末を見届けて欲しいこと。

三つ目は、話し合いには一切、口出し手出しをしないで欲しいこと。

あくまで忍への頼みなので、由奈は時間も遅いし帰って貰《もら》っても良かったのだが、いち公務員としての義務感か、結末への純粋な興味か、話がこじれたら夫婦まとめてド説教をするつもりなのかは不明だが、とにかく大人しく経緯を見守ると約束し、結局この場に残っている。

「星愛姫《ティアラ》はどこ？」

「奥で、ノブの友達が面倒見てくれてる」

星愛姫の面倒を見ているという忍の友達とは、もちろんアリエルのことである。

アリエルが星愛姫に遊んで貰っている側面も少なからずあるにはあるが、それを早織に説明しても喜ばないので、徹平も説明しない。

「そうなの。中田君ごめんね。なんだかうちの人とうちの子が、迷惑かけちゃったみたいで」

「……」

忍《しのぶ》は答えない。

早織《さおり》は当然徹平《てっぺい》の頼みを知らなかったし、知っている由奈《ゆな》と徹平にしても、いやそのくらいは返事してもいいだろう、と突っ込む空気ではなかった。

早織の側でも、一応詫《わ》びは入れたので義理は果たしたと思ったのか、忍が答えないことは気にせず、じろりと徹平に向き直る。

「さ、徹平君。星愛姫《ティアラ》連れて帰るよ」

だが、徹平は動こうとしない。

「……気にならないのかよ、事情」

「それこそ、ここで話すことじゃないでしょ。中田《なかた》君にも迷惑かかっちゃうし、まずは帰ろ?」

「それで帰るや否《いな》や怒鳴って暴《あば》れて、また同じ失敗を繰り返すんだろ」

「……は?」

早織の目が、静かに据わる。

「なるほどね。いつも私に言い負かされて悔しいから、中田君と星愛姫まで使って、こんな茶番を始めたってワケ?」

「そんな低次元な話じゃない。ちゃんと聞いてくれ」

「あんたの話なんて真面目《まじめ》に聞く価値ない。いっつもいっつも私と星愛姫の足引っ張るばっかりで! 家のことも育児のことも、なんの役にも立ってないくせに!!」

早織のギアがごりごり上がり、声量と勢いがぐいぐい強まる。

「言いたいことがあるなら正面切ってはっきり言ったらいいじゃない。子供とよその人を巻き込んでまでやらないといけないことなの？　おかしいでしょ？　私何か間違ったこと言ってる？　ねえはっきりしなさいよ、あんたは明日休みかもしれないけどね、専業主婦に休みなんてないんだよ？　私は今日も明日も明後日も明々後日もその先も、あんたたちの面倒見させられながら生きるしかないの。分かる？　暇じゃないのはっきり言って!!」

早織の罵詈雑言《ばりぞうごん》は止まらない。

徹平は、黙ってそれを聞いている。

口を挟む余地のない、勢いと正論。

普段ならここで、徹平が折れる。

仕方あるまい。

割合で言えば、早織が悪いときよりも、徹平がやらかしていることのほうが、圧倒的に多い。

だが、だからこそ、こうなってしまったのだろう。

いつもなら、挫《くじ》けてしまうところだ。

自分がとんでもない馬鹿《ばか》であると、徹平は十分に理解していた。

理解していたからこそ、今日まで早織に、色々なことを譲ってきた。

それが自分にできる、自らの分《ぶ》を弁《わきま》えた、価値ある行動だと信じていたから。

だが。

空気は読めない頭も固い、けれど必ず頼りになる、徹平《てっぺい》が最も尊敬する親友が、言ったのだ。


『ひとつ徹平に確認したいことがある』

『早織《さおり》といえば、今どき珍しいほど奥ゆかしい、しとやかな女性だったと記憶している』

『何がどうこじれて、そんな状況になってしまったんだ』


――そう。

――早織をここまで歪《ゆが》めちまったのは、俺だ。


交際期間を含めれば、十年以上の間。

数限りない徹平の馬鹿《ばか》に付き合わされて。

一緒に失敗を重ねさせられて。

奥ゆかしくて優しい、しとやかな女性だった早織は、少しずつ、少しずつ、逞《たくま》しくなって。

逆に徹平は、社会の厳しさを味わい、自らの未熟を恥じる程度には成長してしまったせいで、少しずつ遠慮するようになって。

早織はどんどん増長し、徹平は少しずつ小さくなって。

最終的に、時には度を超えて、ヒステリックにブチ切れるようにさえなってしまった結果が、今の早織なのだ。

ならばその責任は、誰が取らねばならないのか。

その結末は、誰が付けねばならないのか。

「どうせ生意気垂れ流すアタマもないんだから、さっさと私の言うことを聞いて――」

「その位にしとけよ」

ビクッ！

「っ……」

勢いよく徹平を罵倒《ばとう》していた早織が、瞬時に固まった。

道理である。

生活環境のせいで攻撃的な側面が強く出ているものの、ひとたび攻められれば、早織本来の気弱で奥ゆかしい性格が露《あら》わになる。

徹平はその事実を、先程の電話から、本能的に感じ取っていた。

「何よ、暴力に訴えるつもり？　そんな大きな声出したからって」

「いいから、少し黙って話聞け」

「……」

強い言葉は、会話を始めるための緊急避難。

思うままに振りかざせば、昔のように早織《さおり》を、徹平《てっぺい》の好きなように従わせることだって、できるかもしれないけれど。

それは新たな歪《ゆが》みを生むだけで、徹平の望みとも、早織の望みとも違う結末を招くだけだ。

「星愛姫《ティアラ》は、俺たちがトビケンの冬会に行けるように、ノブを頼ったんだ」

「なんで星愛姫が冬会の話、知ってるのよ」

「あれだけ大声で騒ぎゃあ、四歳児だって異常に気付くさ。多分星愛姫は、今日だけじゃなくて今までずっと、俺たちの口論に見て見ぬふりを続けてきたんだ」

「な……また、適当なこと言って。ありえないでしょ。四歳だよ？　そんなひねた大人みたいな真似《まね》、中田《なかた》君の子供でもなきゃできやしないでしょ」

なんの関係もないところで、風評被害を受ける忍《しのぶ》であった。

「そうならざるを得ない環境を、俺たち二人が作ってきちまったってことだろ。俺たち二人が子供だったから、星愛姫が大人になるしかなかったんだ」

「何よ、私の責任だって言うワケ!?」

「俺たち二人の責任だ」

「徹平君に責任なんて取れっこないでしょ、私がいなきゃまともな生活できないクセに！」

「それでも、二人の責任だ」

テーブルを離れ、徹平が一歩踏み出す。

反射的に身を庇《かば》い、一歩下がろうとする早織。

「う、うるさいうるさいうるさい！　今さらいいカッコしようとしないで！」

「今さらだって、なんだってするよ。今ならまだ間に合うだろ」

「間に合わない間に合わない間に合わない！　やだ、やだやだやだやだもうやーだー!!」

一歩、また一歩と徹平が距離を詰め、狭い室内の中で逃げられない早織が、いよいよ混沌《こんとん》と混乱を深めていく。

もはや二人の距離は、手を伸ばせば抱き合えるほどに縮まっていた。

「星愛姫も無事だったし、俺の前で泣いてくれるぐらいには、まだ心を開いてくれてる。カッコ悪いと思って、自分から頼るのを止《や》めていたけど、いざとなれば力になってくれるダチもいるって分かった。だから、早織も分かってくれよ。やり直せるのは、今しかないって」

ついに、徹平の手が早織の肩にかかる。

だが早織は、身をよじってそこから逃げ出そうとする。

けれど、徹平はその手を離さない。

絶対に、放そうとしない。

「無理。無理。無理むりむりむり無理だよ、だって」

「だって？」

「……」

徹平《てっぺい》から顔を背《そむ》け、俯《うつむ》く早織《さおり》。

「だって、なんだよ」

「……私は、徹平君のこと……」

「……」

その後、早織が何を言おうとしたのかは、誰にも分からない。

何故《なぜ》ならば。

「早織」

「きゃ……あっ」

早織が次の言葉を紡ぐ前に、徹平が早織を抱き寄せて、その唇を奪ったから。

「っ……っ……！」

激しく暴《あば》れる早織を、徹平は乱暴に抱きしめて、さらに深い口づけを重ねる。

身もだえし、徹平の背中を叩《たた》き、逃れようとする早織の動きは、だんだん小さくなっていき。

やがて早織はその身を徹平に委《ゆだ》ね、自らもその腕で、徹平の身体《からだ》を掻《か》き抱くのであった。

そして、そっと唇を離した徹平が、早織の耳元で、そっと呟《つぶや》く。

「好きなんだよ」

「……ばか」

一連の茶番劇を特等席で見せつけられた由奈《ゆな》は、定時で帰れば良かったと心の底から後悔し。

忍《しのぶ》はと言えば、なんだ話と違って、早織もあまり変わってないじゃないかと、的外れかつ的確な感想を抱き。

「……ホォー」

「お父さん、やるぅー」

あれだけ騒げば当然なのだが、大人しく遊んでいたはずのアリエルと星愛姫《ティアラ》が様子を見に来ており、いきなり出くわしたラブシーンに目を白黒させていた。

◇◆◇◆◇◆◇

忍の言葉を借りるなら、早織は元々奥ゆかしい、しとやかな女性である。

「中田《なかた》君、一ノ瀬《いちのせ》さん、アリエルさん。ご迷惑をおかけして、本当にすみませんでした」

「悪かったな、ノブ、一ノ瀬さん、アリエルちゃん」

「しのぶおじちゃん、ゆなおねーちゃん、アリエルおねーちゃん、すみませんでしたー」

「もう……もっとちゃんと謝ってよ」

早織は、徹平の熱い抱擁《ほうよう》とキスで落ち着きと愛情を取り戻した今、ただただこの状況が恥ずかしいばかりで、とにかく真っ直《ます》ぐ帰りたいのである。

そして、仲直りの後にすべきことを、きちんとしたいのである。

何をきちんとしたいかというと、もちろん今までの反省と謝罪、それに今後の生活に関する意見交換であり、決してみだりにみだらなことをしたいわけではない。

本当である。

ただ、参考意見ではあるが、仲直りの直後は最高に楽しくて、気持ち良いのである。

もちろん、愛情が高まっているから些細《ささい》なことでも楽しくて、和解したので変な敵意を抱く必要もなくなり、毎日を気持ち良く過ごせるという話である。

みだりにみだらな話ではない。

念のため。

「しかし本当に、星愛姫《ティアラ》を預からなくていいのか？」

「やだ、中田《なかた》君やめてよ。一ノ瀬《いちのせ》さんだっていらっしゃるのに、そんな」

「今までの反省や、今後の生活の展望など、大人だけで話し合いたいこともあるだろう」

中田忍《しのぶ》は本当にみだりにみだらなことを考えていないので、逆に困ったものだが、一周回ってベストな提案を提示しており、やっぱり忍は頼りになるのであった。

「忍センパイ、確かに当を得た提案だとは思いますが、今日は止《や》めておきましょう。星愛姫ちゃんだって、久々に親子三人仲良しで、一緒にねんねしたいはずですよ」

一ノ瀬由奈《ゆな》はみだりにみだらなことを想像する能力を当然持ち合わせているが、本来なら花金に定時退庁できるはずだったのにこんな夜中まで茶番に付き合わされた挙句、仲直りみだりにみだらのお膳立てまでさせられるとあっては、もうストレスの持って行きどころがなくなるので、せめて自分が面倒を見た幼女の幸せを守り抜くことで、今日という時間に少しでも意味を与えようと必死なのである。

徹平《てっぺい》はちょっとがっかりし、早織《さおり》も表面上は分からない程度にがっかりした様子を見せたが、客観的に見ても、今日の主役は星愛姫に据えるべきだろう。

何せ三十路《みそじ》を過ぎたとはいえ、未《いま》だ年若い夫婦である。

仲良く暮らし続けてさえいれば、みだりにみだらにみだれる機会など、これからいくらでも存在するのだから。

「早織、アリエルの件なんだが、何処《どこ》にも吹聴《ふいちょう》しないと約束してくれ」

「うん、約束する。絶対誰にも話さない。っていうか、こんなに迷惑かけて、秘密までばらしちゃったら私、完全に悪人じゃない」

早織と星愛姫にアリエルのことをどこまで話すかは、徹平に一任した。

正直なところ、馬鹿《ばか》ではあるが比較的感情が安定している徹平に比べて、浮き沈みの激しい早織や幼い星愛姫がどこまで秘密を守れるか、かなり怪しい。

ならばせめて、日常的に二人と接する徹平が話を合わせやすいよう、持たせる情報の量を調整して貰《もら》おうという魂胆である。

「中田君の家に突然現れた謎《なぞ》の異世界エルフちゃんで、まだ言葉もまともに通じない状態だから、危なくて国や警察にも引き渡せないし、怪しい組織に狙われてる可能性もなくはないってことで、仕方なく中田《なかた》君が匿《かくま》って面倒見てあげてるって話だよね？」

びっくりするほど全部喋《しゃべ》っていた。

「その話、信じるのか」

「まっさかぁ。徹平《てっぺい》君のアレンジが、ちょっとキツめに入ってるだけでしょ。よそにバレると本当に危ないってところは理解したから、私からは警察にも、友達にも話したりしないけどね。星愛姫《ティアラ》にも言って聞かせとく」

忍《しのぶ》から直《じか》に話していたら、もう少し違った結果になっていたかもしれないが、まあ、結果オーライであろう。

忍のほうでも、徹平に一任すると決めたので、わざわざ認識を改めさせようとはしない。

「お母さん、アリエルおねーちゃん、ひみつなの？」

「そうよ。だから先生やお友達にも、アリエルさんの話は止《や》めようね」

「ばれちゃったらどうなるの？」

早織《さおり》は少し考えて、まず徹平へと視線を送る。

「どうなるの、徹平君」

「ヤバい」

「そう。どうなるの、中田君」

「最悪死ぬな」

「……一ノ瀬《いちのせ》さん、どうなんでしょう」

由奈《ゆな》は早織に敢《あ》えて答えず、代わりに星愛姫と視線の高さを合わせ、優しく言葉を紡ぐ。

「何もないよ。ただ、お父さんもお母さんも、忍センパイも私も、みんな悲しむかな」

「わかった。がんばってひみつにする」

「星愛姫ちゃん、今日も頑張ってたもんね。絶対内緒、よろしくお願いします」

「うん！」

表面上にこやかな由奈の言葉へ、元気いっぱいに頷《うなず》く星愛姫。

徹平と早織は顔を見合わせ、ばつが悪そうに微笑《ほほえ》み合うのだった。

繰り返し謝辞を述べながら、若月《わかつき》一家が中田家を後にしたのは、午前〇時を回る頃《ころ》。

リビングの窓からそっと覗《のぞ》けば、星愛姫を真ん中に手を繋《つな》ぐ、三人の姿がよく見えた。

「これで解決ですか？」

「ああ。今日のところはな」

人間関係に、完成や終わりはない。

誓い合った永劫《えいごう》の愛すらも、移ろいゆく日々に風化して、軋轢《あつれき》という名の錆《さび》を浮かべる。

互いが互いを想《おも》い合う心で塗り直さねば、あっさり朽ち果ててしまうほどに、脆《もろ》いのだ。

ましてやその努力を続け、〝家族〟を形作ることの、なんと困難であることか。

「続けばいいな。一日でも長く」

「ええ」

「アリエル」

訳知り顔のアリエルは多分あんまり分かっていないが、それ以上口を挟まず寿司《すし》図鑑を読み始めたので、このシリアスな空気を保つにあたり、特に支障はなかった。

忍《しのぶ》も由奈《ゆな》も、とりあえず聞き流して話を続ける。

「今さら聞くのも卑怯《ひきょう》だが、君はこれで良かったのか」

「ホントに今さらですけど、別に構いませんよ」

「徹平《てっぺい》と早織《さおり》が、君の眼鏡《めがね》に適《かな》ったと？」

「知りませんけど、忍センパイは大丈夫だって、そう思ったんでしょう？」

「ああ」

「じゃあ、今日はもうおしまいってことで。あーあ、つっかれたぁ」

「こんな時間まで付き合わせて、すまなかった。すぐにタクシーを手配しよう」

「だったら、今日は泊めてください。今から帰るのは流石《さすが》にダルいんで」

「俺は構わんが……」

「ありがとうございます。お泊まりだよ、アリエル」

「ユナァ――――――！！！！！」

　ぎゅむっ

「きゃ、こら、やり過ぎ、アリエル、アリエル！」

「ユナ、ユナ、オトマリ、ユナー！！」

　ぎゅむぎゅむ。

「……俺は構わんが、大丈夫なのか」

　忍の懸念は、埃魔法《ほこりまほう》の使い過ぎで乳房が縮んだと見られる光のおふとん騒動以降、たくさんご飯を食べさせられるようになった影響で、最近とみに育ったアリエルの巨乳が、由奈を今にも押し潰《つぶ》さんとしている状況にあるわけではなく、もう少し真面目《まじめ》なことを心配している。

「な、何がでふ？」

「あるだろう。色々と準備が」

「ああ、それは問題ないです。この前パジャマ買ってきたとき、アリエルの部屋のクローゼットにお泊りセット置いときましたから。勝手に」

「……そうか」

「え、何かまずかったですか？」

「俺のほうは問題ないんだが、君のほうはどうなんだ」

「だから何がですか」

「未婚の娘《レディ》が、交際しているわけでもない男の家に、お泊りセットを置くことの倫理的な問題点について、何か思うところはないのか」

「……今後も未婚女性を突然呼び出しかねない側の男性から、そんな常識的な問題提起を受けるとは思いませんでした」

「……そうだな。俺が間違っていた」

「はい」

正確には忍《しのぶ》のせいでというか、アリエルのために呼び出しかねない状況なのだが、忍が責任を持って面倒を見ている相手なので、結果同じことである。

「お風呂《ふろ》貸してください。せっかくなので、一緒に入っちゃいます」

「分かった。アリエルにも食事をさせていないし、良ければ何か用意しよう」

「いいんですか？」

「当然だ。軽めのもので良いだろうか」

「ありがとうございます」

「一応、酒も用意してある。ビールと白ワイン、後は新しい日本酒があるな」

「また課長からですか」

「いや。いつか君に出すかもしれんと考え、燗器《かんき》と一緒に用立てたものだ」

「そんな言い方されたら、もうそれ飲むしかないじゃないですか。忍センパイの勧誘下手《べた》。問題巡回セールスマン。自腹営業で家じゅう浄水機まみれになっちゃえ」

「すまんな、そう器用なほうではないんだ」

「知ってます。じゃ、今日は燗《かん》で下さい」

「分かった」

「ユナ」

「なあに、アリエル」

「ユナ、スキナンダヨ」

「止《や》めなさい、忘れなさい」

「スキナンダヨ」

「止めないと怒るよ」

「ウー」

じゃれ合いながら、由奈《ゆな》とアリエルが浴室に消えていく。

その姿を見送った忍は、料理の準備を始める前に、スマートフォンを手に取った。

黙して寝ずに待っているであろう、もうひとりの親友に、ことの顛末《てんまつ》を伝えるために。

◇◆◇◆◇◆◇

「ねーねーお父さん、お母さん、またしのぶおじちゃんのところにあそびにいきたいー」

「おう、俺も俺も。今度忍《しのぶ》おじちゃんに聞いてみような」

「そんなに楽しかったの？」

「うん、アリエルおねーちゃんにね、えほんよんであげるやくそくしたんだよ」

「お、星愛姫《ティアラ》は絵本が読めるようになったのか？」

「いまはそこそこだけど、がんばってべんきょうしたらよめるようになるかなってアリエルおねーちゃんにきいたら、『ありえる』って言ったの」

「そうかぁ、有り得るかぁ」

「だからありがとうのきもちで、わたしもにほんご、おしえてあげたんだよ！」

「へぇ。どんな言葉を教えてやったんだ？」

「んっとねー、んっとねー……はずかしいから、またこんど！」

「そうかぁ、今度かぁ」

「何にせよ、頑張るのはいいことね。明日から一緒に、お勉強しようか」

「うん！！！！」

第十一話　エルフとアクアリウム

若月《わかつき》家騒動から一週間ほど経《た》った、十二月二十四日、日曜日。

アリエルがソファでお行儀良く寿司《すし》図鑑を眺めている、中田《なかた》忍邸のリビングダイニング。

「……ふむ」

忍は普段通りの仏頂面《ぶっちょうづら》で、スマートフォンの画面を眺めていた。


【一ノ瀬由奈《いちのせゆな》さんからの、新着メッセージが一件あります】


『忍センパイ、今日はお暇ですか？』

〝いや〟

『アリエル関係の話を除いて』

〝それなら暇だが〟

『やっぱり笑』

それきり、由奈の反応は途絶えた。

「……そうか、もうこんな時季か」

スマートフォンのカレンダーを表示させ、仏頂面《ぶっちょうづら》のまま頷《うなず》く忍《しのぶ》であった。

中田《なかた》忍は虚礼に価値を感じていないが、その考え方は時節のイベントにも及ぶ。

柏餅《かしわもち》は五月に限らず食べたくなったら食べるし、泳ぎたくなれば真冬でも室内プールに通う。四季の風景が見たくなればそういう番組や映像作品を見るし、ハロウィーンや恵方巻《えほうまき》に至っては未《いま》だに何月のイベントか覚える気がない。

別にバレンタインがお菓子会社の陰謀だとか、春の七草が食い詰めた青果店の陰謀だとか、斜《はす》に構えて馬鹿《ばか》にしているわけではなく。

単純に、興味がないのだ。

とある臨床実験においては、新しい情報を学ぶことが、古い記憶を忘れることを促進しているという結論を得たらしい。

その結論が真実ならば、中田忍の膨大な興味と知識を維持するため、あまり重要でない情報はなるべく脳の脇《わき》へどけてしまうのが効率的なのだろう。

そんなわけで忍は、今日が十二月二十四日であることは分かっていても、それがクリスマスイヴであると意識してはいなかったし、もちろんクリスマスイヴに向け何かの準備をすることなど一切なく、毎年由奈《ゆな》のからかいじみた予定確認を受け、その到来を認識するのであった。

ちなみに今のやり取りをメッセージで受け取るのは初めてのことだが、毎年口頭で伝えられていたので、それを含めれば一年ぶり、通算四回目である。

「……」

まあ、中田忍がどう認識していようと、今日は十二月二十四日の日曜日。

日本国民の大多数がクリスマスイヴと認識している、祝祭の日なのである。

厳密に言えば、クリスマスイヴの定義は宗派により微妙な差異があり、とりあえず忍の確認した定義を採用すると、二十四日の日没後から日付が変わるまでをクリスマスイヴと呼ぶので、真っ昼間の今は、特になんでもない時間帯と呼んでも差し支えないはずである。

ただ忍にとっても、異世界エルフのアリエルにとっても、別にクリスマスイヴが間近に迫っているからどうだこうだと言うことは、一切ないので。

「そろそろ昼食にしよう、アリエル」

「ハイ」

異世界エルフと過ごす、『何もない』という特別な日常を、静かに謳歌するばかりであった。

そして、昼食後。

中田忍の認識で考えれば、十二月二十四日ではありつつも、単なる昼下がりと呼べる時間帯。

忍は、困惑していた。

原因は、アリエルではない。

厳密に考えたら遠因と言えなくはないかもしれないものの、アリエルはお昼の野菜ごろごろスープに満足した様子で、のんびりソファに座りながら最新の図鑑【原色事典NEXT・世界の野菜と果物】を熟読しており、今現在忍《しのぶ》に迷惑をかけてはいない。

むしろ忍自身も、アリエルの昼食から居宅内の掃除、洗濯物干し、明日着ていく予定のワイシャツとスーツのアイロンがけまで済んでおり、後は休日を満喫するだけの状態だ。

では何故《なぜ》中田《なかた》忍が困惑しているのかと言えば、休日の存在そのものが原因だと言えた。

——俺は、何をすればいい。

端的に言って、忍は時間を持て余していたのである。

異世界エルフ……アリエルが中田忍の家に現れてから、一か月と少し。

邂逅《かいこう》当初はアリエルとの意思疎通《そつう》に腐心し、生活環境を整えるために必死だったし、平日は仕事とアリエルの食事の世話、家事に残務に調べものにと忙しく、たまの空き時間には由奈《ゆな》の来訪や義光《よしみつ》との会合、若月《わかつき》一家の強襲イベントまでも発生し、休まる暇など全くなかった。

解決していない懸念事項も未《いま》だ尽きずあり、本来なら今日も由奈や義光に相談を持ち掛け、対策を練るための時間を作ってもいいところなのだが、そこはクリスマスイヴである。

いくら忍自身には興味がなくても、他人にとっては特別な日となることぐらい、忍だって当然理解できるし、理解している。

だから今日は誰も来ないし、呼んだりもしていない。

そうなれば、残るはアリエルの世話か家事となるところ、既《すで》にお伝えした通りアリエルはひとりで大人しくしているし、家事はたった今、ひと通り終わってしまった。

ならばこれを機会にと、残務と研究の手も止めて、積極的に休暇を楽しもうとしたのだが。

――参ったな。

――今まで俺はこういうとき、どのように過ごしていたのだったか。

他人の行動が習慣として根付くまでには、少なくとも二週間程度の反復を要すると言う。

従順かつ素直、天真爛漫《らんまん》な異世界エルフ《アリエル》と、個性的な友人知人がもたらした、ここ一か月程度の間における変化は、孤独の習慣を駆逐する程度に、忍の心へ根付いていたようである。

◇◆◇◆◇◆◇

ひんやりと乾いた空気が、坂の下から吹き上がった。

「……」

忍はアリエルを家に残し、ひとりで駅前のスーパーマーケットに向かっている。

忍の職場は、今のところ勤務時間が安定しているものの、何かあれば休日出勤や夜間出勤を求められる可能性もあるし、突然の当直勤務や出張もないとは言えない。

義光《よしみつ》との喫茶店会合のような不意の外出や、若月《わかつき》一家の件のような急迫事態、あるいはどうしても外せない冠婚葬祭などのイベントが起きれば、やはりアリエルに負担を強《し》いることになり、結果としてトラブルが発生するおそれは十二分に存在する。

今まではアリエルが人類の生活習慣に慣れやすいよう、敢《あ》えて変化を避けてきた中田忍《なかたしのぶ》も、最近のアリエルと周囲の情勢を勘案し、状況をレベルアップさせる時期だと判断した。

よって忍は、あくまでも忍がイニシアチブを握れる状態という前提で、不規則な変化をアリエルに与えるべきだと考えた。

その結果、気分転換と夕食の買い物がてら、暫《しばら》く外出することにしたのである。

とりあえず買い物に出る気になったので出ましたでいいじゃん、という意見は、残念ながら凡人の発想と表現する他ない。

彼は中田忍なので、簡単なことを難しくするのが、とっても上手なのだ。

そんな忍が、吹きすさぶ風を受けながら、いそいそと坂を下る。

まだ昼下がりと言える時間帯なのに、太陽の光はどこか赤みがかって見える。

冬至を過ぎたばかりの時候、日没も相応に早いのだろう。

――冬至は日本において、最も日照が短い日だが。

――果たして異世界にも、冬至はあるのだろうか。

うんちくじみた常識と、無為な空想を織り交ぜながら、忍は身体《からだ》を縮めつつ、歩みを進める。

マンションのすぐ下に広がる住宅街は、造りの高級な一軒家が立ち並んでいた。

急勾配《こうばい》のくせになぜか地価が高いので、必然的に金持ちばかりが住むことになるため、高級そうな建物ばかり立ち並ぶのは当然の帰結である。

そして、二軒に一軒程度の割合で、建物のベランダや敷地の生垣などに、極彩色に光るLED配線が巻き付けられて、華やかなイルミネーションを形成していた。

光に赤みを混じらせている、まだまだ沈む気配はない日の光を浴びながら、自らも電流由来の光を発し続けるイルミネーションを見て、忍はなんともいえない気分になる。

——誰が見るでもないし、暗いわけでもないのに、よくもまあ光らせ続けるものだ。

防犯効果がどうのと語られるところを聞いても、このように昼間から点《つ》けっぱなしでは、留守宅を疑われ、却《かえ》って被害を助長しないかと訝《いぶか》しんでいた忍である。

宗教的な意味合いでもあるのかと調べた際、とある匿名掲示板に書かれていた『生活レベルが近しい近隣宅に対する示威行為』という意見を目にして得心がいった。

刃がなくても銃がなくても、やはり生物の闘争本能とは、消し去り難いものなのだろう。

……一般人に聞けば、主目的として真っ先に挙がるであろう『クリスマス気分の高揚』が一切脳裏に浮かばなかったのは、忍が故意に避けているとか、そういうものでは全くない。

単純に、興味がないだけ。

興味がないから必然的に、そういった発想も生まれないのである。

「……」

坂の下の幹線道路沿いには、５メートル以上はあろうかという幅広い歩道に接し、マンションの一階部分を利用したテナントが並ぶ場所がある。

街灯には色とりどりのモールやリースが飾り付けられ、クリスマスの到来を報《しら》せる謎《なぞ》のペナントじみたものがいくつも垂れ下がっている。

そして歩道上にも、付近のコンビニエンスストアや洋菓子店などが即席販売スペースを展開し、骨付きチキンや小さめのホールケーキを並べていた。

通り全体がどこか浮ついて、うきうきした熱気に包まれているのが、誰の目にも分かる。

そんな街中を、忍《しのぶ》はたったひとりで歩く。

卑屈になるわけでもなく、迎合するわけでもなく、ただ淡々と歩く。

親子連れを、学生を、カップルをすいと避《よ》け、スーパーマーケットへ向かって歩く。

当然である。

出来合いの食品をアリエルに食べさせる予定はないし、忍も今は特に食べたくない。

だから見ないし、買わない。

「……」

世の中にも、クリスマスに興味がないと嘯《うそぶ》く者は少なからずいるが。

その殆《ほとん》どは、興味がないないと言う中でも、多少なりと目を向けてしまうところなのだが。

彼は、中田《なかた》忍である。

彼がないと考えたならば、それは、本当に全く、ないのだ。


いつものスーパーマーケットに入ったところで、忍はざっと売り場を見渡す。

最もにぎわっているのは、惣菜《そうざい》売り場だ。

ミックスピザ、ローストチキン、パーティサラダにオードブルセット。

華やかに飾られたパーティメニューが、どれも飛ぶように売れている。

だがそれらもまた、忍にとっては何の関係もない喧騒《けんそう》であった。


「……」


にぎわう周囲に比べ、比較的空いている野菜売り場に着いた忍。

まずは一周、何を手に取るでもなく、各商品の価格と身ぶり、質を確認する。

先日来たときに比べ、白菜と椎茸《しいたけ》、それにタマネギが安かった。

——今日は鍋にするか。

豆乳鍋を作る前後に、鍋関係の可食性テストはあらかた済ませてあるので、問題ないだろう。

となれば、後はベースを肉に据えるか、魚に据えるか。

思案しつつ精肉売り場を通りかかったところで、忍は見知った姿を目に留めた。

「……おう兄ちゃん、いらっしゃいませ」

「こんにちは、親方。いつもお世話になっています」

普段鮮魚売り場で世話になっている、親方であった。

彼の本名は未《いま》だ耳にする機会がないものの、他の従業員から親方と呼ばれていたので、試しに親方と呼んでみたら嬉《うれ》しそうだったため、それ以来親方と呼んでいる忍《しのぶ》である。

「今日は、精肉を扱われているんですね」

「まぁよ」

親方は牛フィレ肉を満載した台車を押しながら、ひとつひとつ丁寧に売り場へ並べていた。

普段の様子から見れば、他の食品部門、とりわけ精肉部などは徹底的にライバル視して毛嫌いしている親方の、仕事に対する誠意を垣間見《かいまみ》た忍であった。

「流石《さすが》に今日ばっかしは、魚が売れねぇからなぁ。俺の方としちゃ頑張りてぇトコなんだが、そもそも水揚げも少ねぇもんだから、コッチに駆り出されてるってワケよ」

「心中、お察しします」

親方の本当に悔しそうな様子を見て、つい余計なことを口に出してしまう忍である。

「兄ちゃんも、今日は無理に魚食わなくていいから、この牛肉買ってってくれよ。ローストチキンでもいいけどな」

「あいにくですが、今日は鍋にしようと思っていまして」

「はぁ!?　クリスマスに鍋だぁ!?」

親方の大声に、周りの親子連れが若干ビビっていた。

「おかしかったでしょうか」

「いやおかしいだろ。なんで鍋だよ」

「白菜が安かったので」

「かぁーっ」

親方が頭を抱《かか》える。

「おい兄ちゃん。子供は息子かよ、娘かよ」

「どちらかといえば、娘です」

どちらかといえばってなんだよ、という話だが、確かに息子か娘でいえば娘であろう。

親方もそれどころではなかったので、細かいところは無視して話を進める。

「娘ならよぉ、おめぇ、そういうとこ気を付けないと、一生懐いてくれなくなるぞ」

「そういうものですか」

「おうよ。そりゃ男親はしょうがねえよ？　春夏秋冬休みなく働いてりゃあ季節感だって失《う》せてくるしよぉ、いちいち盆だ正月だクリスマスだ何だって騒いじゃらんねえ気持ちは分かるよ。でもよぉ、五年後十年後、そういうところでネチネチネチネチ言われるようになるんだよ。空気が読めねぇ甲斐性《かいしょう》がねぇって、ケツの青いガキに馬鹿《ばか》にされんだよ。悲しいけどよぉ」

もはや実感しかこもっていない、親方のコメントである。

流石《さすが》の忍《しのぶ》にも、親方に娘がいるのかどうかなど聞けなかったし、聞かなくても今現在どういう状態なのかまで含めて想像がついた。

「とにかくよ、今日は鍋なんて景気悪《わ》りぃモン、絶対食わせるんじゃねぇーぞ。骨付き肉買ってよぉ、キラキラしたケーキ買ってよぉ、喜びそうなプレゼント渡してやってよぉ……」

「尾谷《おたに》さーん、お・た・に・さーん、ちょっといいですかー」

親方の熱弁は、遠くから聞こえた女性の呼び声で、ぴたりと止まる。

見れば、以前挽《ひ》き肉を売ってくれた女性店員が、遠くから無表情にこちらを見ていた。

「……そういうことだからよ。兄ちゃん、上手《うま》くやるんだぜ」

「ご忠告、痛み入ります」

「おう。じゃあ、またな」

とぼとぼと台車を押し、従業員出入り口に向かう、親方こと尾谷氏。

恐らくバックヤードで、物凄《ものすご》く怒られてしまうのだろう。

仕方のないことだ。

お客様へのタメ口に加え、いくらイヴとはいえ鍋料理をお買い求めのお客様を大声で散々ディスった挙句、家庭の愚痴などこぼし始めれば、ラムチョップで頭を殴られても文句は言えまい。

なお、ラムチョップとは子羊の骨付きロース肉であり、大概小ぶりなので人の頭を殴るのには向いておらず、普通のチョップで殴ったほうが強いし、そもそも食べ物で遊んではいけない。

「……」

さて、残されて困ったのは忍である。

別に望んだわけではないが、親方がくれた決死のアドバイスを、どう消化するべきなのか。

「ふむ」

忍は少し考えて、いったん店を出ることに決めた。

◇◆◇◆◇◆◇

忍が足を運んだのは、先日義光《よしみつ》と来た、行きつけの小洒落《こじゃれ》た雰囲気の喫茶店。

普段は経営が心配になるほどガラガラ、いや閑静な雰囲気が嬉《うれ》しい店内は煌《きら》びやかに飾られ、客席も何故《なぜ》かほぼ満員御礼といった様子で、とにかくごった返していた。

「いらっしゃいませ、こちらへどうぞ」

かつて義光に愛想悪い感じと評されたカフェエプロンの女性従業員は、忍を見るや自然な笑顔で、ただひとつ空いていた奥の席に案内する。

「いつもの、お持ちしますか？」

「いえ、今日はケーキセットを」

「かしこまりました」

少し時間が欲しかったし、前回食べたら美味《おい》しかったので、つい頼んでしまった忍《しのぶ》である。

そしてつい漏《も》らす、余計な一言。

「失礼、もう一点宜《よろ》しいでしょうか」

「はい？」

「最近の私は、変わっていますか」

「……」

奇問である。

いくら行きつけの喫茶店であろうと、こんな質問、聞かれたほうが困るに決まっていた。

しかし。

「そうですね……私の印象では、普段とお変わりないように感じますが」

「ええ」

「そのようなご質問を頂くのは、普段と違う様子かなと、少し驚いてしまいました」

「……失礼しました。お忙しいときに、おかしな話を」

「いえ。このようなお返事で、お役に立てましたでしょうか」

「はい。ありがとうございました」

「恐れ入ります、ごゆっくりどうぞ」

女性従業員は一礼し、伝票を片手にキッチンへと立ち去った。

――ふむ。

はぐらかされたような、的を射たような回答を吟味《ぎんみ》しつつ、忍は周囲の様子を観察する。

窓の外を見れば、隣の洋菓子店から伸びているのであろう、長蛇の列。

一方、クリスマスらしい装飾の施された喫茶店のレジカウンターにも、いくつかのケーキが陳列されており、会計を済ませた客がケーキの紙箱を受け取っていた。

そういえばこの店のケーキは、隣にあるマスターの息子の洋菓子店から仕入れていると、いつだか女性従業員から聞いたことがあった。

――『洋菓子店のケーキ』を買おうとすれば、相当待たされるが。

――『喫茶店のケーキを持ち帰る』ことにすれば、並ばずに済むわけか。

ホールケーキなどは買えないだろうし、種類も洋菓子店のほうが多いのだろうが、昼は喫茶店でゆったりと過ごし、夜はオーソドックスなカットケーキを楽しむのも、風情《ふぜい》のある話だ。

普段から見て有り得ないほど混雑している理由に、ようやく得心のいく忍であった。

店が混んでいるのだから、商品が提供されるまでには時間がかかる。

論理的帰結である。

黙ってさえいれば理知的で、熱中さえしなければ世の中の常識からそう外れることもない忍は、当然の理屈を飲み込んで、静かにケーキの到着を待っていた。

「……」

忍《しのぶ》は天井を見上げ、漫然と思いを巡らせる。


由奈《ゆな》からは『変わるな』と警告された。

義光《よしみつ》からは、『変われ』と諫言《かんげん》された。

徹平《てっぺい》からは『どうでもいい』と呆《あき》れられた。

スーパーの親方からは『うだうだ言わずにクリスマスを祝えよ』と諭《さと》されて。

挙句、喫茶店の女性従業員にまで意見を求める始末。


――皮肉なものだ。

――他人と碌《ろく》に関わらない自分だからこそ、秘密裏の保護が可能だと踏んでいたのに。

――異世界エルフを保護した後のほうが、余程他人に振り回されている。


「……」

忍はお冷をひと口含み、溜息《ためいき》とともに視線を揺らす。

繰り返すが、クリスマスイヴである。

そして、幸せそうな人々でごった返す、小洒落《こじゃれ》た雰囲気の喫茶店。

隣の親子が、二つのケーキを交換し合って笑い合う。

はす向かいのカップルが、初々《ういうい》しくフォークで間接キスを交わす。

――俺が『変われ』ば。

――彼らと同じ目線で、世界に溶け込めるのだろうか。

心にもない憧《あこが》れをなぞり、やはり要らなかったと自嘲《じちょう》して、忍は思考を投げ棄《す》てた。

――馬鹿馬鹿《ばか》しい。

中田《なかた》忍は変わらない。

変われるはずもない。

そうあらんとする意志そのものが、〝中田忍〟を形作り、支えているのだから。

「……」

忍はスマートフォンを取り出し、ウェブカメラを起動させた。

特別な意味などない。

最近の忍は、外出先でまとまった時間ができる都度、アリエルの様子を確認していた。

ましてや今回の外出は、アリエルに対するストレステストでもあるのだから、様子を見なくては始まらない。

そして忍には、最近生じた癖があった。

ウェブカメラのアプリを起動するときは、心持ち背筋を伸ばしてスマートフォンを持ち上げ、正面から見られる角度に調整するのだ。

職場や電車の中で、横や後ろから画面を覗《のぞ》き見られないようにする、自衛のために自然と身に付いた、なんということのない癖だった。

それが、いけなかったのだろうか。


スマートフォンに映ったのは、アリエルがひとりきりで図鑑を広げ、眺め続ける姿。

その後ろにぼんやりと見えるのは、浮かれた人々でにぎわう店内。

忍《しのぶ》の手が止まる。

季節のイベントにも、他人との触れ合いにも、孤独の寂しさにも、興味を向けなかった忍が。

誰が何を言おうと、アリエル自身が身体《からだ》全体で示そうと、その好意を否定し続けてきた忍が。

孤独なアリエルのことを想《おも》い、その手を止めて、考える。


「……」


アリエルと図鑑を交え語り合った、アクアリウムの画像が浮かぶ。

まさかこんなタイミングで、思い返すことになるとは思わなかった。

それでも忍は、考えることを止《や》められない。

透明な画面の内側でしか生きられない、異世界エルフのアリエル。

その薄い枠の向こうには、こんなにも明るい世界が広がっているのに。

「……」


無論、世界が明るいばかりでないことは、忍《しのぶ》も理解している。

理解しているからこそ、世界の片隅、小さな水槽の中に、アリエルを閉じ込めた。

それが異世界エルフにとって最善だと、忍自身が考え決断し、責任のすべてを背負い込んだ。


だが。

だからと言って。

自分自身までが水槽の外から、アリエルを眺めてどうする。

何が尊厳だ。

何が観察だ。

何が保護だ。

ガラス一枚隔てた向こうから、手も差し伸べずに見ているばかりで。


——何を偉そうに、俺は。


「……」

画面の中のアリエルは、楽しげに図鑑を眺めている。

よく見れば、さっきと見ている図鑑が違っていた。

最新の野菜果物図鑑を与えたばかりだというのに、アリエルが開いていたのは。

【フルカラー・世界魚類図鑑　Ｉ　日本のサカナ】。

そして。

画面の中のアリエルは、満面の笑《え》みを浮かべながら、ずっと同じ形で唇を動かしていた。

読唇術の心得がない忍にも、アリエルが何を言っているのか、すぐに分かった。

『シャケ』

『シャケ』

『シャケ！』

「……」

忍は、動かない。

動けない。

「大変お待たせ致しました。アールグレイと、本日のケーキになります」

「……ありがとうございます」

かすれた声で、辛うじて答えを返した忍《しのぶ》の前に、紅茶とケーキが並べられていく。

本日のケーキは、たっぷりと生クリームを使った、苺《いちご》のショートケーキ。

——たとえ俺自身が、変われなかったとしても。

——差し伸べた手の角度くらい、変える自由はあるだろう。

心の片隅に燻《くすぶ》る、罪悪感のような何かを呑《の》み下し。

忍はようやく、動き出す。

ただ、大事の前の小事は積極的に踏み潰《つぶ》すタイプの中田《なかた》忍も、食べ物関係には節度を守る。

そもそも食べずに飛び出そうと、大した時間の短縮にはならないと判断したので、忍は決然とフォークを構え、紅茶とケーキを無作法に貪《むさぼ》り食った。

その傍《かたわ》らでスマートフォンを操りながら、今後のスケジュールを組み立て始める。

周りから見れば、はなはだ不格好ではあっただろうが、今さらなりふり構ってはいられない。

何故《なぜ》ならば。


聖なる夜はもう、すぐそこに迫っているのだから。

◇◆◇◆◇◆◇

こう見えて忍は、同棲《どうせい》寸前まで行った交際相手のいたこともある、大人の社会人男性である。センスの方向性如何《いかん》、手際の良《あ》し悪しは一旦《いったん》横に置くとしても、『おとなどうしのクリスマスのすごしかた』について、一応人並みの知見は持ち合わせていた。

クリスマス限定のコンサートやらイベントを楽しみ、日が落ちたらイルミネーション輝く街並みを抜け、予約済みのレストランでディナーを堪能《たんのう》し、頃合《ころあ》いを見てプレゼント。状況によっては自宅かホテルに連れていき、大人の付き合いを済ませて朝を迎え、目覚めとともに月並みな愛の言葉を囁《ささや》ければ、まあ及第点というところだろう。

しかし現に交際しておらず、その予定も一切ない、ましてや言葉もろくに通じない異世界エルフに、クリスマスイヴをどう楽しませれば良いのかとなると、これはかなりの難題である。

それでも、忍は挫《くじ》けない。

国籍や戸籍に関する本当の懸念事項に比べれば、些細《ささい》かつ違法でもない問題だし、世の中の男性諸氏や幼い子供を持つ親御さんは、毎年同じような労苦に立ち向かっているのだ。

ならば、忍にできない理屈はない。

当然だろう。

仮に今はできないことがあっても、ひとたび必要だと判断したなら、できるようになるまでしつこくしつこくぶつかり続けるのが、中田忍のやり方なのだ。

日没まであまり時間はないものの、絶対に間に合わないほど破滅的な状況でもない。

既《すで》に忍《しのぶ》の知恵は、高速で回転を始めていた。

手始めのブレーンストーミング。

クリスマスと言えば何か。

サンタクロース、プレゼント、ケーキ、もみの木、雪、七面鳥。

教会、ルーベンスの宗教画、フランダース、犬と人間の死体。

ネロが一旦《いったん》画家としての夢を保留して生活の建て直しに尽力していれば、かのような結末は避けられたのではなかったか。

仮に区役所がアントワープに時空転移して、自分が担当ケースワーカーになったなら、保護支給の前に自身と愛犬の生命を守りつつ夢を追うバランス感覚を叩《たた》き込んでやらねばならんと思い至ったところで、忍はようやく『フランダースの犬』について考えることを止《や》めた。

急がねばならない。

この調子では、すぐに日が暮れてしまうだろう。

◇◆◇◆◇◆◇

「ふむ」

最寄り駅から二駅出た先、大きめの駅ビルに入っている、若い女性向けのセレクトショップ。

これだけ色々置いている店なら、アリエル向きの洋服なども、すぐ手に入ると考えた忍。

しかし、現地へ辿《たど》り着いたところで、思わぬ見落としに気づく。

──俺は、アリエルの服のサイズなど、知らない。

忍はこれまで、アリエルのスリーサイズなど、測ろうとすら考えていなかったのだ。

由奈《ゆな》が目分量でサイズ感を見抜き、アリエルに見繕ってくれたパジャマのサイズは確認していないし、仮にMだかLだか分かろうと、サイズの基準はどのブランドも共通なのだろうか。

何しろ、乳房のご立派な異世界エルフ、アリエルである。

Mだと決めつけ胸元が苦しくても困るし、Lだと決めつけ腰回りが余るのもよろしくない。

そもそも、お洒落《しゃれ》でデザインの凝った、プレゼント映《ば》えのしそうな服ほど試着前提のようなところがあり、忍ごときのお洒落経験値ではもう、一度帰って測ってから来たほうが早い。

せめてウェブカメラの映像から、おおよそのアリエルの体型を確認しようと考えるも。

アリエルはソファにお行儀よく座り、自らの書いたノートを読み返していた。

ただでさえジェラート然としてふわふわしたパジャマを着ているので、外見から体格を類推するのが難しいし、こうもお行儀良く座られて規則的にページをめくられると、胸元もお尻《しり》もよく見えないし、脚の太さもはっきりとは分からない。

身長が160センチくらい、後は肩幅だけしか分かりません、ついでに耳が通過する際襟《えり》がでろんでろんに伸びるので丸首系はNG、だけの情報で服は買えないだろうし、やっぱり一旦《いったん》帰って正確なサイズを測るべきなのだ。

だが、今さら帰ってしまっては、もう日が暮れてしまう。

何しろ、クリスマスイヴである。

義光《よしみつ》や由奈《ゆな》、徹平《てっぺい》たちの特別な時間を、忍《しのぶ》の都合で歪《ゆが》めたくはなかった。

ならば、自分でどうにかするしかないのだ。

そして〝やる〟と決めた忍は退《ひ》かないし、その行動力は良くも悪くも常軌を逸している。

「すみません」

「はひッ」

獲物を喰らう気迫を纏《まと》い徘徊《はいかい》する不審な男を、遠巻きに警戒していたフロアチーフの女性が、逆に不審者から声を掛けられ、あからさまにビビっていた。

「こちらのマネキンなんですが」

忍が指差したのは、トータルコーディネートされた、最も目立つ位置にあるマネキン。

「は、はい」

「抱かせて貰《もら》って構いませんか」

「許してください」

恐怖が頂点に達したフロアチーフは、イエスでもノーでもなく自分の正直な気持ちを吐露してしまうのであった。

そしてフロアチーフの様子を見た忍は、自分の言動が変質者のそれであると自覚した。

「すみません、違うんです」

「あ、ええ、あの、いえ、申し訳ありません。当店では、そのようなサービスは、ちょっと。下着も穿《は》かせておりませんし」

フロアチーフは笑《え》みこそ浮かべていたものの、その瞳《ひとみ》はどう見ても恐怖で淀《よど》んでいた。

まるでタチの悪いマネキン愛好家が当店のマネキンコーデに目をつけて、みだらな欲望をみだりに満足させるため、あるいはその様子を店員に見せつけることで性的な興奮を得るタイプの変質者をなんとか穏便に帰宅させようと努力しているような、そんな必死さが見て取れる。

だが、ここで退《ひ》いては変質者のままで終わるし、何より今後の買い物に支障が出る。

素直に謝って帰りたくなる理性を強靭《きょうじん》な意志で抑え込み、忍は失点を取り戻そうと足掻《あが》く。

「実は知り合いの……外国人女性に、流行《はや》りの服を贈りたいのですが、サイズを調べてくるのを失念してしまいまして。よくハグをされるので、実際に抱いてみれば、ある程度のサイズ感が分かるかもしれないと考え、ついおかしなことを口走ってしまいました」

「外国の女性……あ、そうなんですね、申し訳ありません、取り乱してしまいまして、その」

「いえ、大変失礼致しました。お恥ずかしい話なのですが、夢中になると、すぐ周りが見えなくなってしまう性質でして」

「とんでもございません。お客様のことを驚かせてしまい、大変失礼いたしました」

そう言って、深々と頭を下げるフロアチーフ。

忍《しのぶ》からしても相当無理のある言い訳は、感情バイアスの働きか、どうにか通じた様子である。

ちなみに感情バイアスとは、たとえ客観的に見れば理不尽に考えられることでも、自分がそう信じたくない、こうあって欲しいと思っているほうへ自分の心が従ってしまう、人類に普遍的に存在する認知の歪《ゆが》みである。

さらに、以前義光《よしみつ》と法律を調べた際、日本国籍を有さず日本の領土にいるヒトはみんな外国人、と民法で規定していると知っていたので、忍としても嘘《うそ》をつかずに上手《うま》く状況を誤魔化せたことになり、この結果には大変満足していた。

どうか、呆《あき》れないでやって欲しい。

中田《なかた》忍の人生には、回り道が実に多く存在しているが、そのすべてが必要な回り道なのだ。

なんにせよ、これは一周回ってチャンスである。

とにかく、今日はクリスマスイヴ。

他の店員は他の接客にかかりきりで、何か聞くにもなかなか声を掛けるチャンスがなかった。

きっかけはどうあれ、このまま服選びのアドバイスをして貰《もら》えるなら、醜態を晒《さら》した甲斐《かい》もあったというものだ。

「もし宜《よろ》しければ、把握している範囲の情報を元に、服選びのアドバイスを頂きたいのですが」

「かしこまりました。では分かる範囲で、見た目の感じを教えて頂けますか？」

「はい。身長は160センチくらいで」

「ええ」

「体格はやや細めから、やや太めの間で弾力的に変化します」

「変化、ですか？」

「はい」

　やや雲行きの怪しさを感じたものの、きっと太りやすく痩《や》せやすいとかそんな話だろうと、フロアチーフはなんとか自分を納得させる。

「その他にも胸のサイズが、C寄りのDから……G寄りのFくらいの範囲で変化します」

「そんなに!?」

「ええ。今把握しているのはその位です」

　まあ、妊婦は2カップぐらい変動すると言うし、外国の方ならそういうこともあるのかもしれないと、フロアチーフは無理矢理自分を納得させる。

「そして、頭が大きいというか、耳が長いです」

「……耳、ですか？」

「ええ。大きめのハムスターくらいあります」

　最早《もはや》自分を騙《だま》すのに疲れ切ったフロアチーフは、そのハムスターがゴールデンなのかジャンガリアンなのか、確認する気力も湧《わ》かなかった。


そして、二十分後。

「七百二十円のお返しになります」

なんと、フロアチーフが忍《しのぶ》を相手に、レジで会計を始めていた。

レジで会計を始めるということは、商品の販売に成功したということであり、言い換えればフロアチーフが忍の要求に応《こた》え切り、適切な商品を用意したという事実に他ならない。

この商売に懸ける、フロアチーフのプロ根性が垣間見《かいまみ》える、賞賛すべき応対実績であった。

「ポイントカードはお作り致しますか?」

「はい、お願いします」

「かしこまりました」

しかもこのフロアチーフ、ポイントカードまで勧めているのである。

ポイントカードをお勧めするということは、またのご来店をお待ちすることに他ならない。

まこと、日本の小売業の未来は明るいのであった。

「本当にありがとうございます。色々とアドバイスを頂いて」

「ええ。ご満足頂ければいいのですが」

悪意のない、フロアチーフの言葉。

少し答えに詰まりながらも、商品を受け取る忍。

「彼女の国には、クリスマスの風習がなかったようで。うまく概念を伝えられるかどうか、心配しているところです」

「ああ、ただでさえ、日本のクリスマス感って独特ですもんね」

「ええ」

「でも、大丈夫だと思いますよ」

「そうでしょうか」

「はい」

未《いま》だにフロアチーフの中で、忍は不審者に近い存在だったが、その外国人女性のために一生懸命クリスマスを祝ってあげたい人なんだなあ、ぐらいの好感は獲得している。

そうでなくても、不審な忍への恐怖からとはいえ、生の感情を引き出されていたフロアチーフは、つい店員としてではなく、私人としての感想を漏《も》らしてしまう。

「日本の子供だって、最初はクリスマスのことなんて知らないわけじゃないですか。じゃあなんで分かるようになるかって言うと、なんですかね、空気感、ライブ感みたいなものに巻き込まれていくからだと思うんです」

「ライブ感、ですか」

「はい。特別感を身体《からだ》で感じるっていうか。同じことをするのにも、時と場合でこんなにも違って感じられるんだ、的な。すみません、私何言ってるんでしょうね」

「いえ、大変参考になります」

「そ、そうでしょうか」

「はい」

フロアチーフも妙齢の女性だ。

イヴのシフトなんて、入りたくて入ったわけではないのは分かりきった話である。

自身の言葉に照れてしまうフロアチーフと、クソ真面目《まじめ》な面構えで正面から受け止める忍《しのぶ》。

あの状況からよくぞここまで、と言ったところである。

やっぱり中田《なかた》忍は凄《すご》い。

と言うか、今回はフロアチーフが凄い。

「ありがとうございます。またのお越しをお待ちしております」

「ええ、またよろしくお願いします」

そして、忍の買い物は続く。


聖なる夜は、すぐそこまで迫っていた。

断章・若月星愛姫《わかつきティアラ》の団欒《だんらん》

　クリスマスイブです！

　このまえのクリスマスイブは、お母さんとごちそうをたべておわったけれど、きょうはおとうさんもいっしょに、おうちでごちそうをたべられます。

　おとうさんになんでってきいたら、しのぶおじちゃんのおかげだっていいました。

　しのぶおじちゃんは、すごいなぁ。

「あ、ねえねえお父さん、サンタさんはまだこないの？」

「そーだなー。星愛姫が寝てから来るんじゃないのか？」

「でも、サンタさんにあいたいから、わたしねないよ」

「会ってどうするんだ」

「じこうのあいさつと、おれいと、かるいたちばなし」

「そっかそっか。けどな、サンタさんは忙しいから、一軒一軒お茶をごちそうになって立ち話って訳にも行かないんだよ」

「あ、だからこどもたちがねたあとに？」

「そうだ！　星愛姫はかしこいなぁ！」

「えへへー!!」

お母さんが、へんなかおしてわたしたちをみてる。

でもなんだか、ちょっとだけうれしそうです。

ふしぎ。

「アリエルおねーちゃんのところにも、サンタさんくるかなあ?」

「どうだろうなあ。もう大人だし、来ないんじゃないか」

「そっかぁ、かわいそうなアリエルおねーちゃん。にほんごダメなタイプだから、ワンチャンあるかとおもったのに」

「ははは。まあ、もし来なくても、ノブがなんとかしてくれるよ」

「あー。しのぶおじちゃん、たよりになるもんねえ」

「そうだろー?」

「うん。アリエルおねーちゃんもそんなかんじのこといってた」

「へぇ。星愛姫《ティアラ》はエルフ語が分かるのか?」

「もう、何よエルフ語って、また馬鹿《ばか》なこと言って」

お母さんがへんなかおのまま、チキンをもってきてくれました。

こんなにおっきいの、わたし、たべられるかな?

「だから説明したじゃねーか。アリエルちゃんは異世界エルフでさぁ」

「わたし、アリエルおねーちゃんのおはなし、わかるよ？」

お父さんとお母さんが、もっとへんなかおになりました。

「ほんとだよ、わたしわかるもん、なんとなく」

「……どうなの、徹平君《てっぺい》」

「いや、俺に聞かれても知らんけど……まぁ、赤ん坊やら動物とかって、言葉使わずになんだかんだでコミュニケーション取ろうとするしな。あんま言葉を知らない星愛姫は、案外アリエルちゃんのことを、俺たちより理解してるのかも知れねぇ」

「ほんとだよ？」

「ああ、本当なんだろうな。偉いぞ、星愛姫」

「えへへ」

ほめられちゃった。

お父さんはばかだけど、ほめてもらえると、やっぱりうれしい。

「それでね、アリエルおねーちゃんは、しのぶおじちゃんに、いっぱいありがとうなんだよ」

「そうなのか」

「うん。でもしのぶおじちゃんは、アリエルおねーちゃんのきもちがわかんないから、アリエルおねーちゃんはやきもきしてるの」

「やきもき？」

「やきもき」

「やきもきって、どういう意味か分かってるのか？」

「ああああーってなって、うーってなって、があああーっなの」

「うん、そうだな」

「違うでしょ」

「違うか？」

「……違わないかな？」

お母さんもときどきばかです。

「それでね、それでね、アリエルおねーちゃんはやきもきだから、わたし、おしえてあげたの」

「この前『またこんど』って言ってた奴《やつ》か。何を教えてあげたんだ？」

「うふふ。えっとね、えっとねー。お父さん、お母さん、みみかしてー」

「うん、いいぞ、ほれ」

「はいはい」

「えーっとねー、えっとねー……」

じぶんのことじゃないけど、やっぱりちょっと、はずかしいです。

でもでも、せっかくおしえてあげたんだから、いいたいの。

「『――――』っていえばいいよ、って、おしえてあげたの！」

「……へぇ」

「……ふーん」

お父さんとお母さんがにやにやしている。

やっぱり、なんとなくはずかしいよね。

アリエルおねえちゃん、ちゃんといえたかなぁ。

あんなにいっぱい、いっしょうけんめいれんしゅうしたんだもん。

さすがのしのぶおじちゃんも、わかってくれるよね。

「徹平《てっぺい》君、中田《なかた》君に教えてあげなくてもいいの？」

「別にいいだろ。俺らから話すようなことでもないし、第一」

「ひゃん」

きゅうにお父さんがわたしをだっこします。

わたしは、びっくり。

「今日はクリスマスイヴだからな。お互い、お邪魔はなしってことで」

「……ん、そうね」

「よし、飯にしようか。星愛姫《ティアラ》の好きなケーキもあるぞ～」

「わーい、わーい！」

そしてわたしは、とってもおいしいごちそうをたべるのでした。

第十二話　エルフと聖なる夜

「オカエリナサイ、シノブ！」

沈む夕日に追われ、星明かりを掻《か》き分けるように帰宅した忍《しのぶ》を、笑顔のアリエルが出迎える。

そう。

アリエルは、忍を出迎えているのだ。

アリエルに留守番を任せた、およそ一か月前から今まで、ずっと。

中田《なかた》忍は、途方もない回り道を重ねに重ね、ようやくそれを認めるに至った。

「なあ、アリエル」

「ウー？」

「お前は神を信じるか」

「ニジマス」

「そうか」

正しい意味が伝わったはずもないし、別に忍も伝える気はない。

単なる言葉遊びだ。

それでも返答に満足した忍は、たくさんの荷物の中から、小さなつくりもののもみの木を取り出し、ダイニングテーブルの上に置く。

「これはもみの木の代用品」

「モミモミダヨ？」

「もみの木」

「モミモミ」

「もみの木」

「モミモミ」

「……ツリーだ」

「ツリー」

アリエルが、不思議そうな表情でツリーを観察する。

いきなりテーブルに置いてしまったので、食べ物か否《いな》か見極めているのかもしれない。

ちなみに、本物のもみの木は〝まつぼっくり〟ならぬ〝もみぼっくり〟を形成するタイプの植物で、葉っぱも果実も普通に美味《おい》しくないというか、食用以前の問題である。

えっ赤い実付いてるよね、と思った人がいるとすれば、それはもみの木の代用品として使われるイチイの木であり、果実はジャムなどに使われるが、種子は有毒なので、正しい知識なしにクリスマスツリーを食べるのは絶対にお勧めできない。

「アリエル、聞いてくれ」

「ハイ」

「これより、クリスマスを開始する」

◇◆◇◆◇◆◇

新しい物事に手を付けるとき、形から入るタイプの人間は馬鹿《ばか》にされるのが世の常である。

しかし我らが中田忍《なかたしのぶ》は、何を始めるにも、まず形からにすると決めていた。

能楽の世界には『型より入りて型より出づる』という教えがある。

型どおり物事を始めれば、型どおりの物事ができるようになる、自分を出すのはそれからで良いという意味で、別に能楽に興味はないがいいこと言ってるな、と考えた忍は、何事も形から物事を成すよう心掛けているのである。

さて。

恋人相手ではなく、ただ親しむべき相手と過ごすクリスマスイヴを考えるに当たり、忍なりの綿密な調査を進めた結果、まずは部屋を飾り付けるべきとの結論に至った。

当然であろう。

日本のクリスマスイヴの雰囲気作りは、まず赤と緑と白と金で空間を満たすことから始まる。この部屋がアリエルの世界のすべてなら、世界中をクリスマスイヴで満たそうとした忍の行動を、誰が笑えることだろうか。

由奈《ゆな》は間違いなく笑うだろうが、今は忍とアリエルしかいないので、誰も笑ったりしない。

「……♪」

メタリックグリーンのモールでカーテンレールをコーディネートしている忍を、アリエルがダイニングテーブルの椅子《いす》に行儀よく座り、にこにこと眺めている。

忍から見ても、はっきりと楽しそうである。

思い返せば、アリエルが籠《こも》る寝室の扉をこじ開け、不本意な同衾《どうきん》に至ったあの夜以来、アリエルが忍に向ける視線は、ずっとこんな風ではなかったか。

見られている間、図鑑でも見て暇を潰《つぶ》せばいいのに、と思っていたが、忍が考えるべきは、どうやら別のことだったらしい。

「アリエル」

「ウー？」

急に呼ばれて戸惑いつつも、実に嬉《うれ》しそうな様子で、とてとて忍に駆け寄ってくるアリエル。かわいい。

「アリエル、クリスマスイヴのスケジュールに遅れが生じている。対応を取らねばならん」

「タイオウオ？」

「そうだ。アリエルにも手伝って欲しい」

「テツダッテ？」

理解が及ばないのも、織り込み済みである。

忍《しのぶ》は空っぽのペットボトルを取り出し、アリエルに示す。

「アリアトー？」

ちらりと見上げるアリエルの視線へ、頷《うなず》きを返す忍。

「アリアトー!!」

いかいかい、忍の意を汲んだアリエルは、ペットボトルに両手を添え、たっぷりと光の綿毛を生み出した。

そして、目論見《もくろみ》通りの結果を得た忍は。

「これを、こうして貰《もら》いたい」

「……ホォー」

カーテンレールの上から、壁際のテレビの上に至るまで、ペットボトルから光の綿毛を振りかけ、ほんのり輝かせた。

夜が更けて照明を少し落とせば、幻想的な空間が演出されること請け合いである。

「これがアリエルの役目だ。できるな」

言葉は通じないかもしれない。

それでも、やってやり見せてやり、空のペットボトルを手渡してやれば。

「ハイ！」

きっと、アリエルは応《こた》えてくれるのだ。


「次はこれを混ぜる」

部屋の飾りつけの次は、料理の準備。

忍は敢《あ》えて生クリームのボウルを二つに分け、ホイッパーも二本用意し、アリエルと向き合ってボウルを構える。

そしてアリエルの目の前で、クリームが飛び散らないよう注意しつつ、十分に空気を含むよう気を配りながら、静かにホイッパーを回す。

「このように行う。できるな」

「ハイ」

忍と同じ道具、同じ材料を目の前にした、アリエル。

真剣な眼差《まなざ》しで忍を観察しながら、ゆっくりと、徐々に大胆に、ホイッパーを回していく。

「シノブ！」

「ああ、そうだ。いいぞ」

〝GO《してもよい》〟の象徴、アリエルちゃんマークを示してやる忍。

「アリエル!!」

テンションの上がったらしいアリエルが、物凄《ものすご》い速度でホイッパーを回転させ始める。

大惨事の予感とは裏腹に、クリームは見事に飛び散らないまま掻《か》き回され続けていた。

一瞬埃魔法《ほこりまほう》の使用を疑ったが、忍《しのぶ》が見たところ、どうやらこれはアリエル自身の技量らしい。

「アリエルは器用だな」

「キヨウ?」

「ああ……いや、気にする必要はない。そのまま頑張れ、アリエル」

「フォオオオオオオ」

アリエルの回転が加速する。

数分後、完全に分離し、もはやフレッシュバターとバターミルクになった生クリームを前に忍がうなだれることを、数分前の世界を生きる忍とアリエルは知らない。


「……ホォォォオオオオオ」

「……」

飾り付け、ディナーの準備ときたら、次に来るのは当然ディナーであろう。

紆余曲折《うよきょくせつ》あって、中田《なかた》家のクリスマスディナーも、ついに完成の運びとなった。

なったのであるが。

――どこで、道を誤ったのか。

メニューを準備していたときには、素晴らしいプランだと思えていたはずなのだ。

忍とアリエルが初めて食卓を共にしたメニューである、豆腐ステーキを載《の》せたカレーライス。

ローストチキンは骨があって危ないので、代わりにもも肉を使って唐揚げを作ってみた。

揚げ油がもったいないので、ざく切りのポテトフライも試してみた。

そして、アリエルと二人で作った生クリーム……もとい、忍が作った生クリームと、アリエルが作ったフレッシュバターを添えた、甘い甘いパンケーキ。

繰り返すが、メニューを準備していたときには、素晴らしいプランだと思えていた。

だが、いざ作ってみると、どうだ。

豆腐ステーキ、カレー、唐揚げ、ポテトフライ、パンケーキ。

全部茶色い。

可食性テストが進み切っていない、というのは、言い訳だ。

アリエルの満足を優先するあまり、忍はテーブル上の彩《いろどり》を、一切考えていなかったのだ。

まあ、仮に野菜を加えていたとしても、今日お安かった野菜は白菜と椎茸《しいたけ》とタマネギなので、良くてタマネギのスープが加わり、茶色が増しただけかもしれない。

なまじ室内がクリスマスカラーで彩られまくり、アリエルの生産した光の綿毛が特別な聖夜を演出する中で、この食卓の真っ茶っ茶ぶりはひどく際立っていた。

「すまない、アリエル。俺はどうやら……」

伝わらないと分かっていながらも、謝罪の言葉を口にしようとした忍《しのぶ》が、アリエルの表情を見て、しばし動きを止める。

「シノブ、シノブ、シノブ、シノブシノブ!!」

既《すで》にアリエルの両手には、フォークとフォークが握られていた。

ダブルフォークの構えである。

どうやら異世界エルフには食彩の概念がないか、アリエルが物凄《ものすご》く食に貪欲《どんよく》で、色合いなどはあまり気にしないのか、どちらかというところらしい。

状況から見ると、多分後者。

「……」

こうまで楽しみにされているものを、わざわざ頭を下げて、水を差すものでもあるまい。

忍は待ちきれないアリエルを横目に、食卓にさらなる茶色を足すため、親方が丹精込めて陳列していた牛フィレ肉のローストビーフを仕上げるべくキッチンへと向かった。

なお、卓上を埋め尽くした茶色系クリスマスディナーは、主にアリエルの活躍により、その日のうちにすべて美味《おい》しく頂かれたことを、忍とアリエルの名誉のため明らかにしておく。

◇◆◇◆◇◆◇

ディナーの後は、ゲームである。

忍に文句を言っても仕方がない。

忍が色々と調べた結果、そのような流れが最もポピュラーでクリスマスイヴっぽいと結論付いてしまったのだから、どうしても責任を追及するなら世間が悪いことになる。

「いいかアリエル、このゲームはリバーシという」

表面は緑一色、黒い線で仕切られた正方形の盤面を差し出し、表裏が白と黒に塗られた石を配りながら、忍が簡単な説明をする。

「リバーシ」

「そうだ。絶対にオセロと呼んではいけない。別の商品を指す言葉だからな」

「ハイ」

「これは？」

「リバーシ」

「よし」

ルールより先に商標権をはっきりさせる、隙《すき》のない中田《なかた》忍であった。

実際、オセロの商標とリバーシの呼称の間には深い溝があり、二十一世紀を迎えてなお埋まる気配はないので、これから世に出るアリエルは、リバーシで覚えたほうが都合は良かった。

「いいか。まず俺が黒い石を置く」

「ハイ」

「すると間の白い石が返り、黒くなる」

「ホォー」

「やってみろ」

「アイ」

忍《しのぶ》の行動に同調し、同じように黒い石を置いて、間の白い石を返してしまうアリエル。

忍の黒石が六、アリエルの白石がゼロになったので、忍の勝利である。

「アリエル。お前は白だ」

「オマエハシロ？」

「白」

「シロ」

盤面を最初の状態に直し、同じように黒で白を返す忍。

「では、白でやってみろ」

手を握り、白を表にした石を持たせてやる。

アリエルの手先は、絹のように滑らかな手触りで、少しだけ冷たい。

「アイ」

アリエルの飲み込みはやはり、驚くほど早く、正確であった。

白の石を持たされたことで、自分が白で黒を返すべき運命にあると悟ったらしいアリエルは、手元にあった他の白石をガンガン盤上へ並べ、すべての黒石をこれでもかというくらい完全包囲した後、根こそぎ白にひっくり返してしまった。

驚異の十七連撃、白石アリエルの完全勝利である。

「ふむ」

異世界エルフらしい革命的新戦術に感心した忍だが、個性を伸ばしすぎるのも考えものだ。

忍はアリエルの手をとって、石を枡目《ますめ》の中に収めるよう誘導してやる。

それからは、まあ、酷《ひど》いものだった。

毎ターン相手の石を挟まねばならないルールは結局伝わらなかったし、角を取られたアリエルが、盤外から挟んで角を取り返すなど、ルール無用の残虐ファイトとなった局面もあった。

それでもアリエルは終始楽しそうだったし、忍もリバーシを教え込むだけでなく、この時間そのものを楽しむように努めた。

穏やかな時間。

このひとときを迎えるために、忍がどれだけ迷い悩み決断を下したか、アリエルは知るまい。

それでもアリエルは、忍のアプローチを正面から受け止め、全身全霊で応《こた》えている。

ように見える。

ならば自分は、どうあり続けるべきなのか。

――今この瞬間が、その答えならば。

……喜びも、後悔も、噛《か》み締めている暇などない。

今はまだ、聖なる夜の真っ最中なのだから。

◇◆◇◆◇◆◇

「アリエル、プレゼントだ」

「プレゼント」

「ああ」

日本のクリスマスイヴなので、プレゼントを与えよう、という結論まではすんなり得られたものの、その与え方について考えた際は、忍《しのぶ》としてもかなり悩んだ。

クリスマスイヴの最大の山場にして当然のフォーマットである『就寝前に靴下を飾ると、目覚める頃《ころ》には望みのプレゼントが入っている』という様式美をどうしても実現したかった忍の前に、立ち塞《ふさ》がる困難はあまりに多過ぎたのだ。

まず、忍の家には煙突がない。

次に、アリエル用の靴下などこの家にはなく、存在するのは『は？　足首が寒いなら靴下？　小学生男児の発想ですかこのスットコドッコイ。異世界エルフの生態はどうだか知りませんケド、女の子の衣類はお洒落《しゃれ》と実用性のせめぎ合いなんですよ。もう意味は理解する必要ないんでこれ買ってください』と由奈《ゆな》に押し付けられた、レッグウォーマーぐらいのものだ。

そして、アリエルが望んでいるプレゼントが何かなど、忍が知る方法はひとつもない。

さらに、なんらかの知恵を絞って靴下にプレゼントを詰められたとしても、それがサンタクロースからアリエルに与えられたものだと理解させるのは、事実上不可能である。

ついでに、それらの問題点がすべて解決したとして、靴下を無限プレゼント生産機か何かと勘違いしたアリエルは、毎晩靴下を吊《つ》って眠りに就くことになるだろう。

そんなわけで、忍がどう頑張っても、正しくクリスマスイヴの仕組みを理解させられる見込みはさっぱりないのであった。

仕方ないので忍は、いつも通り、正面からアリエルとぶつかることにした。

即ち。

「クリスマスプレゼントだ。受け取ってくれ、アリエル」

「ホ……？」

差し出された真っ赤な包みを、訳も分からず受け取る、アリエル。

その瞳《ひとみ》が映すのは、喜びというよりも、むしろ戸惑い。

「開けてみろ」

「アケテミロ?」

「こう……こうだ」

言葉では伝わらないので、どうにか身振り手振りで開け方を教えてやろうとする忍《しのぶ》。

そのしぐさを一生懸命に模倣《もほう》して、少しずつ、一枚一枚、丁寧に包装紙をはがすアリエル。

忍が開けてやれば話は済むのだが、忍はどうしても、アリエルに包装を開けさせたかった。

なぜなら。

クリスマスを楽しんだ記憶のない、忍にだって分かる理屈。

「……シノブ!!」

包みを開くその瞬間こそ、一番のドキドキを感じられるのだと、伝えたかったから。

「お前の新しい服だよ、アリエル」

「パジャマ?」

「いや……もっとお洒落《しゃれ》な、よそ行《ゆ》きだ」

「ヨソユキ」

「そうだ。開いてごらん」

「アリエル」

先ほどよりも興奮した様子で、やや乱雑にビニールをはぎ取るアリエル。

「……ファー」

取り出されたのは、アイボリーカラーのニットワンピース。

変化の激しいアリエルの体型にもフィットするよう、ゆったりとした作りで、バックリボンを解《ほど》けば耳ごとアリエルの頭が通るであろう、フロアチーフ会心のセレクトであった。

今後来客があったときや、万が一、なんらかの都合がいい奇跡が起きて、アリエルを外出させられるようになったとき、あのエルフ服かパジャマしか服の手持ちがないのは困る。

アリエルを喜ばせたい気持ちと、忍のちょっとした願いの詰まった、これ以上相応《ふさわ》しいものはないであろう、クリスマスプレゼントであった。

「着てみるか」

「ハイ!!」

アリエルはその場でパジャマのボタンを外し、上着を脱いで襟《えり》首伸び伸びシャツ一枚になる。

乳房が零《こぼ》れ落ちそうな勢いだったが、アリエルは全く気にしていない。

流石《さすが》に見かねて忍が注意しようとすると、

「パジャマ、パジャマ」

アリエルが勢い良く、パジャマの半ズボンを脱ぎ去った。

淡いラベンダー色に可愛《かわい》らしいレースをあしらったショーツが露《あら》わになってしまうが、これも一切気にした様子はない。

プレゼントの衝撃で、羞恥《しゅうち》心だけが異世界に吹っ飛んでしまったかのようである。

「アリエル、落ち着け。下は脱がなくても大丈夫だ」

「パジャマ」

「パジャマではない。セータ……ワン……そう、ニットワンピースだ」

「ニットワンピース！」

忍《しのぶ》は大興奮のアリエルを躱《かわ》しつつ、羞恥心を思い出してしまう前に服を着せてやろうと、ニットワンピースを広げ、かぶせようとする。

由奈《ゆな》の教育の成果か、アリエルはおとなしく両手を挙げ、服をかぶせられる体勢を取った。

「よし、そのままだぞ、そのまま」

「アリエリュ」

忍がニットワンピースを選んだ最大の理由は、その着せやすさにあった。

パンツルックや上下の分かれたトップスとスカートなどは、バリエーションの自由度こそ確保できる一方、どうしても着せなおすのに手間がかかる。

そのため、被《かぶ》せれば着られて、引っこ抜けば脱がせられるニットワンピースは、忍からしてもいやらしい事故の起きづらい、信頼の置けるチョイスであったはずなのだが。

「ウ、ウーウー、ウーウー」

「少し待てアリエル。そっちは違う穴だ」

どうにか両袖《りようそで》に腕は通せたものの、肝心の首の穴をアリエルが間違えた。

バックリボンでくくられたほうの小さい穴に頭を押し込んでしまい、髪と頭がリボンに絡んで、苦しげに呻《うめ》くアリエル。

「いったん戻すぞ。暴《あば》れるなよ」

「ジノブ、ジノブー」

「問題ない。慌てず誘導に従え、アリエル」

もぞもぞするアリエルを、服の上から抱き寄せてやり、落ち着かせる忍。

そうなれば、既《すで》にパジャマを脱ぎ去っているアリエル。

ニットワンピースの下は、ほぼ素肌である。

「……シノブ」

「大丈夫だ」

ニットワンピースとはいえ、決して薄くない生地を使っているはずなのだが。

掌《てのひら》から、胸元から、お腹のあたりから、アリエルの体温が伝わる。

きっとアリエルにも、忍の体温が伝わっているのだろう。

じたばたしていたアリエルは、やがて暴れるのを止《や》め、忍に身を任せた。

「解《ほど》くぞ。じっとしていろ」

ゆっくりと。

髪が絡んだアリエルが痛がらないよう、丁寧にリボンを解いてやる。

手順自体は、それほど難しくない。

アリエルが、忍《しのぶ》に身を任せてくれたなら。

とても、簡単なことなのだ。

……そして、はらりとリボンが解け。

バックリボン分の間口が、一気に開いたことで。

「シノブ!!」

「うおっ」

アリエルの頭が、勢い良くニットワンピースから飛び出した。

リボン解きに熱中していた忍は、一瞬反応が遅れてしまい。

アリエルと、間近で見つめ合うことになる。

「……」

「……」

互いの唇までの距離は、わずか10センチメートル。

アリエルは、忍の瞳《ひとみ》を見つめたまま、動かない。

忍もまた、アリエルの瞳を見つめたまま、動けない。

少しよそを向いたら、それだけで終わる話だと言うのに。

忍は、目を逸《そ》らすことができなかった。

その底知れない、純で真《ま》っ直《す》ぐな碧眼《へきがん》に、吸い込まれそうになる。

「……シノブ」

「……なんだ、アリエル」


「だいすき」


はっきりと。

アリエルの唇が、言葉を紡いだ。

――今アリエルは、〝だいすき〟と言ったか。

――日本人のイントネーションと言葉で。

――〝だいすき〟と。

忍の知恵が高速で回転を始め、すぐにある結論を導き出した。

「凄《すご》いじゃないか、アリエル」

「ンフー、ンフフー」

褒めてみれば、アリエルは百点のテストを褒められた子供のように誇らしそうだ。

その反応を見て、忍《しのぶ》は自らの推論を確信に変えた。


――中国語の部屋、か。


〝中国語の部屋〟とは。

仮に、その内側を全く確認できない、謎《なぞ》の小部屋があったとする。

その小部屋には小さな窓がひとつあり、コピー用紙一枚くらいなら出し入れできるとする。

小部屋に中国語の質問文が書かれた紙を入れると、少し時間を空けて、小部屋の内側から中国語で回答の書かれた紙が差し出されてくる。

『この中には、中国語を理解する中国人がいるに違いない』と、誰もが思うことだろう。

だが、実際は違うのだ。

小部屋の中には、中国語を全く知らない英国人がいて、分厚いマニュアルを持っている。

その英国人は中国語を全く理解しておらず、漢字の羅列を謎の記号と認識している。

ただし、マニュアルには『この記号が来たらこの記号を返す』という膨大なレスポンスパターンが、英国人に理解できる形式で網羅されている。

紙を受け取った英国人はマニュアルに従い、意味不明の記号を書き写しているだけなのだ。

この部屋を外から見た者は、部屋の中の人間が中国語を理解していると考えるだろう。

実際には、それらしいレスポンスを返しているだけで、部屋の中の人間は中国語のことなど、一切理解していないにもかかわらず、である。

設問と回答のキャッチボールが、問題の本質を共有することと同義ではないという、コンピュータや人工知能を論ずる際に語られる思考実験、それが〝中国語の部屋〟である。

――アリエルはどこかのタイミングで、誰かに〝だいすき〟の単語を教えられたのだろう。

――しかしその〝だいすき〟は、通常日本人が想定するほどの含みを持ったものでなく。

――ただの単語として発された、いわば中国語のレスポンスだ。

――いずれ正しい意味を教え、軽々に口にしてはならないと、注意してやらねばならんか。

――しかし、イントネーションは完璧《かんぺき》だった。

――この調子ならば、普通の会話を理解する日も、そう遠くないのかもしれんな。

言葉の額面からは遠く離れた位置からであるものの、忍《しのぶ》はアリエルの言葉に大喜びである。

そんなこととは露知らず、嬉《うれ》しそうな忍の様子に、アリエルもまた満足げであった。

「さあ、アリエル。今日はもうパジャマに着替えよう。風邪をひいてしまうぞ」

「ニットワンピース！！」

「ああ、今度一ノ瀬《いちのせ》君にも見せてやろう。だから今日は」

「ニットワンピース！！！」

「それを着て寝るわけにもいかないだろう」

「ニットワンピース！！！！」

「……アリエル」

「ニットワンピース！！！！！！」

「わかった。わかったから、せめて下を穿《は》け」

「ハイ!!」

忍が転がったパジャマのズボンを指すと、アリエルはいそいそと穿き始める。

下は襟《えり》首伸び伸びシャツだけなので、相当ちくちくするはずなのだが、それでもアリエルはニットワンピースを脱ごうとしない。

「……まあ、それもいいか」

下さえ穿いたなら、寒くて凍えることもないだろう。

それに、今はクリスマスイヴ。

嬉し過ぎて貰《もら》ったプレゼントを手放せないなど、いかにも〝らしい〟話ではないか。

そうして就寝準備を済ませ、忍とアリエルは寝室に消えてゆく。

照明の落とされたリビングでは、アリエルの作り出した光の綿毛が、柔らかく、そして優しく、光り続けるのであった。

第十三話　エルフと聖なる夜の後始末

突然のイヴ・パーティから一夜明けた十二月二十五日、クリスマスの月曜日。
昼休みの午後〇時一分、木枯らし吹きすさぶ屋上を目指し、忍《しのぶ》が歩みを進めていると。

【一ノ瀬由奈《いちのせゆな》さんからの、新着メッセージが一件あります】

『忍センパイ、昨日はお暇でしたか?』

辺りを見回したが、由奈の姿はどこにも見えない。
差し当たり屋上のベンチに座り、周囲を警戒しつつ、忍はスマートフォンへと向き合った。

〝いや。存外忙しかった〟
『アリエル関係の話を除いて』
〝アリエルと言うより、俺自身の世話に手間がかかったと言うべきだろう〟
『なんですかそれ』

〝紆余《うよ》曲折《きよくせつ》を経て、人生初のクリスマスパーティを開催した〟

どこかで、何か固いものが落ちるような音がした。

そして、しばらくの間。

『そうなんですか、よかったですね』

〝何かあったのか、一ノ瀬君〟

『いえ、特に何もありませんけど』

〝妙に間《ま》が開いたように感じたが〟

『電波が悪いんじゃないですか。年末ですし』

〝そういうものか〟

『それよりホームパーティですか。いいですね』

〝部屋の飾りつけはともかく、クリスマスらしい料理には難儀した〟

『ああ。忍センパイのところは、みんな手作りですもんね』

〝アリエルにも手伝って貰《もら》ったよ〟

〝生クリームがバターと化したときは流石《さすが》に参ったが〟

『混ぜ過ぎちゃったんですね』

〝結果的に、どちらもパンケーキによく合った。怪我《けが》の功名だな〟

『へえ』

〝食後にリバーシを教えたな。なかなか筋がいい。いずれ普通の対戦もできるんじゃないか〟

『楽しそうですね』

〝ああ。それにクリスマスプレゼントも渡してやった〟

〝ゆったりとしたニットワンピースだ。今度一ノ瀬《いちのせ》君も見てやってくれ〟

『ええ、分かりました』

〝ところで、今日の夜は空いているか〟


またどこかで、固いものが落ちる音がした。

そして、しばらくの間。


『正気ですか』

〝何が〟

『クリスマスの夜ですよ』

〝キリストが生誕したのは、二十四日の夜半から二十五日の未明にかけてだろう〟

〝二十五日の夜は、もはやただの夜だ〟

『相変わらず、世間の常識から乖離《かいり》してますね』

『そのまま地球から剝《は》がれて、第二次宇宙速度で星空の彼方《かなた》に吹き飛んでしまえばいいのに』

〝すまない。何か予定があったのなら、今の言葉は忘れてくれ〟

『べつにないですけど』

〝予定はないが、時間は空けて貰《もら》えないという訳か〟

『用件次第ですね』

〝俺が変わるべきか否《いな》か、君に返すべき答えが見えた〟

〝誤解を生ぜぬよう、できれば直接話したいんだが〟


少しの間《ま》。


『何かご馳走《ちそう》して頂けるなら構いませんよ』

〝分かった。可能な限り、君のリクエストに応《こた》えよう〟

『じゃあ、全然クリスマスっぽくないメニューがいいです』

〝何故《なぜ》だろうか〟

『昨日さんざん満喫したので、飽きちゃいました』

〝承知した。可能な限りクリスマス色を排するが、少し時間を貰えないか〟

『どうしてですか？』
〝昨日の片付けが済んでいない。あの部屋は今もクリスマスイヴのままだ〟
『だったらお店でいいですよ』
〝いいのか〟
『今回だけですからね』
『次はお寿司《すし》握って頂きますんで』
〝手厳しいな〟
『恐れ入ります。他に何かありますか』
〝苦手な食べ物などあれば、教えて欲しい〟
『牡蠣《かき》ですかね』
〝分かった〟
『贅沢《ぜいたく》を言ってすみません。よろしくお願いします』

◇◆◇◆◇◆◇

同日業務終了後、午後六時二十三分。
スーッ　コンッ

そろそろと流れ落ちる水が、斜めに切られた竹筒の内側に溜《た》まり、やがて零《こぼ》れて元に戻る。

一ノ瀬由奈《いちのせゆな》は、人生二十六年を振り返っても指折り数えるほどしか機会のなかった、遠くに響く鹿威《ししおど》しの生音を耳にしつつ、困惑を突き抜けて大困惑していた。

「彼女には本年、公私に渡り世話を掛けましたので。労《ねぎら》いの席を設けたく、お邪魔致しました」

「まあ、それはそれは……大切な慰労の一席に、手前どもをお選び頂き、有難うございます」

鶯《うぐいす》色の着物を纏《まと》った、しとやかな妙齢の女将《おかみ》が、三つ指をつき深々と頭を下げる。

精緻《せいち》な細工が見事な欄間《らんま》に、大樹の一枚板で仕上げた座卓、床の間をも備えた八畳一間。

最近の流行に合わせたのか、足元が掘りごたつ式になっており、悠々足も伸ばせるところ、忍《しのぶ》は普段通りの仏頂面《ぶっちょうづら》で、自宅で寛ぐ亭主の如《ごと》く、雰囲気に溶け込んでいるように見えた。

「こちらこそ、飛び込みで予約をお願いしてしまい、大変失礼致しました」

「とんでもございません。中田《なかた》様からご希望と段取りのお話を丁寧に頂けましたので、手前どもも慌てることなく、お迎えの準備を進められました」

「もったいないお言葉です」

社交辞令的に詫《わ》びを告げる忍へ、大仰なまでに謝意を打ち返す女将。

このクラスの料亭になると、女将は客人を持ち上げこそすれ、恥をかかせるなどあり得ないのだと、忍は店に来る直前まで高級料亭体験ブログで予習していた。

「ちょうど今日は、肉厚の佳《よ》い鮑《あわび》が入りましたので、是非お楽しみ頂ければと……」

「鮑《あわび》ですか。旬《しゅん》は夏だと聞いていますが」

スーパーの親方との雑談で聞きかじった知識を、うっかり披露する忍《しのぶ》。

果たしてその瞬間、女将《おかみ》の眼《まなこ》がきらりと輝いた。

「ええ、ええ、中田様《なかた》の仰《おっしゃ》るとおりですが、手前どもでまあ、季節外れの逸品を……うふふ」

「興味深いですな。どちらの物なのですか」

「それはまた、おいおいお話し致しましょう」

「なるほど、これは失礼しました」

「いえいえそんな、恐れ入ります」

旬のものを愉《たの》しませるのが料亭の本懐だが、時折このように『わざと旬から外した極上の品を披露し、客を驚かせ愉しませる』という変則技が使われることもある。

意図せぬ結果とはいえ、アプローチに完璧《かんぺき》なリアクションを返した忍は女将にちょっと気に入られ、蚊帳《かや》の外の由奈《ゆな》は、眼前の雅やかな戯《たわむ》れに戦慄《せんりつ》するばかりであった。

「一年の労《ねぎら》いともなれば、積もる話もおありでしょう」

「ええ、そうですね」

「お話のお邪魔にならないよう、料理は一品ずつでなく、二、三まとめて持たせましょうか」

「お気遣い痛み入ります。それでは、そのようにお願いできますか」

「承知致しました。それでは、ごゆるりと」

再び三つ指をついた女将は、深々と頭を下げた後、音も立てず襖《ふすま》の向こうへと消えた。

忍と差し向かいの由奈は暫《しば》く聞き耳を立て、誰もいないことを確信し、忍をじわりと睨《にら》む。

「……忍センパイ」

「可能な限りクリスマス色を排した、他人の目が煩《わずら》わしくない店だ。気に入って貰《もら》えたか」

「今のところ最悪ですね」

「何故《なぜ》」

「言いたいことが渋滞してるんですけど、まず女将さんに関係性気遣われてるのが最悪です」

「彼女もプロだ。最高のもてなしを組み立てるべく、客の関係性を見るのは当然だろう」

「じゃあ次の最悪はそこですね。なんでこんな立派なお店を選んで頂けちゃったんですか」

「気に入らなかったか」

「いえ、とても良いお店だと思いますが……心の準備とか、ドレスコードとか、あるでしょう」

「今回の目的、君のリクエスト、課員全員の住所地等を考え合わせ、最も他の職員の目に触れ辛《づら》い、君を招待するに足る場所としてここを選定したが、好みに沿えないのなら、すまない」

あくまで真摯《しんし》に真剣な、忍の声色《こわいろ》。

流石《さすが》の由奈も、ここで茶化した台詞《せりふ》を投げる気にはならない。

「……いえ、大丈夫です。ただ、少しは払わせてくださいね」

「気持ちはありがたいが、それでは今日の趣旨に反する」

「趣旨なんてどうでもいいんですよ。奢《おご》られるほうの気持ちも少しは考えて頂けませんか」

「俺なりに無理のないプランを組んだつもりだ。気の毒に思うなら、意を汲《く》んでは貰《もら》えないか」

「また、そういう卑怯《ひきょう》な言い方」

「逃げ道がないと思える程度には、筋が通っているのだろう」

「……分かりました。今日はご馳走《ちそう》になります」

「ありがとう」

何故《なぜ》か自分がわがままを言っている気分になった由奈《ゆな》は、素直に折れるのだった。

「ところで一ノ瀬《いちのせ》君」

「はい」

「食事の前に、これを受け取ってくれないか」

「え？」

てっきり本題が始まると思い緊張していた由奈に、萌黄《もえぎ》色の包みがひとつ手渡された。

「何ですかこ……れ」

包みを受け取った由奈が、品物をまじまじと見つめ、絶句する。

熨斗《のし》紙の貼《は》られた表面、中央上部分にでかでかと書かれた〝御歳暮《おせいぼ》〟の三文字。

「御歳暮だ」

「……クリスマス色を排せって言ったから、御歳暮？」

「何故分かった」

「そうじゃなければ、ただの異常行動だからですよ。これもちょっとギリギリですが」

「そうか」

一応、御歳暮はその年世話になった相手へ歳末に送るもので、直接居宅を訪問して進呈されることもあり、御歳暮のルールから見れば限りなく正しい運用である。

クリスマスの夜に、部下の女性とふたりきりで食事をする際、開幕ワンパンチで差し出すものかと問われれば、もう何も言えないところではあるのだが。

「でも、え、申し訳ないですよ。私、なんにも用意してないのに」

「それこそ、クリスマスプレゼントではないんだ。必ずしも交換する必要はあるまい」

「ですかね。それなら、有難く受け取らせて頂きます」

「ありがとう」

「お礼を言うのは私ですよ。ところで、開けてもいいですか」

「ああ」

由奈はおそるおそる、丁寧に包装紙を剝《は》がしてゆく。

性根がひねくれまくってはいるものの、やはりプレゼントを開くその瞬間は、一ノ瀬由奈だってドキドキするのだ。

たとえ相手が、中田忍《なかたしのぶ》で。

その熨斗紙《のし》が、御歳暮《おせいぼ》だったとしても。

「……」

ふわふわとした表情の由奈《ゆな》が、両手をそっと添えて、プレゼントの中蓋《なかぶた》を開けると。

「……うわぁ」

由奈のテンションは、一気に地の底まで墜落した。

箱の中には由奈も見慣れた、けれど少しだけ高級な、カタログギフトが収められていた。

ちなみにカタログギフトとは、カタログに掲載された商品の中から何点か、無料で好きなものを選んで注文できる贈答品である。

昔は二人のラブラブ写真が印刷された皿などが一般的だった結婚式の引き出物も、最近はこのカタログギフトが主流となっている。

そして結婚適齢期の友人がやたらと多い由奈は、既《すで》に今年九冊、今月だけでも三冊、引き出物のカタログギフトを受け取っていた。

その三冊はもちろん、先日のトリプルヘッダーの戦利品である。

「君の好みが不明瞭《ふめいりょう》だったので、これがベストな判断だと考えた。いやらしい表現を承知で言えば、それなりのものを包んであるつもりだ。きっと満足のゆくギフトが選べるだろう」

「ええ。私の細やかな心情を一切無視していることを除けば、完璧《かんぺき》なチョイスだと思います」

「気を悪くさせたなら、その非礼を詫《わ》びよう。こちらで持ち帰らせて貰《もら》えるか」

「いえ、ありがたく頂戴《ちょうだい》いたします」

そう言って由奈《ゆな》は、力なくカタログギフト（今月四度目、今年十冊目）を鞄《かばん》に収めた。

「……こちら、鶉真薯《うずらしんじょ》に、旬《しゅん》の山水盛りでございます。冬の鮑《あわび》をお愉《たの》しみ下さいませ」

料亭における料理の提供は、フランス料理のコースメニューの如《ごと》く、各々《おのおの》の席へ示された献立の順で、担当の仲居が卓上まで運んでくれる。

だがここにも、客を喜ばせ楽しませんとする、女将《おかみ》の小粋なサプライズが準備されていた。

「それと本日、虎河豚《とらふぐ》の水揚げがありまして、唐揚げを追加でご用意致しました」

通常の献立には存在しない、その日限りの旬の味が、突然登場するのである。

一応、誤解のないよう明らかにしておくが、無料サービスではなく別料金を請求される。

当然であろう。

この場を愛する者たちは皆、季節の魅せる旬と雅《みやび》を愉しむべく、高い金を積んでいるのだ。

期せずもたらされた新たな旬の息吹に礼を述べこそすれ、余分な金を払わされるだのなんだのゴチャゴチャ言い出すようでは、店の敷居を跨《また》ぐ資格がない。

そうした事前学習を完璧《かんぺき》に済ませている忍《しのぶ》は、追加料金を承知の上で、仲居に大きく頷《うなず》いた。

「細やかなお気遣い、有難く受け取らせて頂きます」

「恐れ入ります。では、ごゆるりと」

三つ指をつき、立ち去る仲居。

ひれ酒を勧めなかったのは、忍がアルコールを頼んでいないためだろうか。

「なかなか良い店じゃないか。いずれまた来たいな」

「……ちなみに忍センパイ、こういうお店、よく来るんですか？」

「いや、今日が初めてだ」

「へえ」

これ以上精神的に疲弊したくないので、由奈は話を掘り下げるのを止《や》めた。

「それでは……ええと、何に乾杯しましょうか」

既《すで》に忍の前には烏龍茶《ウーロン》、由奈の前には燗《かん》の徳利《とっくり》に御猪口《おちょこ》が準備されている。

「クリスマス色を排するならば、昭和改元を祝うのが適切ではないか」

「は？」

「昭和改元だ。一九二六年十二月二十五日、」

「それでは今年の健闘と来年の無事をお祈りして、かんぱーい」

「……」

忍はどことなく不満げな仏頂面《ぶっちょうづら》で、烏龍茶を傾ける。

なお、何故《なぜ》忍が昭和改元の日を祝おうとしたかと言えば、一九二六年十二月二十五日に大正天皇が崩御され、同日中の新天皇即位とともに元号が〝昭和〟へ変わった記念日だからである。

クリスマスを除けば日本で一番知名度のある記念日オブ記念日であり、クリスマス色を排せという由奈《ゆな》の要求を鑑《かんが》みれば完璧《かんぺき》に近い祝賀対象だったのだが、由奈が求めているのはそういう方向性ではなかったので、あまりご満足頂けなかったらしい。

「……っはぁ」

溜息《ためいき》とも感嘆ともつかぬ声を上げながら、熱燗に刺身を当てていく由奈。

冬の海で乗りに乗った魚の脂が、キレのある燗酒で洗い流される感覚にご満悦の様子だ。

忍《しの》も気を取り直し、造りの良い竹箸《たけばし》を手に取ったところで、ふと呟《つぶや》く。

「ところで、一ノ瀬《いちのせ》君」

「ふぁい、なんでしょう」

「虎河豚《とらふぐ》の唐揚げに、レモンをかけても良いか」

ぽとっ

「どうした」

「どうしたじゃないですよ。折角の鮑《あわび》が落っこっちゃったじゃないですか」

「すまん。まだ手は付けていないので、俺の皿から食べてくれ」

「ありがとうございます……じゃなくて、なんなんですか」

「何が」

「普段は聞きもしないで、勝手にレモンかけてるくせに」

「誰も文句を言わないからな」

「言われれば止《や》めるんですか？」

「抗弁の妥当性による」

「それはずるいです、忍センパイ」

「ふむ」

「うちの課に、本気の忍センパイを論破できる人なんていません。それを理解した上で、正しい論理を振りかざせば道を譲るっていうのは、実質的に譲らないのと同じことです」

「仕方あるまい。力を持たない、あるいは持つ気のない者に、俺のレモン汁を阻《はば》む資格はない」

「そんなの……」

言いかけた由奈が、ふと気づく。

「……じゃあどうして、今は確認したんですか？」

「単なる気まぐれだ。君が望むなら、素の唐揚げを食べるのも良いかと思った」

「ありがとうございます。でも、レモンはかけて頂けますか」

「遠慮するな」

「いえ。私もかけたい派なので、実は毎回助かってました」

「そうか」

忍は相変わらずの仏頂面《ぶっちょうづら》。

そして由奈《ゆな》は遠慮ひとつ見せずに、忍《しのぶ》の鮑《あわび》をつまみ上げ、堪能《たんのう》するのであった。

「串《くし》、外されちゃいましたね」

由奈が口にせんとしているのは、県内名産の大山《おおやま》豆腐にたっぷり胡桃味噌《くるみみそ》を塗った田楽焼き。立派な串に刺さっていたものを、仲居が取り分けて皿に載《の》せ直したものだ。

「刺したままのほうが良かったのか」

「そりゃそうですよ。串物の料理を串で食べなくて、どうするんですか」

「そうは言うが、君は普段、焼き鳥も串から外すじゃないか」

「へ？」

「職場の飲み会で、毎回外しているだろう。そういう食べ方が好みなのだと思っていた」

「本気で言ってます？」

「？　ああ」

「好きであんな食べ方する訳ないでしょう。だったら最初から炒めたお肉を食べますよ」

「では何故《なぜ》、あのような真似《まね》をする。俺に限らず、誰も望んではいないはずだ」

串に刺さった焼き鳥が大好きな、中田《なかた》忍であった。

「仕方のないことです。奪い合えば足りず、分け合えば余るんですよ、忍センパイ」

「欺瞞《ぎまん》だな。分け合えば全員が足りぬ思いをするだけだ」

「じゃあ今度から、忍センパイが全員分の焼き鳥を頼んでくださいよ」

「断る。求める者自身がそれ相応の努力をすべきだろう」

「その結果が毎度のアレですか」

「アレとは」

「勝手に頼んじゃうやつ」

忍は課の飲み会へ参加する際、必ずマイ伝票を作り、自分の好きなメニューを勝手に頼み、勝手にその代金を支払っている。

注意するより自由にさせておくほうが安心と考えているのか、課長は一切文句を言わない。

暑気払いの幹事を任されたその年の新人が、自分の店選びが悪かったのかメニュー選びが悪かったのかと自己嫌悪に陥るところ、ひとつ上の先輩がもうあれはああいう災害だから気にすんな、と慰めるまでが福祉生活課の夏の風物詩であることを、中田忍係長当人は知らない。

「普段、独断専行がどうだとか、規律がこうだとかうるさいのに、その辺りは自由ですよね」

「一ノ瀬《いちのせ》君は面白いな。仕事は仕事、飲み会も仕事だが、食事は各々《おのおの》のプライベートだろう」

「そうですねー」

普段通りの忍を前に、少し肩の力が抜けてきた由奈は、田楽焼きを美味《おい》しく頬張《ほおば》った。

ふたりの目の前にはガスコンロ、その上には土鍋が載せられている。

堂々たる献立のメイン、あんこう鍋である。

澄んだ琥珀色の出汁《だし》がくつくつと煮立ち、かぐわしい薫《かお》りを漂わせていた。

もう少し火が入ったら、あん肝と味噌《みそ》を練り混ぜた団子を加え、味わいを深めるのだという。

「せっかく綺麗《きれい》なお出汁なのに、濁らせるのはちょっともったいないですね」

「上等な店の奨める食べ方なら、試してみたいじゃないか。機会も味のうちだ」

普段通りの仏頂面《ぶっちょうづら》に、どこか楽しげな様子を見出した由奈《ゆな》は、忍《しのぶ》に見えないよう微笑《ほほえ》んだ。

「年末は実家に帰るのか」

「うーん。ちょっと悩んでるんですよね。アリエルのこともあるから」

「有難いが、しばらく帰っていないのだろう。こちらの心配は必要ない」

「でもやっぱり、女手があった方が心強いでしょう?」

「無論だ。しかし君のお母様からも、今年は君を帰郷させるよう、重ねて頼まれているからな」

「ちょっと待ってください?」

灰汁《あく》取りを始めていた忍が、手を止める。

完璧《かんぺき》な下処理を施されているとはいえ、あんこう鍋。

どうしても僅《わず》かに滲《にじ》んでしまう灰汁を、こまごま丁寧に掬《すく》い取りたい、中田《なかた》忍であった。

なお、鍋の灰汁取りは本来仲居がやってくれるところ、ゆっくり話をしたいと忍が仲居に申し入れ、無理矢理仕事を奪った事実を、仲居の名誉のため明らかにしておく。

「気遣いならば要らんぞ。灰汁取りが終わったら、こちらで器に取り分けよう」

「違います、そっちじゃなくて」

「うん？」

「今、うちの母親がなんとかって言いませんでした？」

「言ったな」

「忍センパイのところに連絡が来たんですか？」

「ああ。つい五、六日前になるだろうか。俺のスマートフォンに掛かってきた」

「区役所の卓上じゃなくて、忍センパイの私有スマートフォンにですか？」

「君の生活状況をひどく気にしていた。最近実家に寄り付かないから心配だと」

「そうじゃなくて、あー、もう……!!」

　珍しく由奈が慌てており、御猪口《おちょこ》を支える手も震えていた。

　そして、一刻も早くあんこうが食べたい訳ではないのだと理解した忍は、慌てる由奈を横目に、灰汁取りを再開した。

　一度始めた仕事は早めにやり切りたい、中田忍である。

「じゃあ、じゃあ質問を変えますけど、どうしてうちの母親が、忍センパイの個人的な連絡先を知っているんですか？」

「最初は俺から連絡した。君をうちの係で預かった際、ご挨拶《あいさつ》のためにな」

「すみません意味が分からないんですけど。それは誰からの指示なんですか」

「誰と言われてもな。お宅のお子さんを責任持って預かりますと伝える、昔からの慣例だ。今ほど交通網が発達していない頃《ころ》は、地方から両親が直接職場に出向き、挨拶《あいさつ》をすることも珍しくなかったと言う。現代でも、ご実家へ無用な不安を与えないために、こちらから配属時に電話を入れるぐらいは、為《な》されて良い配慮だと思うが」

ちなみに由奈《ゆな》の出身は静岡なので、来ようと思えば難しくない距離ではあるのだが、愛する娘を送り出した両親の心配を煽《あお》るには十分な距離でもある。

そんなとき、直接面倒を見る直属の上司からの連絡が、どれだけの安心に繋《つな》がるものか。

「分かりました。最初の連絡は必要で合理的です。理解しました。でもじゃあ、なんで今回は」

「君は余程愛されているようだな。他の親御さんとは、たいてい一度きりの連絡で終わるが、君のお母様は四半期に一度ぐらいのペースで電話を掛けてきて、君の様子を聞かれる」

由奈は耳まで真っ赤になり、ぷるぷると震えている。

きっと感涙を堪《こら》えているのだろうな、などとは、いくら忍《しの》でも思わない。

「恥ずかしがることはないだろう。良い親御さんじゃないか」

「どこがですか!?　こんな残虐な辱《はずかし》めを受けたの、生まれて初めてなんですけど!?」

「中々帰郷せず連絡も取らない君自身にも、不安を与えた責任はあるだろう」

「こんなことになってるって知ってたら、嫌《いや》でも連絡だろうが帰郷だろうがしましたよ。どうして今まで教えてくれなかったんですか!!」

「何度も伝えたはずだが」

「聞いてませんよ！」

「あまり根を詰めるな、親御さんも心配しているぞ、とか、親御さんは君をいつも気にかけているぞ、とか、日頃《ひごろ》から声を掛けていたじゃないか」

「いつも腹立つほど詳細に事務連絡送ってくるクセに、なんでそこだけふわっとなんですか!?」

「君の前で言うのもなんだが、君の親御さんの話は広く長いので、要点を絞るのが難しい」

「電話が来たって一言教えてくれるだけでいいんですよ!!　あーもーやだ、ほんとやだ、なんなの電話ってもう……恥ずかしい……」

もはや顔を上げているのも辛《つら》い様子で、卓に突っ伏す由奈。

「アリエルのことから君の家族関係に支障を及ぼすのは、本意ではない。この件を奇貨として、今年は実家に帰り、ご家族に元気な姿を見せてやれ」

今までの忍ならば、由奈に対してここまで言うことはなかっただろう。

ただの上司と部下。

プライベートに踏み込んだ話をする興味もなかったし、その権利も持ち合わせていなかった。

だが、今の由奈は忍にとって公私にわたる良き相談相手であり、秘密を共有する協力者でもあり、同じ食卓を囲い盃《さかずき》を交わし合う仲間でもある。

この奇妙な関係に少しでも報いようと考えた忍《しのぶ》は、敢《あ》えて苦言を呈するのだ。

そして、由奈《ゆな》もひとりの大人である。

実に大人らしい忍の配慮を受け止めて、考えるだけの思慮と頭脳を持ち合わせていた。

だからこそ。

「……ええ、そうさせて頂きます」

がっくりとうなだれながらも、それ以上騒ぎ立てることもなく、素直に忍のアドバイスを受け容れるのだった。


ようやく立ち直った由奈は、反撃四割、興味三割、純粋な疑問三割の質問を忍に投げかけた。

「ところで、忍センパイのほうはどうなんですか」

「どうとは」

「帰省の話ですよ。アリエルがいる以上、帰るのも呼ぶのも難しいんじゃないですか」

「俺の心配なら不要だ」

それだけ言って、忍は〆《しめ》の雑炊作りに集中する。

「……」

「……」

「……」

「……どうした。出来上がりにはもう少しかかるぞ」

「いや、そうじゃなくて」

「なんだろうか」

「ご実家の話、それだけですか？」

「ああ」

「私にはあれだけ踏み込んでおいて、それはちょっと酷《ひど》くないですか」

「もう五年だ」

「……はい？」

「関係を絶って五年近くなる。今さら何をしようとも思えん」

「また、忍センパイは大げさですね。ちょっと連絡取ってないくらいでそんな」

「元々折り合いが悪かったからな。結婚の話が流れたら、それっきりだ」

そっけなく言う忍の表情からは、いかなる感情も読み取れない。

普段通り、あるいは普段以上に乾いた仏頂面《ぶっちょうづら》は、それ以上の何かを由奈へ語らない。

しかし。

「へえ。なんか意外ですね」

「何がだ」

「ご実家との折り合いが悪いことですよ。忍センパイの歪《ゆが》んだ人間性は、間違いなくご両親の教育の失敗の成果だと、私は確信していたんですけど」

重くなりかけた雰囲気を誤魔化すためか、はたまた単なる真意からの失言か。

ともかく、普段通りの調子で、痛烈な暴言を吐いた由奈《ゆな》だったが、忍《しのぶ》の様子はそのままだ。

「親の背に導かれた記憶はないな。むしろ不干渉どころか、気味悪がられてすらいたよ」

「自覚があったなら、ちょっとでも直そうと思わなかったんですか」

「必要ないだろう。やるべきことを、やるべきときにやる行動力は、人生において最も大切とされる資質のひとつではないか」

「そこは凄《すご》いと思いますし、尊敬もできますけどね。他の部分で周りに合わせる努力も、そろそろなさってみてはいかがでしょう」

「諫言《かんげん》痛み入る。しかし俺も、俺の生き方を譲る気はない」

「また、そうやって……」

「どのようなときも、自分のしたいように自分の意見を言える力がなければ、本当に守るべきものを守れない。後悔に呪《のろ》われる辛苦など、ただ一度味わえば充分だ」

相変わらずのシノブ脳ですね、と、揶揄《やゆ》しかけたところで。

由奈はふと、違和感を覚える。

「忍センパイ」

「うん？」

「昔、何かあったんですか」

「何かとは」

「分かりませんけど。今の言いぶりだとまるで、過去に力がなかったせいで、守るべきものが守れなかった経験があるみたいだなって」

「ふむ。俺はそんな言い方をしたかな」

「ええ、間違いないです」

「そうか」

視線を落とし、黙り込んでしまう忍。

こうなると長いことを由奈はよく知っているので、代わりに鍋の火をいったん止め、溶き卵を投入し、薬味を散らして盛り付け、忍の前に並べる。

忍は構うことなく、じっと黙って考え込み、由奈はおしぼりをいじくって時間を潰《つぶ》し。

そろそろ雑炊が冷めるかな、と由奈が心配しかけたところで、ようやく忍が顔を上げた。

「すまない。一通り考えてみたんだが、そういったエピソードには思い至らない」

「そうですか。残念」

「残念とは」

「多分それ、今の忍センパイのルーツになるお話だと思ったので。割と興味が湧《わ》きました」

「ならば、そのうち思い出せるよう、努力しよう」

「ええ、そのうちに」


時刻は、午後八時二十七分。

忍《しのぶ》と由奈《ゆな》の前には、最後の献立である椿餅《つばきもち》と、温かな焙《ほう》じ茶が並んでいた。

これ以上遅くなれば、流石《さすが》にアリエルも心配するだろうし、忍と由奈の明日にも差し支える。

「忍センパイ、今日は素敵なおもてなし、ありがとうございました」

しっかりと頭を下げて、自身の鞄《かばん》を引き寄せる由奈。

「ここからだと、駅までは忍センパイも一緒ですよね。今時間調べるんで」

「一ノ瀬《いちのせ》君」

「っ」

スマートフォンを取り出し、操作しかけた由奈の手が、ぴたりと止まる。

恐る恐るに目線を向ければ、一ノ瀬由奈へと向き合う、中田《なかた》忍の鋭い眼差《まなざ》し。

当然だろう。

呼んだ男は中田忍で、呼ばれた女は一ノ瀬由奈。

クリスマスに突如始まった会合の目的を、見失ってなどいなかった。

「……別に、今日でなくてもいいんですよ。私いま、意外と悪くない気分ですし」

「駄目だ」

有無を言わせぬ、忍の圧力。

由奈もまた、スマートフォンを卓上に伏せ、忍にしかと向き合う。

「一ノ瀬君」

「はい」

「こうして君をもてなした俺を、滑稽《こっけい》だと思うか」

「……分かりません」

「分からないなら知ってくれ。

これが俺だ。

異世界エルフを保護するなどという、悪徳に身を委《ゆだ》ねた俺も。

君に変わるなと言われた、君には情けなく映るであろう俺も。

義光《よしみつ》に変われと言われた、融通の利かない頑固な俺も。

誰かに意見を求めてしまう、足元の覚束《おぼつか》ない俺も。

アリエルにクリスマスイヴを与えたいと感じてしまう、浮ついた俺も。

君に敬意を払い、真摯《しんし》に向き合いたいと、もてなしの場を用意してしまう俺も。

結局すべてが、俺という生き方なんだ。

そして俺は、それを曲げるつもりがない。

曲げたくない。

曲げられない。

曲げるべきだと考えない」

「俺は俺の信じるべくを、信じた通りにやり通す。文句を言うなら君が合わせろ」

「……」

「……」

スーッ　コンッ

障子戸の向こう、遠くに鹿威し《ししおど》の音が響く。

けれど、忍《しのぶ》と由奈《ゆな》の間には、ねっとりとした沈黙が渦巻いていて。

……それでも。

一ノ瀬《いちのせ》由奈は、口を開いた。


「忍センパイ」

「なんだろうか」

「その話、どうして最後にしたんですか？」

「……」

忍は、口を開かない。

じっと由奈に向き合ったまま、口を噤《つぐ》み、普段通りの仏頂面《ぶっちょうづら》で。

だが。

一ノ瀬由奈は。

「忍センパイ」

「もしかして、照れ臭かったんですか？」

「……」

「その通りだ」

「……ぷっ」

一ノ瀬由奈《いちのせゆな》も二十六歳の社会人女性であり、中田忍《なかたしのぶ》を直属の上司として認識はしている。

だから一応、我慢しようと努力はしたのだ。

努力の結果、それが叶《かな》わなかったというだけで。

「ぷっ……ぷふぉっ……ふふっ……はは、あは、あっはははははははは！！」

つまるところ、一ノ瀬由奈は爆笑した。

恥も外聞もなく、卓上に上体を押し付けるように、呼吸が苦しくないか心配なほど爆笑した。

片や対面の忍は、仏頂面《ぶっちょうづら》を全く崩さないままに、突っ伏す由奈を見下ろすばかりだ。

「そんなに可笑《おか》しかったか」

「ひふっ……けふ、だって、いえ、その……すみませんやっぱ超笑えます」

「一ノ瀬君」

「ごめ……ふっ……すみませ……ふっふっふ、くうっ……ふふふ、ふうっ……」

「……」

とめどなく笑い続ける由奈。

忍はばつが悪そうに、焙《ほう》じ茶をすすった。

◇

◆

◇

◆

◇

◆

◇

「せっかくだから、忍センパイん家《ち》で二次会しましょう」

ようやく笑いの波が収まった由奈は、晴れやかに無茶をブッ込んできた。

「何がせっかくなのか分からんし、明日はまだ通常勤務だ。素直に帰宅すべきだろう」

「着替えはこの前勝手に置いてきましたし、おつまみは途中で買えますから、大丈夫です」

「俺側の問題が何も解決していないぞ」

「いいじゃないですか。コンビニで普通の焼き鳥と唐揚げ買って、もう一度乾杯しましょうよ」

「……君の意見を遮《さえぎ》れるとは考えないが、あと少しだけ時間をくれないか」

「別に構いませんけど、どうしてですか？」

「前評判通りならばこの後、板前と女将《おかみ》からの挨拶《あいさつ》があるはずだ。一言賛辞を伝えて帰りたい」

「ええ……」

無礼と暴虐の権化たるはずの一ノ瀬由奈が、なんとも嫌《いや》そうに眉根《まゆね》を寄せる。

「……ソレ、やらなきゃダメですか？」

「謝意ぐらいは伝えたいし、給仕に感動した際、心付けを渡すのが作法だと聞く。佳《よ》い時間を過ごさせて貰《もら》ったと感じる以上、その意を伝える暇ぐらいは、与えて貰えないだろうか」

「どうしても？」

「一ノ瀬君は、満足できなかったか」

「……まあ、忍センパイの奢《おご》りですもんね。それくらいお付き合いしましょうか」

「うむ」

普段通りの仏頂面《ぶっちょうづら》に、どこかわくわくしたような表情を見出した由奈《ゆな》は、忍《しのぶ》に見えないよう呆《あき》れ半分の笑《え》みを浮かべ、卓上のスマートフォンを自分の鞄《かばん》へ突っ込んだ。

例えばこのとき、由奈がもう少し真面目《まじめ》にスマートフォンを確認していれば、彼らの未来はもう少しだけ変わっていたのかもしれない。

けれど由奈はスマートフォンを見ていなかったし、この後大興奮のアリエルへもみもみくちゃくちゃにされ疲れた由奈は日課のSNS巡回をサボったし、翌朝軽く寝坊した由奈はそっと寝かせてくれた忍《しのぶ》への悪態を突きまくりながらばたばた出勤したので、ソーシャルメディアからの情報をまともに受け取る機会がなかった。

だから忍たちは、まだ気付けなかったのだ。

このとき、彼らの平穏を揺るがす異変が、すぐ傍にまで忍び寄っていたことを。

自宅で簡単
4時間前
第二子誕生!!
♡90
10分前
第3公園に魔法陣みたいな謎の落書
♡29

あとがき

とても恐ろしい考え方になるのですが、創《つく》り出した作品が誰かに共有され、評価され、記憶に残ることが作品の〝生〟であるのなら、作者の使命は作品を〝生かす〟ことだと考えます。

作品を己の胸の内だけで、キラキラした宝物として愛でるのも、ひとつの選択です。

その一方で、世界へ作品を発信し、賛否両論の意思に揉《も》まれながら、より高いステージへ作品を押し上げるのも、作者にしか選べない、ひとつの選択です。

生意気な言い方をすれば、それは子育てにも似ているのかもしれません。

けれど、作品に込められた意志は、ああしたい、こうしたいと教えてはくれません。

作品を創り続けるか否《いな》か、生かし続けるか否かの手綱は、常に作者が握らされています。


だから私は、作品に胸を張れる範疇《はんちゅう》の仕方で、やれることをどんどんやります。

恥ずかしい、みっともないなどの心理的ストレスは、自分の中で処理すればいいだけであって、そうすればより作品が〝生きられる〟というのなら、なんのことはありません。

作品を生み出し、世にその価値を問うと決めた以上、ひとりでも多くの読者へ作品の存在を報《しら》せ、広く記憶に残るよう力を尽くすことこそ、私の使命だと考えています。

……前置きが長くなりましたが、ようは『これまでもこれからも、自主的にメチャクチャ宣伝していくけど引かないでネ』という、あらかじめの言い訳になります。ごめんね！

差し当たり今回は、Ｔｗｉｔｔｅｒアカウントを用いた各種情報発信と、ブログを用いたショートストーリーの特別公開について紹介させてください。

（このあとがき末尾に接続用ＱＲコードを載《の》せておきます。または〝立川浦々〟で検索を！）

Ｔｗｉｔｔｅｒアカウントでは、ときどき著者直筆のアリエルちゃんイラストを公開したり、何かイベントがあるときは大抵ここから告知していますので、フォロー頂けると嬉《うれ》しいです。

ブログのほうは〝『公務員、中田忍《なかたしのぶ》の悪徳』半公式Ｗｅｂ出張所〟と題しまして、本編とゆるくリンクした、特別なショートストーリーをお楽しみ頂けます。

ちなみに、このショートストーリーは〝購入者特典〟として公開していますので、閲覧時に本編が手元にないと分からない、秘密の〝パスワード〟を入力する必要があります。

読者のみんな、読み終わっても売らずに手元に置いといてくれよな!!

続刊に当たり、力を尽くしてくださった皆様へ、この場を借りて厚く御礼申し上げます。

特に、第十三話の高級料亭パートへお力添え頂いた、元小学館コミック企画室の小野綾子様。定年まで勤め上げられた最終出社日に相談を持ち掛けさせて頂いた上、退職後まで貴重な知見とアドバイスを提供くださった御恩を、作品でお返しできているでしょうか。

重ね重ね、本当に、ありがとうございます。

思い切りブン投げのヒキで終わった二巻ですが、もちろん三巻を出すつもりで書きました。出して貰《もら》えるよう、あくまで合法的な手段を用いて、編集氏に御理解頂きますから、読者の皆様は安心して続きをお待ちください。

それではまた、次の悪徳でお会いしましょう。

二〇二一年　十一月某日　立川浦々

立川浦々の
Twitter

『公務員、
中田忍の悪徳』
半公式 Web
出張所

※本作に登場する、生活保護制度に関する諸描写に関しては、現実のそれを参考としながらも必ずしも現実には即さない、完全なるフィクションです。
現行の制度下で勤務する職員の皆様、生活保護受給者の皆様、それを取り巻く環境、諸団体の皆様を含めた、あらゆる人種、思想、信条、その他尊厳を害する意図は、一切ありません。

読者の皆様におかれましても、本作を通じ本邦の福祉に興味を持たれたならば、是非ご自身でその現実を調べ、知って頂き、それぞれの〝正解〟を見出して頂けるよう、切に願います。

GAGAGA
ガガガ文庫

公務員、中田忍の悪徳2

立川浦々

発行　2021年12月22日　初版第1刷発行

発行人　鳥光 裕

編集人　星野博規

編集　濱田廣幸

発行所　株式会社小学館
〒101-8001 東京都千代田区一ツ橋2-3-1
[編集]03-3230-9343　[販売]03-5281-3556

カバー印刷　株式会社美松堂

印刷・製本　図書印刷株式会社

Printed in Japan　ISBN978-4-09-453044-5